ISABELLA MIKAELSON

LOVELACE
SECRETS ET MENSONGES

Remerciements

Je voudrais d'abord remercier mes lecteurs et lectrices. Merci d'être au rendez-vous à la sortie de chacun de mes romans. Merci pour votre patience avec les délais parfois longs entre chaque tome de cette série. Sans vous, tout ça ne serait pas possible.

Je remercie mes bêta-lectrices et amis auteurs qui m'encouragent depuis le début et me poussent à continuer. Mélodie Murray, Carole Gélinas, Magali Gagnon, Gabrielle Tremblay-Fontaine, Stéphanie Lecault, Sara L Agnès, Nastassia Charest. Vous êtes tellement nombreuses que je ne peux pas toutes vous nommer, mais vous vous reconnaîtrez. Merci, Sonia Madeleine Maille, ma correctrice et sœur de cœur d'être toujours présente. Tu m'es très précieuse.

Merci à ma famille, mon mari Simon qui partage ma vie depuis vingt-et-un ans, mes fils Anthony et Mikael. Merci de m'écouter déblatérer sur mes histoires pendant des heures sans m'envoyer paitre. J'avoue qu'avec Eliott j'ai peut-être un peu abusé de votre patience. Je vous aime plus que tout.

Un énorme merci à vous qui venez d'acheter ce roman. J'espère que l'histoire d'Eliott vous plaira.

Bonne lecture !

Isabella

"J'avais trahi parce que j'avais peur d'être trahi à mon tour. Cette peur du lien, cette peur des sentiments trop intenses pour pouvoir être contrôlés, m'avait toujours poussé à réagir d'une seule façon : l'esquive, la fuite."

Les chaussures italiennes — **Henning Mankel**

Chapitre 1

Eliott

Mes deux meilleurs amis et moi sommes assis dans ce club de stripteases du New Jersey depuis plus de deux heures à boire pour enterrer la vie de garçon d'Adam. Dire que Cameron, qui était l'un des plus grands coureurs de jupons de ma connaissance il y a quelques mois, était le premier à le traiter d'imbécile en le voyant se mettre la corde au cou. Et le voilà qui s'est proposé pour organiser cette soirée, qui selon moi n'est qu'une excuse pour se bourrer la gueule. C'est fou ce qu'il a changé depuis que Summer est entrée dans sa vie. Pendant que tous les autres s'amusent, j'attrape ma bière et en avale une grande gorgée en regardant la femme qui se déhanche sur la scène. Mes yeux font le tour de la salle et, je lâche un petit rire narquois en voyant les hommes installés devant la scène, les yeux rivés sur le spectacle, qui s'énervent et bavent au moindre retrait de vêtements. Bordel, comment peuvent-ils passer une soirée complète à regarder des femmes se déshabiller et se frotter contre une tige de métal sans être blasés après la deuxième danse ? Leurs numéros sont tellement tous pareils que c'en est pathétique !

— Hey ! Eliott, tu devrais te payer une danse privée, ça te décoincerait un peu. Depuis qu'on est arrivés, que tu fais la gueule, dit Cameron en me donnant un coup sur le bras.

— Je ne fais pas la tête, j'ai seulement passé l'âge de traîner dans ce genre d'endroit. C'est à mourir d'ennui. Je finis ma bière et je rentre.

— Bordel, ce que tu peux être rabat-joie ! Je comprends pourquoi aucune femme ne veut de toi.

— Qu'est-ce qui te dit que j'ai envie de me caser ? je m'énerve. Je n'ai pas besoin d'une nana pour venir foutre la merde dans ma vie. Il me semble qu'il n'a pas si longtemps tu étais du même avis, tu te souviens ?

Il n'a pas le temps de répondre que les lumières de la scène se ferment et le rideau se lève pour laisser entrer la prochaine danseuse. *Bon, ça suffit, je me tire !* Je vide presque d'un trait le reste de ma bouteille et commence à me lever lorsque les premières notes de *Strom* se font entendre. Les lumières se rallument et viennent éclairer la silhouette qui se tient de dos au milieu de la scène. Quand la voix sensuelle de la chanteuse *Ruelle* résonne dans les enceintes, la jeune femme se met sur la pointe des pieds. Elle porte des chaussons à pointes, dont les rubans fuchsias, noués autour de ses mollets, font paraître ses jambes plus longues. Elle commence doucement à danser, enchaînant plusieurs pas de ballet classique. *Étrange comme choix pour une danse dans un bar à striptease.* Au bout de quelques figures, elle attrape la colonne et tourne autour d'elle pour se donner de l'élan. Lorsque dans un saut elle s'accroche à la tige, y enroule une jambe et laisse son corps en suspens, je reste subjugué par sa grâce.

Je fais signe à la serveuse qui passe près de nous de me servir une autre bière et me rassieds confortablement dans mon siège sous le sourire narquois de Cameron pour profiter de ce spectacle inattendu. Elle enchaîne plusieurs acrobaties comme si elle ne faisait qu'une avec la barre. Élégante et gracieuse, cette femme aux cheveux blond clair a tout d'un ange. Les yeux rivés sur elle, je la regarde se retenir de ses jambes croisées et laisser son cops descendre de dos, la tête en bas contre la barre. Elle glisse une main derrière son dos pour défaire les agrafes de son bustier du même rose que ses chaussons et les yeux clos, elle laisse le tissu choir sur la scène.

Les hommes assis devant elle se mettent à gueuler, excités par l'apparition de ses seins. Bande de cons, à croire qu'ils n'ont jamais vu ça ! Bon d'accord ils sont magnifiques. De taille moyenne, ils tiendraient délicieusement au creux de mes mains et ses petits mamelons roses qui pointent à cause de la fraîcheur du club donnent l'eau à la bouche. Devant ce spectacle plus qu'alléchant, mon membre réagit. Pour faire passer le flot de désir qui m'a saisi, je prends rapidement une gorgée de bière froide.

La jeune femme récupère la tige métallique à deux mains, puis fait le grand écart à la verticale avant de se laisser doucement descendre. Son corps suit le rythme suave de la musique alors qu'elle tournoie sur ses pointes et tire lentement sur le ruban qui maintient sa jupe en tulle. Elle rattrape la barre et, vêtues que d'un string, ses hanches remuent contre celle-ci. La beauté d'un ange et la sensualité d'une sirène. Cette femme n'est pas à sa place dans cet endroit. Elle semble trop pure, trop douce. Avec le talent qu'elle a, elle ne devrait pas danser dans ce trou. Je me demande ce qui l'a poussée à devoir se dénuder devant une bande de pervers en rut pour gagner sa vie. Pour la première fois depuis des années une femme m'intrigue.

Je bois ma bière pendant qu'elle termine son numéro, incapable de la quitter du regard. Tout a disparu autour de moi, mes amis, leurs rires et les cris des autres clients. C'est comme si le temps s'était stoppé ne laissant vivre qu'elle, la mélodie et moi. Quand la musique s'arrête et que suspendue à la barre la tête en bas, elle ouvre les yeux, je plonge mon regard dans ses prunelles claires. Je ne sais pas qui elle est, mais j'ai bien l'intention de le découvrir.

Ariel

Trois semaines plus tard

— C'est bientôt ton tour, magne-toi !

— Ça va, j'arrive !

Ce qu'elle me gonfle celle-là ! Ce n'est pas parce qu'elle travaille ici depuis plus longtemps que les autres filles qu'elle peut jouer à la patronne. Je ne suis pas sûr que le boss aimerait qu'elle me donne des ordres. Ça fait des mois que je danse dans ce bar, je sais tout de même à quelle heure je dois monter sur scène ! Je termine rapidement mes échauffements. J'attrape mon sac et sors mes chaussons de ballet. Contrairement aux autres filles du club, je suis incapable de faire un numéro digne de ce nom sur des échasses de douze centimètres. Je ne vois pas la danse de la même façon que les autres filles de ce club. Pour moi, il ne s'agit pas simplement de se frotter la chatte contre une barre de métal pour me faire du fric. La danse est un art, une façon de s'exprimer. Rien à voir avec ce cirque où notre corps devient un objet pornographique ne servant qu'à faire tendre la queue d'une bande de pervers répugnants. Après avoir attaché les longs rubans de satin coordonnés à ma tenue, autour de mes mollets, je prends le petit sachet transparent caché dans la doublure de ma besace. Je laisse tomber un peu de poudre blanche sur le petit miroir portatif que j'ai posé sur ma coiffeuse et trace deux lignes minces que j'aspire à l'aide du bout de paille que je trimballe toujours avec moi. La drogue à peine inhalée, un effet euphorique envahit chaque parcelle de mon corps, me rendant aussi légère qu'une plume et prête à affronter le regard du groupe d'obsédés qui attendent le prochain numéro.

— Ariel, bordel ! C'est à toi !

— Je sais, pas besoin de crier !

Je renifle, essuie le bord de ma narine pour enlever tout résidu de poudre qui aurait pu s'y coller et range mon barda en vitesse avant d'appliquer un soupçon de gloss sur mes lèvres. Je jette un dernier regard à mon reflet puis prenant une grande inspiration, je quitte la loge. Derrière le rideau qui sépare la scène des coulisses, je ferme les yeux et m'imagine revenir deux ans en arrière, alors que j'étais la danseuse étoile d'une troupe de ballet professionnelle. *Arrête de penser à ça !* Je chasse mes souvenirs et me concentre sur l'instant présent.

Quand les premières notes de musique se font entendre, je m'avance sur la scène. Les lumières se posent sur moi alors que je commence mon numéro. Le rythme me pénètre rapidement et me fait aussitôt oublier l'endroit merdique où je me trouve. Je me laisse porter par les notes et enchaîne des pas de ballet, mélangeant le tout à des mouvements de hanches sensuels avant de prendre la barre pour effectuer quelques figures acrobatiques. Dès que ma paume entre en contact avec la fraîcheur du métal, nous ne faisons plus qu'un. Tout en suivant la mélodie, je ferme les yeux et effectue la chorégraphie que je fais tous les soirs où je travaille, les trois minutes où je me sens vraiment moi-même. Je fais abstraction des yeux gourmant de mes admirateurs qui n'attendent que de me voir nue devant eux puis me laisse descendre au sol. J'effectue des pirouettes sur mes pointes et tire sur le lacet qui retient mon tutu. Énervés par mon geste, les clients au-devant de la scène se mettent à crier. *Ah ! Les hommes, ça ne leur prend pas grand-chose pour les exciter !* Je les chasse de mon esprit et continue mon numéro, tournoyant plusieurs fois autour de la barre pour me donner l'élan dont j'ai besoin et dans un saut, j'enroule la jambe autour d'elle. Je fais quelques figures et je termine mon numéro comme d'habitude en me laissant glisser le long de la tige.

J'ouvre les yeux, essoufflée par ma performance. Mon regard croise deux émeraudes qui me fixent intensément. Je reste immobile. C'est comme si le temps s'était arrêté alors que cet homme, probablement le seul client qui me regarde dans les yeux au lieu de fixer mes seins, ne me lâche pas du regard. La musique s'est tue depuis quelques secondes et le sang commence à battre dans mes tempes, lorsque je romps le contact. Les mains à plat sur le sol, j'effectue une roulade pour me remettre sur pied. Sans un regard vers la salle, je ramasse mes vêtements. Je viens à peine de franchir le rideau que Clarissa, la danseuse étoile du *Princess*, s'avance vers moi.

— Pas mal ton numéro, Ariel ! Mais il est temps de leur montrer ce que c'est une vraie femme, dit-elle en me faisant un clin d'œil.

— Va te faire foutre, Claris !

Je continue mon chemin et pénètre dans la loge. J'attrape une bouteille d'eau dans le mini frigo et en bois près de la moitié d'un trait. Après avoir retiré ce qui reste de ma tenue de scène, j'enfile une robe courte qui moule mon corps comme une deuxième peau et glisse mes pieds dans mes chaussures à talon. Je détache mes cheveux coiffés en chignon, les secoue pour leur donner du volume. Ma tignasse blonde tombe sur mes épaules. J'inspire profondément. J'ai envie de rentrer et de me glisser dans mon lit, mais mon patron tient à ce que je passe un peu de temps dans la salle à discuter avec les clients pour leur faire dépenser plus d'argent au bar. J'ai refusé de faire des danses privées dans les petits salons installés au fond du club, je me vois mal lui dire d'aller se faire voir. Je me fais une autre ligne de cocaïne, l'inhale d'un trait, attrape mon sac à main, y glisse mes chaussons de ballet et rejoins la grande salle. Sous les effets de la drogue, je me sens légère, plus sûre de moi. Je m'avance vers le bar un sourire aux lèvres. Les hommes se retournent sur mon passage. J'ai envie de rire tant ils ressemblent à des chiens excités par la vue d'un os. Un peu plus, et je les verrais bouger la queue !

J'arrive au comptoir et fais signe au barman de me donner à boire. Comme il sait ce que je commande toujours après mon numéro, il me sert mon habituel Cosmopolitan extra cerise. Je viens à peine de prendre place sur un des tabourets, que des habitués du club viennent déjà me tenir compagnie. Je fais semblant de les écouter me raconter leurs problèmes en souriant, comme si je m'intéressais vraiment à leurs petites vies de minables. Ce n'est pas de danseuses dont ils ont besoin, mais de psys !

Je prends une gorgée de mon cocktail en jetant un coup d'œil à la salle. Les hommes près de la scène s'extasient devant le numéro de Candy, qui a remplacé Claris après son show. Il faut dire qu'elle a une paire de seins à rendre les mecs totalement fous. Mes yeux se posent sur l'homme aux yeux verts. Toujours assis à la même place, les bras croisés sur sa large poitrine, il m'observe. Apparemment, il ne fait pas partie des amateurs de gros seins, celui-là. Les yeux plissés, il continue de me regarder. Ce n'est pas la première fois que je l'aperçois et chaque fois c'est le même scénario. Il arrive seul, s'assied au fond de la pièce. Il prend une bière qu'il sirote, regarde mon numéro et repart peu après que j'ai rejoint le bar. Vêtu de noir de pied en cap à me toiser d'un regard perçant, il a tout d'un psychopathe de série Netflix. L'attention qu'il me porte me met terriblement mal à l'aise si bien que j'ai envie de détaler comme un lapin pris en chasse. Je vide le reste de mon verre d'un trait, m'excuse auprès de mes admirateurs et rejoins l'escalier de service. Je pousse la lourde porte et sors sur le parking arrière. Je prends une grande inspiration. L'air frais de la nuit me fait frissonner, à moins que ce soit cette impression d'avoir son regard toujours posé sur moi qui me rends nerveuse. Je me frotte les bras un instant et ouvre mon sac à la recherche de mon paquet de chewing-gum. Je prends deux morceaux et les mets dans ma bouche avant de les remettre dans mon sac. J'appuie mon dos contre le mur puis sors mon portable. J'ouvre ma boîte mail et lis le dernier message reçu cet après-midi. Merde ! Encore un avis de retard de paiement provenant du centre médical, où ma sœur est hospitalisée. Entre le prix exorbitant de son hospitalisation, des traitements qu'elle reçoit, ma consommation de cocaïne et le prix de mon minuscule appartement, j'ai du mal à joindre les deux bouts. Si ça continue, je vais devoir me soumettre à faire des danses privées. Bordel, juste imaginer leurs grosses mains sur moi, me soulève le cœur.

Je viens à peine de ranger mon téléphone, qu'une grande silhouette apparaît devant moi.

— Quel plaisir de te trouver ici !

Comme si je n'avais pas suffisamment de soucis comme ça. Je lève le visage et jette un regard noir à l'homme qui se tient devant moi.

— Ce n'est pas comme si tu ne savais pas où je bosse, je crache énervée par sa présence.

— J'aime les femmes au caractère bien trempé, mais à ta place je resterais poli.

Johnny s'avance d'un pas, ne laissant que quelques centimètres entre nos corps, il appuie les mains sur le mur de chaque côté de ma tête et me jette un regard menaçant.

— Ton délai est expiré, ma belle. Mon patron veut son argent.

Je lève la tête, heureuse que mes talons diminuent notre différence de taille, et d'un haussement d'épaules lui réponds :

— Ouais, bah, je ne l'ai pas. Il va falloir qu'il attende comme tout le monde.

Je me glisse sous son bras tendu et fais un pas vers la porte de service. J'ai à peine mis un pied en avant qu'il saisit le haut de mon bras et me pousse violemment contre le mur de brique. Mon crâne tape contre la paroi. Je lâche un gémissement de douleur. Sa grande main vient saisir mon menton qu'il serre entre ses doigts. Il lève mon visage et plante un regard froid au fond du mien.

— Tu penses vraiment t'en sortir comme ça ? Sais-tu seulement ce que je fais à ceux qui ne me paient pas ?

Sa main se raffermit sur mon visage me faisant mal à la mâchoire. Je vais probablement avoir la trace de ses doigts sur ma peau demain matin, si je survis jusque-là. Dans un mouvement, j'essaie de me défaire de sa poigne, mais Johnny me tient solidement.

— Tss-tss-tss, tu penses vraiment que je vais te laisser filer. Ce n'est pas parce que tu es une femme que tu vas te sauver, je ne suis pas sexiste. Ce serait vraiment dommage de défigurer un si joli minois, dit-il en caressant de son pouce le bas de ma joue. Peut-être que si l'on s'amusait un peu tous les deux je trouverais les arguments pour que mon patron t'accorde un autre délai, tu ne crois pas ?

— Va te faire foutre ! je hurle en lui crachant au visage.

De la main qu'il a laissée sur le mur près de ma tête, il essuie son visage. Un sourire carnassier naît sur ses lèvres. *Bordel, qu'ai-je fait ? Je crois que je viens d'attiser la bête.*

Je bois la dernière gorgée de ma bière, pose le verre sur la table et me lève. Il se fait tard et je ne vois pas ce que je fais encore ici. Je n'ai pas l'habitude de traîner dans les boîtes de stripteases. Pourtant depuis deux semaines, j'y viens tous les vendredis. À cause d'elle… Parce que j'ai envie de la voir. Depuis le soir où je l'ai vu sur scène pour la première fois, elle ne quitte pas mon esprit. Je ne suis pas le genre d'homme à être obnubilé par une femme, mais d'un seul regard posé sur elle, cette sirène blonde aux chaussons de danse m'a envoûté et pris dans ses filets. Bordel ! Cameron se foutrait bien de ma gueule s'il savait, surtout après tout ce que j'ai dit à l'enterrement de vie de garçon d'Adam. Je l'entends me dire de baiser un bon coup et que mon intérêt pour cette fille passera. Comme si s'envoyer en l'air était la solution à tout.

Je m'avance vers la sortie en saluant la serveuse d'un signe de tête au passage. Les mains dans les poches de mon veston de cuir, je marche d'un pas lent en direction de mon 4X4. Je ne suis qu'à quelques pas de mon véhicule, lorsqu'un cri féminin provenant de l'arrière du bâtiment se fait entendre. Un frisson d'adrénaline envahit chacun de mes membres. Je me précipite jusqu'à mon Jeep et ouvre la portière. Je fouille en vitesse à l'intérieur de la boîte à gants et sors mon Beretta, heureux de ne pas l'avoir laissé sous le comptoir du Mackenzie. Je retire le cran de sûreté et me précipite vers le fond du parking en frôlant le mur du club. Lorsque j'arrive à l'endroit d'où provenait le cri, un homme à la carrure impressionnante, semblable à la mienne, retient une femme contre le mur. Vu la façon dont elle se débat, c'est évident qu'elle n'apprécie pas son étreinte. Il remonte sa robe sur ses cuisses et essaie de glisser la main dessous. La femme se débat encore plus et mord l'épaule de son agresseur. En sentant les dents de sa victime entrer dans sa peau, l'homme lève le bras et la frappe violemment au visage. Un cri de douleur transperce la nuit m'atteignant en plein cœur alors qu'elle s'écroule au sol. Du sang coule de sa lèvre fendue. L'homme s'avance d'un pas vers elle.

— Tu n'aurais pas dû faire ça, petite pute !

Il passe la main derrière son dos. Lorsque le bas de son t-shirt remonte et laisse apparaître un bout de la crosse d'un révolver, des images du passé passent à toute vitesse devant mes yeux. Le corps inerte d'Éléonore, ses grands yeux verts fixant le ciel alors que le sang qui coule de sa bouche tache sa joue claire. Pas question que cette fille subisse le même sort. L'homme prend l'arme en main et tend le bras pour viser sa victime apeurée assise sur le sol. Avant qu'il n'appuie sur la gâchette, je me précipite vers lui. Je lui passe un bras autour du cou, appuyant fortement sur sa gorge de mon avant-bras et pose mon flingue contre sa tempe.

— Si j'étais toi, je jetterais mon arme. Car dès que tu appuies sur la gâchette, t'es mort dans la seconde.

Surpris par mon intervention, le corps de l'agresseur se tend contre moi. Sa mâchoire se crispe et il jure entre ses dents serrées.

— Tout ça ne te regarde pas !

— Quand on violente une femme innocente, oui. Alors, jette ton arme si tu ne veux pas aller faire un petit tour en enfer.

— Une femme innocente ? rigole-t-il en reprenant mes paroles. C'est qu'une putain de junkie !

Sous l'insulte, je resserre mon bras sur sa gorge l'étouffant un peu plus. Peu à peu, dû au manque d'oxygène, son corps se ramollit contre moi. Je profite de ce moment pour que d'un coup de crosse sur le poignet, il lâche son arme. Dès que le révolver tombe sur le sol dans un fracas métallique, je l'éloigne d'un coup de pied en direction de sa victime. La jeune femme s'en saisit et s'éloigne un peu de nous. Je glisse mon flingue à l'arrière de mon jeans et, agrippant l'épaule droite de son assaillant, je le fais pivoter vers moi avant de lui flanquer un crochet du droit qui le fait s'écrouler sur le parking.

— Aller on se barre, dis-je à la femme qui se relève difficilement.

— Tu peux partir avec la pute, mais elle me doit toujours du fric. Je te jure salope que je te retrouverai et te ferai la peau, lui crie-t-il.

Je jette un regard rapide en direction de la fille. Du sang coule toujours de sa lèvre fendue et son mascara a dégouliné sur ses joues à cause des larmes qu'elle a versées. Disparut la jolie danseuse que j'ai vue sur scène il y a moins d'une heure. Mon cœur se serre dans ma poitrine en imaginant ce qui aurait pu lui arriver si je n'étais pas intervenu. Je sors mon portefeuille de la poche arrière de mon jean, l'ouvre en m'approchant du mec allongé sur le pavé. Je retire les vingt billets de cent dollars qu'il contient et lui lance.

— Voilà deux mille dollars, tu devras t'en contenter. À moins que tu ne préfères une balle entre les deux yeux ?

— Va te faire foutre, connard !

Je lui assène un coup de pied au visage lui brisant le nez au passage.

— Il faut vraiment que tu apprennes la politesse, mec.

Je fais demi-tour et dis à la fille de me suivre. Elle se lève lentement sur ses jambes tremblantes et s'avance vers moi. J'ai envie de l'aider, mais après ce qui vient de se passer, je ne suis pas certain qu'elle apprécierait que je la touche. Il vaut mieux pour elle qu'elle se planque quelque part pour un bout de temps et le Mackenzie sera un bon endroit pour cela. Nous rejoignons mon 4X4 et j'ouvre la portière.

— Allez monte.

Son regard incertain plonge dans le mien. Elle hésite un court instant, tourne le visage vers son agresseur avant de revenir vers moi. C'est normal qu'elle soit réticente à me suivre vu la violence avec laquelle je l'ai tiré des bras de ce connard.

— Tu crois que je vais partir avec toi, t'es sérieux. Je ne te connais même pas.

— C'est ça ou tu restes avec lui, je gronde en faisant un geste de la tête en direction du fond de la cour.

Elle soupire et se glisse sur le siège passager. Je boucle ma ceinture et démarre. Nous sommes à quelques rues du club lorsque je tends la main vers elle.

— File-moi le révolver.

— Pourquoi ferais-je ça ? demande-t-elle une lueur de défi dans le regard.

— Bordel, ce que tu peux être casse-pied ! Tu sais te servir d'une arme ?

— Non.

— Raison de plus pour que tu me le rendes. Tu pourrais tuer quelqu'un par accident.

Elle reste immobile, la main dans son sac à main. Hésitante, elle se mord la lèvre inférieure puis soupire avant de me tendre l'arme. Je le prends en main et ouvre la boîte à gants. Après l'avoir mis en sécurité à l'intérieur du compartiment, j'engage mon 4X4 sur l'autoroute pour rejoindre le pont qui mène à New York.

— Hey, je peux savoir où tu m'emmènes. J'habite de l'autre côté !

— Pas question que tu retournes chez toi. C'est le premier endroit où il ira te chercher. Après ce qui s'est passé, tu peux être certaine qu'il va vouloir te faire la peau.

— Et mes affaires ? Je n'ai même pas de vêtements de rechange, je ne peux pas rester habillée comme ça !

Mes yeux quittent la route quelques secondes, le temps de parcourir lentement son corps moulé dans le tissu brillant de sa robe de club. Elle est tellement bandante enroulée dans cette étoffe violette. Ça me plairait bien de la voir se pavaner dans cette robe, ou sans celle-ci, toute une soirée devant mes yeux. À l'image que cette pensée fait naître, mon corps réagit au quart de tour, mon bas ventre me faisant comprendre qu'il est plus qu'ouvert à cette idée. *Putain, je deviens pire que Cameron avec mes idées perverses.* Même si le concept de la voir se promener à moitié nue me plaît, ça ne cadrerait pas avec un bar comme le Mackenzie. J'étire le bras pour atteindre la couverture qui traîne sur le siège arrière et la pose sur les cuisses de la jeune femme.

— Tiens, couvre-toi. Tu vas attraper froid. Ce qui compte pour l'instant, c'est de te planquer quelque part où tu seras en sécurité, le reste peut attendre.

Je me reconcentre sur la route, essayant d'oublier la jeune femme à mes côtés, ce qui est difficile avec la vision de ses longues jambes nues sur le siège passager. Je ne sais pas pourquoi sa sécurité me tient tellement à cœur. Après tout, elle n'est qu'une inconnue pour moi. *Parce qu'elle le fait penser à elle*, me susurre une petite voix. À ce souvenir, mes doigts enserrent le volant jusqu'à ce que mes jointures blanchissent. Les images de son corps brisé et le sentiment de culpabilité de ne pas avoir réussi à la sauver me submergent. Merde ! Elle n'est pas Éléonore !

— Si tu crois que je vais coucher avec toi en échange de l'argent que tu as perdu à cause de moi ce soir, tu peux aller te faire foutre, dit-elle sans préambules.

J'éclate de rire devant son franc-parler. Bordel, elle n'a pas la langue dans sa poche. Pas surprenant qu'elle se soit attiré des ennuis. C'est clair qu'elle ne ressemble en rien à la douce Éléonore. Je sens que cette fille va m'en faire baver.

— Je ne suis pas comme cet homme qui vient de t'agresser. Prendre une femme non consentante, ce n'est pas mon truc. Sache que si nous couchons ensemble un jour, tu seras plus que partante. Tu seras chaude, tremblante et humide de désir entre mes bras. Je ne baise jamais pour une question d'argent.

Chapitre 2

Ariel

Après sa remarque sur, comment je serais entre ses bras, si nous couchions ensemble, nous restons silencieux. Ses paroles et les images qu'elles ont fait naître dans mon esprit m'ont atteint d'une étrange façon déclenchant en moi un feu brûlant que je n'ai pas ressenti depuis longtemps. Quoi de plus normal ; il y a des lustres qu'un homme ne m'a pas touchée intimement et mon sauveur est terriblement séduisant. Comment une femme pourrait-elle rester de marbre devant un homme comme lui et de telles promesses de plaisir ? La soirée m'a épuisée. J'ai les idées qui s'embrouillent. Je ne rêve que d'une chose en ce moment, c'est de me glisser dans mon lit. Mais apparemment, ce ne sera pas pour ce soir. Je ne sais pas pourquoi j'ai suivi cet homme que je ne connais ni d'Eve ni d'Adam, mais mon instinct me dit qu'il ne me fera pas de mal. Il a vidé son porte-monnaie pour sauver mes fesses. Je ne sais pas combien de fric il a jeté à Johnny, mais c'est plus que je ne gagne en une semaine au club. J'ai bien l'intention de lui rembourser chaque dollar même si pour l'instant je ne sais pas comment je vais m'y prendre. Suite à ce qui s'est passé, c'est évident que je ne peux pas retourner bosser au *Princess*. Et pour les frais d'hôpital ? Comment vais-je pouvoir payer ça ? Le poids des responsabilités pèse lourd sur mes épaules à présent que je n'ai plus de boulot. Je suis tellement prise dans mes pensées que je n'ai pas remarqué que la voiture s'est arrêtée. Je lève le visage vers le bâtiment devant moi à travers la vitre. Un pub, vraiment ? Comme si c'était le moment d'aller prendre un verre.

Alors qu'il détache sa ceinture, je lui jette un regard interrogateur. Je ne comprends pas trop ce que l'on vient faire ici. Le parking est désert et l'endroit semble fermé. Il ouvre la boîte à gants, reprend l'arme de mon agresseur et le glisse dans la poche de son veston. Il ouvre sa portière et tourne le visage vers moi.

— Tu viens ou tu préfères passer la nuit ici ? dit-il en fixant son regard dans le mien.

Je reste immobile, hypnotisée par les deux émeraudes qui me scrutent intensivement. Mes yeux descendent sur ses joues recouvertes d'une barbe courte et se posent sur ses lèvres. Elles sont pleines et semblent si douces qu'un frisson de désir de les embrasser me parcourt. Bordel, qu'est-ce qui m'arrive d'avoir envie d'un homme dont je ne sais rien, même pas son nom ? Le contrecoup de cette soirée merdique probablement. Ne faire confiance à personne, surtout pas à un mec, telle est ma règle. Il ne faut surtout pas que je l'oublie.

— Ariel ?

En entendant mon prénom, je sors de mes pensées. Il a une longueur d'avance sur moi, car lui au moins il connaît mon nom. Et sur ses lèvres, ce prénom que je porte depuis vingt-quatre ans a presque une connotation sexuelle. Foutus hommes à l'accent trop sexy ! Je pose la main sur la poignée de la portière, l'ouvre, et me glisse hors de l'habitacle du 4X4. Je le suis en silence jusqu'à la porte de l'établissement. Il sort un trousseau de clés de sa poche de jean et déverrouille la porte. D'un geste de la main, il me fait signe d'entrer. Je fais un pas en avant pendant qu'il allume les néons au plafond.

— Eau, bière, jus ? me demande-t-il en se dirigeant vers le bar.

— Une bière, ça ira.

Après ce qui s'est passé ce soir, je crois que j'ai besoin d'un remontant. Il attrape un verre accroché à l'un des supports au-dessus du comptoir, le remplis de bière pression en inclinant le contenant pour que le liquide ne mousse pas trop.

— C'est à toi ? je demande en examinant la pièce vide.

Il redresse le verre qu'il a fini de remplir, et les sourcils froncés, il me jette un regard interrogateur.

— Ce pub ?

— Oui, j'en suis le propriétaire, dit-il un sourire empli de fierté aux lèvres.

Alors qu'il se retourne pour prendre la bouteille de whisky sur la tablette derrière lui et d'un verre qu'il remplit de liquide ambré, je fouille dans mon sac à main à la recherche de mon sachet de poudre. Dès que le bout de mes doigts entre en contact avec le plastique, je pousse un soupir de soulagement. J'ai besoin de me calmer et une ligne m'aidera à décompresser. Je sors le sachet et fais tomber un peu de cocaïne sur la table. Je fouille à nouveau dans mon sac et cherche de la petite paille que je garde toujours avec moi. *Bordel ! où est-elle passée*, je jure en m'apercevant qu'elle n'est pas dans le compartiment où j'ai l'habitude de la mettre. Deux bottes noires de motard s'arrêtent devant moi. Je relève le visage et tombe sur deux émeraudes qui me fixent avec mécontentement. Partie la douceur et la chaleur que je lisais dans les yeux d'Eliott un peu plus tôt. C'est comme si je faisais face à Docteur Jekyll et Mister Hyde.

— Je peux savoir ce que tu fais ? grogne-t-il en déposant son verre et ma bière avec force sur la table.

— Ça se voit, non, je réponds un peu rudement.

Dans un geste rapide de la main, il envoie valser la poudre au sol avant de se saisir du sachet.

— Je ne veux pas de ça ici !

Il tourne les talons et s'avance en direction du bar. Je reste stupéfiée par ce qu'il vient de faire quelques fractions de seconde puis me lève d'un bond et cours derrière lui.

— Non, mais ça ne va pas ! Ce truc ne t'appartient pas ! Rends-le-moi !

Tout en se glissant derrière le comptoir, il me lance un regard mauvais et s'arrête devant l'évier.

— Au prix que ça m'a coûté, je ne crois pas.

Il ouvre le robinet et vide le sachet dans l'évier. Je reste figer sur place la bouche ouverte à regarder la poudre se dissoudre dans l'eau chaude et disparaître dans le tuyau de renvois. Il est con ou quoi ?

— Ça ne va pas la tête ? Sais-tu combien d'argent tu viens de jeter dans ce putain d'évier ?

— Je n'en ai rien à faire de ce que ça peut coûter. Cette cochonnerie est mieux là où elle est que dans ton joli petit nez. Un conseil à l'avenir consomme seulement les choses que tu as payées. Ça t'évitera bien des problèmes. De toute façon, tu n'as pas besoin de cette merde, dit-il en croisant les bras sur son torse.

— Ah oui ?! Et qui es-tu pour savoir ce dont j'ai besoin ou pas ? Tu ne me connais pas ! Alors tes conseils tu peux te les mettre où je pense.

J'ai toujours détesté que l'on me dise quoi faire. Encore plus lorsque cela vient d'un inconnu. On voit bien qu'il n'a jamais passé ses soirées à danser nu devant de sales pervers qui te donnent de gros pourboires en espérant pouvoir te sauter. Comme si je le faisais par plaisir. Il y a des danseuses qui aiment leur travail, j'en connais quelques-unes, mais ce n'est pas mon cas. Ce type est un connard. Me faire la morale sans savoir par où je suis passé. Je retourne à la table où j'attrape mon sac et, délaissant la couverture qu'il a mise sur mes épaules en chemin, je tourne les talons et me dirige vers la sortie. Je mets la main sur la poignée et m'apprête à ouvrir la porte ; qu'une main enserre mon bras et m'arrête dans mon élan.

— Je peux savoir où tu vas.

— Je pars, ça ne se voit pas ?

— On est en plein milieu de la nuit ! s'énerve-t-il. Tu ne peux pas partir dans cette tenue, tu risques de t'attirer des ennuis, de te faire agresser ou pire encore ! As-tu oublié que tu es en danger ? Dès que tu mettras le pied chez toi, tu risques de te faire tuer !

— Qu'est-ce que ça peut te faire si je me prends une balle ?! Ce n'est pas comme si tu m'appréciais. Depuis qu'on est arrivé, tu n'arrêtes pas de me tomber dessus. Je fais ce que je veux, d'accord ! Je n'ai pas de comptes à rendre à un connard dont je ne connais même pas le nom !

Sa poigne s'adoucit, il pousse un soupir. Ma tirade semble avoir fait mouche. J'ai peut-être été un peu dure dans mes propos, mais me faire dire quoi faire, comme si j'étais une enfant rebelle, a tendance à me faire sortir de mes gonds. Qu'importe si j'ai pu blesser son ego de mâle dominant.

— Eliott. Eliott Mackenzie.

En entendant sa voix de baryton, je lève le regard vers lui. Son visage affiche un air désolé. Il lâche mon bras. Sa main tombe le long de son corps.

— Je suis désolé. Je n'aurais pas dû m'emporter. Tu as eu une soirée suffisamment merdique sans que je vienne en rajouter. C'est juste que… disons que la dope et moi, on n'a pas une très bonne relation.

Son regard se durcit, il serre les poings. Il semble partir ailleurs ; revoyant je ne sais trop quels démons qui viennent obscurcir ses prunelles pendant de longues secondes. Au bout d'un instant, Eliott inspire profondément avant de continuer.

— Écoute, je sais que je ne suis qu'un étranger pour toi et que tu ne me dois rien. Mais j'aimerais vraiment que tu restes jusqu'à ce que les choses se calment et que tu ne coures plus aucun danger. Je m'en voudrais pour le restant de mes jours s'il t'arrivait malheur.

Il semble sincèrement inquiet par ce qui peut m'arriver. Son regard est doux contrairement à tout à l'heure. Il me supplie silencieusement de rester. Mon cœur se serre. Je ne me souviens plus de la dernière fois où quelqu'un s'est fait du souci pour moi, des années sûrement, et ça me touche un peu trop. *Ne le laisse pas s'approcher…*

— Bon d'accord, je réponds dans un soupir. Mais ne t'attends pas à ce que je reste longtemps. Dès que je trouve un autre endroit, je m'en vais. Deal ?

— Deal ! Viens, je vais te montrer où tu pourras dormir.

— D'accord, dis-je à contrecœur, incertaine que ce soit une bonne idée. Mais bon, c'est ça ou errer dans la rue puisque je ne peux rentrer chez moi. De toute manière, je n'ai pas l'intention de m'éterniser chez lui.

J'ajuste la ganse de mon sac sur mon épaule et attends qu'il soit prêt à partir. Au lieu d'éteindre et de me rejoindre, il s'avance jusqu'au centre de la pièce et me regarde par-dessus son épaule.

— Alors tu viens ou tu as l'intention de dormir sur le seuil de mon pub ?

— Mais, ta voiture est devant ? dis-je, confuse qu'il veuille passer par l'arrière du bar.

— Pas besoin de mon 4X4, j'habite en haut.

— Tu vis sur ton lieu de travail ? Tu sais que tu es bizarre ? Tu dois être le genre de mec qui aime tout contrôler en plus d'être un bourreau de travail. Je plains tes pauvres serveuses qui doivent chaque jour avoir leur patron dans les jambes.

— Tu sais, tu aurais dû devenir psychologue au lieu de danseuse. Tu t'es apparemment trompée de profession, car, à ce que je vois, tu es plutôt douée pour cerner les gens.

Je hausse les épaules, car sur ce point il n'a pas totalement tort.

— Bah, tu sais les hommes qui entrent dans un bar à stripteases ne viennent pas seulement pour se rincer l'œil. Beaucoup viennent chercher le réconfort et l'écoute qu'ils n'ont pas auprès de leur femme. Donc, nous jouons le rôle de psy en quelque sorte.

— Raison de plus pour ne pas s'encombrer d'une femme, on économise pas mal d'argent. Allez, tu viens ?

Sans attendre ma réponse, il se dirige jusqu'au fond du bar. Il éteint les lumières de la grande salle et nous prenons un petit couloir, dépassant les toilettes et deux autres pièces aux portes closes. Eliott s'arrête devant celle du fond. Il sort ses clés de la poche de son veston et déverrouille le battant qui mène sur un grand escalier. Je pose le pied sur la première marche qu'il me lance un regard par-dessus son épaule.

— Pour ton information, mes serveuses ne sont pas à plaindre, elles m'aiment bien.

Devant son sourire confiant, je lève les yeux au ciel. Maudits hommes trop sûrs d'eux ! Nous continuons notre ascension. Mes yeux se portent sur son joli postérieur et je détourne rapidement les yeux. Arrivés au deuxième, nous tombons sur un autre couloir où deux portes se font face. Il ouvre celle de gauche et me fait signe d'entrer.

— Voilà ! c'est chez moi. De l'autre côté, dit-il en me montrant l'autre porte, c'est le loft de Lucas, un ami qui habite en Angleterre. C'est son pied-à-terre quand il vient au pays. Je pourrai t'y installer, mais comme ça fait un moment qu'il n'est pas habité, il a besoin d'un bon coup de ménage. Pour l'instant, je vais te prêter ma chambre. Allez, entre.

D'un pas incertain, je me glisse dans l'appartement et m'avance dans l'entrée. Je n'ai pas l'habitude de dormir chez des gens que je ne connais pas, mais il faut dire que rien de ce qui s'est passé ce soir n'est habituel. Eliott ferme la porte derrière nous, retire son veston pour l'accrocher au porte-manteau, exhibant des bras musclés mis en valeur par les manches étroites de son t-shirt noir. Sur l'un de ses avant-bras est tatouée une longue flèche qui débute au creux de son coude pour finir vers son poignet. Mes yeux quittent l'encre qui marque sa peau et je parcours du regard le reste de son corps. Il semble bien roulé comme mec, du moins à ce que je vois avec ses vêtements. Pas surprenant que ses serveuses l'aiment bien comme il dit. J'avoue que lorsqu'il ne se comporte pas en connard, il est plutôt sympa. Je me demande ce qu'un homme comme lui venait faire au *Princess*. Il n'était pas là pour prendre un verre puisqu'il a tout ce qu'il faut sous la main. De plus les soirs où il est venu au club, je ne l'ai jamais vu discuter avec l'une des danseuses ni se payer une danse en privé. Ce n'était donc pas pour passer du bon temps qu'il était là. *Tu es vraiment un homme très étrange, Eliott Mackenzie.*

— Ça va, Ariel ? me demande-t-il en me sortant de mes pensées.

— Euh… oui. Seulement hyper crevée.

— Dans ce cas, suis-moi. Je vais te montrer ma chambre et te donner un truc pour dormir.

Je le suis dans le couloir, jusqu'à ce qu'il s'arrête au milieu.

— Ici, tu as la salle de bain, dit-il en jetant un coup d'œil rapide à la pièce comme pour s'assurer qu'elle est en ordre. Tu veux prendre une douche avant de te mettre au lit ?

— Peut-être plus tard. Pour l'instant, je veux juste aller me coucher.

— Comme tu veux.

Il continue d'avancer jusqu'à ce que nous atteignions la porte au bout du couloir.

— Tiens, voilà ma chambre, tu peux t'y installer. Les draps sont propres, dit-il en s'avançant vers la commode de l'autre côté du lit où il allume la lampe posée sur le dessus.

Je m'avance et pose mon sac sur le sol près du lit. En le voyant faire le bazar dans les tiroirs, comme un enfant cherchant son jouet préféré, je souris ou du moins j'essaie, car ma lèvre tuméfiée me fait terriblement mal.

— Ah ! Celui-là devrait t'aller puisqu'il est un peu trop serré sur moi.

Eliott se tourne dans ma direction, un t-shirt vert foncé à la main. Le sourire qui illumine son visage, heureux d'avoir trouvé ce qu'il cherchait, s'efface lorsqu'il me regarde. Il s'avance vers moi et de sa main libre, il lève les doigts vers mon visage. Son pouce vient doucement caresser ma lèvre blessée. À son contact, je grimace.

— Merde, il t'a salement amoché ce connard. C'est en train d'enfler. Change-toi, je vais chercher de la glace.

Il me tend le vêtement qu'il tient toujours dans sa main et quitte la pièce. Eliott à peine parti, je détache ma robe, la laisse tomber au sol et retire mon soutien-gorge. Je viens à peine de mettre le t-shirt, que je suis prise par un étourdissement. Je descends le coton sur mes cuisses et m'assieds sur le bout du lit avant de porter la main derrière mon crâne. Sous mes doigts, une bosse commence à se former. Pas surprenant que je commence à voir une migraine carabinée. Lorsqu'Eliott revient, il me trouve dans cette position, les yeux fermés, ma main qui masse l'endroit où ma tête a heurté le mur. Il s'avance et se met à genoux devant moi.

— Ça va ? me demande-t-il inquiet.

— Ouais, c'est juste une petite bosse.

— Laisse-moi voir.

Il se lève et vient s'asseoir près de moi sur le lit. Le poids de son corps fait creuser légèrement le matelas. Il prend doucement ma main toujours posée derrière ma tête et l'enlève pour la mettre sur mes cuisses. Il écarte délicatement mes cheveux et le bout de ses doigts vient légèrement caresser l'endroit douloureux.

— C'est plus qu'une simple petite bosse. Si ça se trouve, tu as une commotion. C'est ce salaud qui t'a fait ça ? demande-t-il en serrant la mâchoire.

— Je crois. Lorsqu'il m'a poussé contre le mur, ma tête a heurté la brique.

— Heurté ? Dis plutôt qu'il t'a fracassé le crâne contre le mur, oui. Putain, j'aurais dû lui mettre une balle à cet abruti !

Sa voix est emplie de colère. Je vois qu'il se contient pour ne pas monter dans son 4X4 et partir à la recherche de Johnny pour lui faire sa fête. C'est étrange, Eliott ne me connaît pas et pourtant il semble prêt à tout pour me défendre, alors que personne ne l'a jamais fait. Je chasse cette pensée pour ne pas me laisser emporter par le passé et me concentre sur la chaleur de ses doigts qui caressent maintenant mes cheveux. Je ferme les yeux et soupire de contentement devant ce geste tendre. Eliott doit prendre mon petit gémissement pour une plainte de douleur, car il retire aussitôt sa main et pose la serviette gonflée de glace sur la bosse. Il prend ma main et la met à la place de la sienne.

— Laisse la glace sur la bosse un moment, ça empêchera que ça n'enfle plus que ça ne l'est déjà. Je reviens, je vais à la cuisine en chercher d'autres pour ta lèvre.

Eliott me laisse seule à nouveau. Je suis si fatiguée que mes yeux ont du mal à rester ouverts. L'effet de la cocaïne commence à se dissiper et comme à chaque fois, je sens la descente arriver. Je m'allonge sur le lit. Je ferme les yeux puis me laisse emporter par le sommeil. Je suis réveillée par mon hôte quelques instants après m'être assoupie.

— Tiens, je t'ai apporté de glace et deux comprimés pour la douleur.

Il me tend un verre d'eau et les cachets. Je me redresse en m'accoudant sur mon bras, tenant toujours la glace contre la bosse derrière ma tête. Je prends les cachets de l'autre et avale les médicaments à l'aide d'une grande gorgée d'eau. Lorsque c'est fait, Eliott reprend le verre et le dépose sur la table de nuit.

— Remonte-toi et lève les fesses, je vais t'aider à t'installer.

Il tire sur les couvertures pour que je me glisse sous les draps. Son regard de braise caresse mes longues jambes nues. Une douce chaleur m'envahit. J'inspire pour faire passer l'émoi que cet homme fait naître en moi. C'est étrange comme la façon dont il me regarde me trouble alors que tous les soirs un tas d'hommes le font lorsque je danse à moitié nue, sans que cela ne me touche. Eliott recouvre mon corps de l'édredon. Dans son geste, sa main frôle ma jambe nue. Mon épiderme se couvre de chair de poule tandis qu'un courant électrique s'installe entre nous. Les yeux d'Eliott plongent dans les miens. L'air se remplit de tension. Mon cœur se met à battre plus rapidement et nos respirations se précipitent devant ce courant sensuel qui passe entre nous. Je prends une courte inspiration me préparant à ce qu'il se penche vers moi pour poser ses lèvres sur ma bouche. Eliott ferme les yeux un instant mettant fin à cet échange étrange. Il recule d'un pas. La bulle dans laquelle nous nous sommes plongés se dissipe. Je pose la tête sur l'oreiller en soupirant, soulagée et déçue qu'il ne m'ait pas embrassée. Après cette soirée, j'ai du mal à gérer mes sentiments. Ce n'est pas plus mal qu'il s'éloigne, car en ce moment je n'ai pas confiance en mon jugement. Eliott, qui est toujours debout à côté du lit, tire sur son t-shirt pour le sortir de son jean. Alors qu'il pose la main sur la boucle de sa ceinture et commence à la détacher, je me redresse.

— Qu'est-ce que tu fais ?

— Je me prépare à me mettre au lit, ça se voit, non ?

— Ici ? Mais tu as dit que tu dormirais sur le canapé !

— Je sais, mais c'était avant de savoir que tu t'étais cognée la tête. Pas question que tu restes seule cette nuit. Soit je dors à côté de toi pour surveiller que tu ne tombes pas dans le coma, soit tu restes éveillée, à toi de choisir.

Je suis tellement épuisée que je n'ai pas la force d'argumenter. Je soupire et me glisse du côté droit du lit.

— D'accord. Mais je t'avertis, si tu tiens à tes couilles tu as intérêt à rester de ton côté du lit. Et défense de me toucher, compris ?

— Compris. Et pour ta gouverne, je ne suis pas le genre de mec à toucher une femme sans son consentement, dit-il en prenant place sur le matelas, en gardant un espace entre nous. Je ne reste que pour soulager ma conscience, car s'il t'arrivait un malaise et que je ne t'ai pas surveillé en sachant que tu avais peut-être une commotion, ce serait moi le responsable. Alors, ferme-la et dors !

Je lève les yeux au ciel avec une envie folle de le pousser en bas du lit pour lui faire ravaler son ordre, mais l'épuisement m'emporte. J'aurai bien le temps de le remettre à sa place une fois que je serais reposée.

Chapitre 3

Eliott

Lorsque je me réveille, le soleil est déjà debout depuis des heures. Rien de surprenant, j'ai passé le restant de la nuit à veiller la femme toujours étendue à mes côtés pour m'assurer qu'elle allait bien. Chaque fois que je la réveillais pour vérifier qu'elle n'était pas tombée dans le coma, elle me répondait puis retombait dans un sommeil agité. Je ne sais pas si elle revivait l'agression de la veille, mais elle n'a pas cessé de bouger toute la nuit. Je bâille et étire le bras pour prendre mon téléphone portable sur la table de nuit. Il est passé midi. Merde, j'ai une livraison de bière qui arrive dans moins d'une demi-heure. Je soulève délicatement les couvertures et sors du lit en faisant attention de ne pas réveiller Ariel qui semble un peu plus calme. Une fois sorti du lit, j'enfile un t-shirt, un jean et des chaussettes et quitte la chambre. Je passe en vitesse par la cuisine pour me faire un café et la boisson chaude à la main, je descends au bar. J'ai à peine posé ma tasse sur le comptoir que le carillon de la porte arrière se fait entendre. S'il y a quelqu'un qui est toujours à l'heure, c'est bien Max.

— Salut, Mec ! Wouah ! T'as passé la nuit sur la corde à linge, tu as vraiment mauvaise mine, dit-il dès que je lui ouvre la porte.

— C'est un peu ça. Attends, je te donne un coup de main.

Je rejoins l'arrière du comptoir, enfile mes bottes de sécurité et l'aide à sortir les caisses du camion. Après une bonne demi-heure à faire des allers-retours entre le véhicule de livraison et la remise, nous avons tout déchargé. Le torse couvert de sueur, mon t-shirt me colle à la peau et je ne rêve que d'une chose, me glisser sous la douche, mais ça devra attendre que j'aie rempli les frigos sous le bar et remplacé les barils de bière pression. Je signe le bon de livraison et salue Max qui quitte le Mackenzie aussitôt. Une heure plus tard, ma besogne achevée, je remonte à l'appartement. En entrant dans la chambre, je trouve le lit désert. Je reviens sur mes pas et toque contre le battant de la salle de bain.

— Ariel ?

Plusieurs secondes passent et je n'ai aucune réponse. Je tourne la poignée, mais rien à faire : la porte est verrouillée de l'intérieur.

— Ariel, je sais que tu es là. Ouvre ou je force la serrure !

— Laisse-moi tranquille, crie-t-elle d'une voix tremblante.

— Bordel, ouvre cette foutue porte !

Ce que cette femme peut être têtue ! Sachant qu'elle ne fera pas ce que je lui demande, je prends la direction de la cuisine. Je fouille dans le dernier tiroir près de l'évier, sors deux petits tournevis et retourne vers la pièce où Ariel reste enfermée. J'insère mes outils au centre de la serrure et après avoir fait jouer mes instruments, le clic significatif du loquet qui se déverrouille se fait entendre. Je pousse la porte et pénètre dans la pièce. Ariel est assise par terre, les bras entourant son corps tremblant. Sa peau est si moite que mon t-shirt qu'elle a passé pour dormir colle contre son corps. En m'entendant entrer, elle lève le visage vers moi et plonge son regard tourmenté au fond du mien. Inquiet, je m'agenouille à ses côtés et pose la main sur sa joue pour m'assurer qu'elle ne fait pas de fièvre. Sa chaleur corporelle semble normale et pourtant elle semble aller vraiment mal.

— Ariel, ma belle, tu as pris quelque chose, je demande d'une voix douce.

— Non, rien. C'est ça le problème. J'ai besoin d'une ligne.

Merde ! Elle est en manque. Et moi qui n'ai pas pensé que ça pouvait arriver lorsque j'ai jeté toute la came hier à notre arrivée au bar. Ça ne l'aurait pas aidé de la lui laisser. Au pire, ça n'aurait que retardé ce moment. Je me demande si c'est comme ça que Éléonore s'est sentie avant de replonger. Le manque était-il trop difficile à supporter ? Je n'ai pas vu sa détresse et lorsque j'ai compris, il était trop tard. Pas question que je laisse Ariel sombrer à son tour. Je ne sais pas trop quoi faire pour gérer la situation. J'ai déjà fumé de l'herbe ; mais les drogues dures, jamais. Mais je connais quelqu'un qui peut m'aider. Si Cameron est arrivé à s'en sortir, il pourra me conseiller pour aider Ariel.

— Viens, allons nous asseoir sur le canapé.

Je prends la main de la jeune femme et l'aide à se lever. Ses jambes tremblantes ont du mal à la supporter si bien que je dois la tenir contre moi pour l'entraîner au salon. Je la fais asseoir sur le divan. Ariel remonte ses genoux contre son torse en position de défense et passe ses bras autour de ses jambes. La voir aussi démunie me serre le cœur. Entre cette jeune femme amorphe et celle qui hier me rabattait le clapet avec sa repartie, je préfère de loin celle qu'elle était lors de notre arrivée.

— Attends-moi une minute, je reviens.

Je quitte le salon et me rends dans ma chambre. J'attrape une des couvertures sur le lit et je retourne auprès d'elle. J'entoure le corps d'Ariel du couvre-lit.

— Tu devais manger un truc.

— Non, je n'ai pas faim.

— Je vais au moins aller te chercher de l'eau. Je reviens.

Je me dépêche à me rendre dans la cuisine. Je sors une bouteille d'eau du frigo pour Ariel et me prépare un café. Pendant que j'attends qu'il soit prêt, je sors mon portable de la poche arrière de mon jean et compose le numéro de Cameron. Comme il m'arrive rarement de lui téléphoner, il est surpris par mon appel.

— Eliott ? Ça fait quoi, deux jours qu'on ne s'est pas vus ? Tu t'ennuies de moi au point de me lâcher un coup de fil. Il faut dire que c'est l'effet que je fais aux gens, je suis une putain d'addiction.

— Tu peux arrêter de déconner deux secondes ? Si je t'appelle, c'est que c'est important.

— Vas-y, je t'écoute.

Je l'entends dire un truc à Summer et j'entends le bruit de ses pas alors qu'il sort de la pièce dans laquelle il se trouvait. Je lui fais un court résumé de la veille. Omettant l'endroit où j'ai fait la rencontre d'Ariel, car si Cam savait où je me trouvais hier soir, surtout après les propos que j'ai tenus à l'enterrement de vie de garçon d'Adam, il se foutrait bien de ma gueule. Je lui parle du type qui l'a tabassée, de la came que j'ai jetée dans l'évier, de la crise qui a suivi et du fait que je ne l'ai pas laissée se barrer.

— Eliott qui joue le chevalier servant à la défense des demoiselles en détresse. Pourquoi ça ne me surprend pas ?

— Je te rappelle que sans mon intervention, tu n'aurais peut-être jamais ouvert les yeux sur tes sentiments pour Summer.

— Pas faux ! Et sur ce coup, je te dois une fière chandelle. J'imagine que tu ne m'appelles pas pour me le rappeler ?

— Non, j'ai besoin de tes conseils.

— Enfin quelqu'un de sage, rigole-t-il à l'autre bout du fil.

Ça, c'est Cameron Blake tout craché, jamais capable d'être sérieux quelques minutes.

— Tu peux arrêter de faire le bouffon deux minutes ?

— C'est si sérieux que cela ?

Mon ami laisse enfin tomber le masque de sarcasme sous lequel il se cache la plupart du temps et semble inquiet.

— Ouais.

Je lui explique l'état dans lequel j'ai trouvé Ariel dans la salle de bain. Ses tremblements, accompagnés de sueurs froides, son regard apeuré.

— Tu crois qu'elle est en état de sevrage, c'est plutôt rapide, non ?

— Rien à voir. Le sevrage est bien pire que ça, crois-moi. Là, elle ne vient que de commencer sa *descente*, attends-toi à ce que les jours à venir soient intenses. Elle va souffrir physiquement et mentalement. Ses sueurs froides vont alterner avec des bouffées de chaleur. Elle aura probablement la nausée, des douleurs abdominales terribles. Sans compter l'insomnie, l'irritabilité et les crises d'angoisses allant même jusqu'à des accès de panique. Elle peut même se taper une énorme dépression accompagnée de pensées suicidaires.

— C'est intense à ce point-là ?

— Ouais. Dans mon cas, j'ai eu tous les putains de symptôme du sevrage. J'ai passé un mauvais moment, tu peux me croire. Peut-être que pour elle ce sera différent. Tout dépend de son degré de consommation et depuis quand elle consomme.

— Et moi, je fais quoi ?

— Surveille-la pour être sûr qu'elle ne dérape pas. Elle va avoir besoin de soutien, mais ne sois pas toujours sur son dos, elle risque de s'énerver si tu la traites comme une gamine. Si ça ne va vraiment pas, tu m'appelles. Je demanderai à mon médecin de venir la voir. Il pourra lui donner des médicaments pour l'aider.

— Merci Cam.

— De rien, mec. Oh ! J'oubliais, change-lui les idées. Il ne faut surtout pas qu'elle passe son temps à penser à se faire une ligne.

— Et, je fais comment ?

— Je n'en sais rien, moi. Baise-la ! En plus, le plaisir fait monter la dopamine ce qui remplacera l'effet euphorique qu'elle avait avec la coke. Tu fais une pierre deux coups ; tu l'aides dans son sevrage et tu prends ton pied. Quoi demander de plus ?

— Crétin !

— Hey, tu n'avais qu'à ne pas demander !

Je raccroche et secoue la tête. Putain ! Cameron, il ne changera jamais ! Je ne sais pas comment fait Summer pour le supporter au quotidien. Je me verse du café dans une tasse. Je mets du sucre dans mon breuvage et après avoir attrapé sa bouteille d'eau, je rejoins Ariel au salon. En me voyant arriver, elle descend ses jambes, pose les pieds au sol et retire de sa bouche le pouce dont elle se rongeait l'ongle. Je pose mon café sur la table basse et lui tends la bouteille.

— Merci.

— De rien.

Ariel décapsule la bouteille et prend une gorgée d'eau. Je reste debout à fixer ses lèvres sublimes toucher le goulot, à me demander ce que je ressentirais si elle fermait sa bouche autour de ma queue, sa langue venant lécher mon gland. À cette idée, mon membre commence à durcir, paré à cette éventualité. *Bordel ! Cam et ses putains d'idées à la noix !* Je glisse les mains dans mes poches et replace mon sexe pour éviter qu'elle ne distingue mon *léger* problème. Je baisse les yeux au sol, le temps que la pression de mon bas-ventre diminue. Lorsque j'ai enfin retrouvé mes esprits et que mon sexe s'est lui aussi calmé, je me concentre sur Ariel et ma conversation avec Cameron au téléphone. Je n'ai jamais été vraiment confronté à cette situation. Lors du sevrage et des pétages de plomb de Cam, c'était surtout Adam qui s'occupait de lui. Avec le Mackenzie, qui venait tout juste d'ouvrir ses portes à gérer, je ne pouvais pas tout laisser en plan à chacun de ses appels.

— Tu as de la famille qu'il faut prévenir ?

Elle lève ses yeux bleu clair vers moi, prends sa lèvre inférieure entre ses dents et secoue la tête.

— Non, personne.

Merde ! Peut-être que si elle avait eu des parents, des frères et sœurs, des amis proches, ils auraient pu prendre soin d'elle. Mais puisqu'elle est seule, je vais devoir le faire. Je ne peux tout de même pas la mettre à la porte dans son état avec le danger qui lui plane au-dessus de la tête. De toute manière, je lui ai dit qu'elle resterait ici le temps que ça se calme. Je vais l'aider à traverser ce moment difficile, même si cela réveille d'anciennes douleurs.

Les quatre jours qui suivent l'arrivée d'Ariel sont aussi intenses que Cameron l'a prédit. Sautes d'humeur, douleurs à l'estomac et de nombreuses minutes passées à lui tenir les cheveux au-dessus de la cuvette pour qu'elle ne se vomisse pas dessus. Ses beaux ongles ont disparu tant elle passe son temps à les ronger. Elle est si nerveuse, qu'elle sursaute au moindre bruit. Avec le bar en dessous de chez moi, on ne peut pas dire que mon appartement soit un endroit paisible. Je crois que je n'ai pas réussi à fermer l'œil plus de trois heures d'affilée en une seule nuit. Elle ne cesse de se réveiller en sursaut. Je pousse le plaid qui me recouvre et me lève du canapé pour rejoindre la cuisine afin de préparer le café, mon carburant pour accomplir les tâches qui m'attendent au bar aujourd'hui. J'ai eu de la chance ces derniers jours. Noémie a pu me rendre service et prendre la relève pour s'occuper de l'inventaire, du ménage de la salle et des clients en soirée. Ce matin, je lui ai dit de rester chez elle pour se reposer et de ne venir qu'à l'ouverture pour prendre son service. Pendant que le café coule, je file sous la douche. Je laisse la chaleur de l'eau qui coule sur mon corps détendre mes muscles endoloris par ma nuit sur ce canapé inconfortable. Je sors de la cabine et enroule une serviette autour de mes hanches. Je m'avance vers le meuble-lavabo, ouvre l'armoire à pharmacie et y prends mon rasoir. En refermant la porte-miroir, je grimace. J'ai une tête à faire peur. Les yeux cernés, la barbe trop longue. On dirait que c'est moi qui suis en manque de dope ! Avec cette tronche, je risque de faire peur à mes clients. J'étale de la mousse à raser sur mes joues et fais glisser lentement la lame sur les poils drus. Dès que j'ai à nouveau figure humaine, je me rends dans la chambre pour prendre des vêtements. Je franchis la porte sans faire de bruit. Tout en m'avançant vers la commode, je jette un œil en direction de la frêle silhouette recroquevillée dans mon lit, recouverte de nombreuses couvertures. Elle a perdu du poids, il va falloir qu'elle arrive à se nourrir un peu. Au moins, elle semble paisible. J'attrape un pantalon cargo noir, un t-shirt et des chaussettes puis quitte la pièce en silence.

Ariel

J'ouvre les yeux et prends quelques secondes pour me rappeler où je me trouve. Eliott. Je suis chez lui. Quelques bribes des derniers jours me reviennent en mémoire. Ses mains qui retiennent délicatement mes cheveux alors qu'au-dessus de la cuvette des toilettes, je rends le contenu de mon estomac déjà vide. Ses bras qui me soulèvent, car je peine à rester debout sur mes pieds, pour me porter jusqu'au lit ou sur le canapé. Les plaids qu'il étend tendrement sur mon corps alors que je frissonne et les compresses froides qu'il pose sur mon front lorsque je crève de chaud. Sa voix à l'accent sensuel qui me dit que tout ira bien. Mince, comment ai-je pu me montrer aussi faible devant un inconnu ? Je me redresse doucement pour contrer l'étourdissement que je sens poindre. La pièce tourne légèrement. Je prends une grande inspiration pour faire passer mon malaise. Mon estomac se met à gargouiller. Il faut que je grignote un truc. Je pousse les couvertures et me glisse jusqu'au bord du lit. D'un pas incertain, me retenant d'une main contre le mur, je marche jusqu'à la cuisine.

L'appartement est calme, aucun signe de la présence d'Eliott. À cette heure-là, il doit déjà être descendu. Après tout, il est propriétaire du bar, il a autre chose à faire que de jouer les infirmiers. Je m'avance jusqu'au comptoir. Un bout de papier traîne sur le plan de travail.

Je suis en bas. Si tu as besoin de moi, tu m'appelles. Fais comme chez toi !

Je remets le message à sa place et prends un muffin sous la cloche de verre. Je l'engloutis en quelques bouchées. Je ne sais pas si c'est parce que cet homme cuisine divinement bien ou si c'est parce qu'en quatre jours je n'ai presque rien avalé, mais ces petits pains aux bananes sont un pur délice. J'accompagne mon goûter d'un jus d'orange. Une fois mon estomac rassasié, je m'assieds sur le canapé. Au bout d'un moment, j'en ai marre de rester là à ne rien faire. Je me lève le pas plus sûr, maintenant que j'ai pris des forces et je file sous la douche. Une serviette enroulée autour du corps, je réalise en entrant dans la chambre d'Eliott que je n'ai pas de vêtements propres. Merde ! Nous devions passer prendre des choses à mon appartement, mais apparemment mon état a changé nos plans. J'enfile à contrecœur ma robe de club qu'il a déposé sur le dossier d'une chaise dans le coin de la pièce. Mon sauveteur à raison, cette toilette est beaucoup trop indécente pour sortir fagotée comme ça même en plein jour. Du coin de l'œil, j'avise une veste de sport à capuche accrochée dans la penderie dont la porte est restée ouverte. J'attrape le vêtement et le passe par-dessus ma robe avant de remonter la fermeture à glissière. Le vêtement est beaucoup trop grand pour moi, je flotte littéralement dedans. Mais bon, pour l'instant ça fera l'affaire. Je noue mes cheveux en queue de cheval et prends la direction de la sortie.

Lorsque je pénètre dans le bar, Eliott qui essuie un verre lève un regard surpris dans ma direction. Il pose le récipient sur le comptoir et s'avance vers moi.

— Ariel, ça va ?

— Oui, un peu mieux. J'en avais marre de tourner en rond. Puis il faut que je passe chez moi pour récupérer quelques vêtements.

À mes paroles, les yeux d'Eliott parcourent mon corps, passant de son sweat à capuche à mes jambes nues pour s'arrêter à mes talons beaucoup trop hauts. Son regard remonte ensuite comme une caresse. Ses iris vert émeraude brillent de désir. Une douce chaleur se répand en moi. Des centaines d'hommes ont contemplé mon corps plus dénudé sur scène, mais jamais un regard ne m'a fait cet effet. J'aurais envie de prendre ses mains pour les poser sur mes cuisses nues, sentir la chaleur de ses paumes sur mon corps. Nous restons un moment immobiles dans ce face-à-face empli de tension. Le bruit de la porte extérieure du bar qui se referme brise l'enchantement. Je reprends mon souffle.

— Eliott, déjà au boulot à ce que je vois.

En entendant la voix chantante, il se tourne dans sa direction. Une belle femme brune dans la trentaine s'avance vers nous et s'arrête en me voyant.

— Désolée, je ne savais pas que tu avais de la compagnie. Je vais revenir un peu plus tard.

Elle s'apprête à tourner les talons qu'Eliott l'arrête.

— Noémie, je te présente Ariel. Elle va passer un peu de temps ici.

La brunette lance un regard interrogateur en direction du propriétaire du bar.

— Noémie est l'une de mes meilleures serveuses, continue-t-il sans tenir compte du regard de la jeune femme.

Elle lève les yeux au ciel.

— Je suis la meilleure de toute la ville, répond-elle en donnant une petite tape sur l'épaule de son patron. Ravie de faire ta connaissance, Ariel. Ce connard passe beaucoup trop de temps seul, ça lui fera du bien un peu de compagnie. Peut-être qu'il sera moins grincheux.

Elle me fait un clin d'œil complice. Je ne sais pas ce qu'elle va s'imaginer. Eliott m'a sauvé la vie, mais il n'y a rien entre nous. Quoiqu'avec ma tenue beaucoup trop légère elle a raison de se faire des idées sur le genre de relation que nous entretenons tous les deux. Mon colocataire provisoire lui lance un regard noir. Elle hausse les épaules et contourne le bar pour déposer son sac. Je laisse Noémie s'installer et me concentre sur Eliott.

— Alors on passe chez moi ?

— Ça peut attendre un peu, non ? Tu viens à peine d'être capable de te lever.

— Non, ça ne peut pas. Que vais-je faire habillée comme ça ? dis-je en montrant ma tenue. Rester dans ton appartement à regarder les murs ? Je n'ai même pas de culotte !

Son regard se fixe sur le bas de ma robe. Je pose un doigt sous son menton pour lui faire relever le visage.

— Mes yeux sont ici ! Alors tu viens ou j'y vais toute seule ?

— Tu sais que tu es une vraie casse-pied. Je vais chercher les clés du 4X4 et je reviens.

Il prend la direction de la porte qui mène à son appartement en marmonnant contre les femmes et leur façon de toujours vouloir mener les hommes par les couilles. Noémie lève les yeux au ciel avant de se tourner vers moi.

— Sois patiente avec lui, il n'a pas l'habitude qu'on lui dise quoi faire.

Je hoche la tête sans un mot. Je ne vois pas en quoi je devrais être patiente. Quand j'aurai récupéré mes fringues, il fera ce qu'il voudra, il ne me doit rien après tout. Quelques minutes plus tard, Eliott nous rejoint.

— Allons-y. Noémie, je serai de retour dans une heure tout au plus, tu peux t'occuper du Mackenzie jusqu'à mon retour ?

— Bien sûr, patron !

Je prends mon sac, salue Noémie d'un signe de tête et je suis Eliott jusqu'à la sortie. Il déverrouille les portières et m'aide à monter à bord de son Ford Explorer. Lorsqu'il me rejoint et prend place sur le siège conducteur, je lui donne l'adresse de mon appartement, qu'il entre dans le GPS avant de prendre la route. Ce n'est que lorsqu'il gare le 4X4 devant l'immeuble délabré où j'habite depuis quelques mois que je réalise que je n'ai pas dit un mot du trajet.

— C'est ici que tu vis ? me demande-t-il en regardant la bâtisse mal entretenue d'un œil dégoûté.

— Ouais, c'est ici.

— Tu aurais dû choisir un quartier plus sûr. Une femme seule dans un coin aussi paumé que celui-ci, c'est courir après les ennuis.

Je lui jette un regard noir. On voit bien qu'il n'a jamais dû se contenter de survivre, surtout en ayant quelqu'un à sa charge qui compte sur vous. Si cela se trouve, Eliott a eu l'aide de ses parents pour ouvrir son pub, même si au premier abord il ne ressemble pas du tout au fils à papa que j'ai pu rencontrer dans ma vie. Je détache ma ceinture et ouvre la portière. En me voyant faire, il ouvre rapidement la sienne.

— Attends, je vais t'aider à descendre.

— Ça va, je ne suis pas invalide. Je suis capable de sortir d'un 4X4 toute seule !

— Avec ces talons, tu risques de te casser le cou !

Le regard qu'il me lance veut tout dire. Il n'a pas envie d'argumenter encore une fois avec moi. Je lève les yeux au ciel et attends qu'il fasse le tour du véhicule. Lorsqu'il arrive devant moi, j'attrape sa main tendue et descends du camion.

— Merci.

Je fais un pas en avant et me prépare à fermer la portière qu'il retient mon geste.

— Attends !

Il se penche au-dessus du siège passager, me donnant une vue sublime sur son derrière musclé, ouvre la boîte à gants pour sortir des munitions d'arme à feu. Il met des balles dans le révolver qu'il vient de sortir de la poche de son veston. Il se redresse, glisse l'arme dans la ceinture de son pantalon et claque la portière avant de se tourner vers moi.

— Allons-y !

Il s'avance et je le suis. Lorsque j'arrive à sa hauteur, je l'interroge du regard.

— Tu trimballes toujours tes joujoux avec toi partout où tu vas ?

Il tourne le visage dans ma direction et un sourire vient soulever le coin de ses lèvres. Mes yeux se posent sur cette bouche magnifique un peu plus longtemps qu'ils ne le devraient. Je me demande quelle saveur aurait ses lèvres si elles se posaient sur les miennes. Ce n'est que lorsqu'il me répond que je sors de la transe dans laquelle je m'étais plongé sans même m'en rendre compte.

— Non, pas toujours. Seulement quand je vais traîner dans des endroits comme celui-là. On ferait mieux de ne pas s'attarder trop longtemps dans le coin.

— Ouais.

Je passe devant lui et m'avance jusqu'à l'entrée de l'immeuble. J'ouvre la porte dont la serrure est brisée depuis que j'ai emménagé et me dirige vers les escaliers.

— C'est au quatrième et l'ascenseur est en panne, on va devoir monter à pied.

Eliott hoche la tête et me suit jusqu'à mon étage. Un air dégoûté s'affiche sur son visage lorsqu'il voit les murs tachés du couloir. Je ne vis peut-être pas dans un palace, mais au moins j'ai un toit sur la tête. Lorsque nous approchons du fond du couloir, je sors les clés de mon sac. Mais au moment où j'atteins la porte de mon appartement et m'apprête à glisser la clé dans la serrure, mon cœur s'arrête.

— Merde !

Le regard de mon compagnon se pose sur la poignée et il m'arrête d'une main sur l'épaule avant que je n'ouvre la porte.

— Attends ici et ne bouge pas.

Il a chuchoté ces mots pour que moi seule entende. Il passe une main dans son dos, sort son arme avant de pousser la porte suffisamment grande pour se faufiler à l'intérieur du logement. Il est à peine entré que sa voix retentit jusqu'à moi.

— Bordel !

Mon cœur se met à battre à toute vitesse. Je me précipite dans l'appartement sans tenir compte de sa demande. En arrivant dans la pièce qui me sert de salon et de salle à manger, je mets la main sur ma bouche pour retenir un cri d'horreur. La table et les deux chaises qui me servent pour mes repas sont en morceaux, le canapé a été éventré à coup de couteau, la vaisselle est en miette sur le sol. Ils ont détruit tout ce que j'avais. Sans un regard vers Eliott qui s'approche de moi, je cours vers ma chambre. La pièce est dans le même état. Mes vêtements et tous mes objets personnels ont subi le même sort. Je lève lentement les yeux sur le mur près de mon lit. Les salauds qui ont fait ça, on écrit à la canette de peinture : on te retrouvera sale putain !

Devant le carnage, je me laisse tomber à genoux sur le sol et commence à trembler. Eliott qui m'a rejoint se penche près de moi et me serre contre lui.

— Ça va aller.

Sa voix se veut rassurante, mais je sens à son corps tendu qu'il essaie de contenir sa rage. Il pose une main sur ma joue et essuie mes larmes. Il avait raison de dire que c'était dangereux de rentrer chez moi le soir où il m'a sorti des griffes de Johnny. Si je n'en avais fait qu'à ma tête ce soir-là, je serais morte à l'heure qu'il est. Mon dieu qui aurait pris soin d'elle, personne. J'ai accepté le job au *Princess* parce qu'il me donnait suffisamment d'argent pour subvenir à ses besoins. Mon manque de courage pour me dénuder devant ces hommes bourrés, m'a obligé à consommer cette merde et à cause d'elle je me suis mise en danger. Si Johnny me rattrapait, elle se retrouverait seule. Je dois me sortir de cette situation désastreuse. Si pour y arriver je dois faire confiance à Eliott, un homme dont je ne connais rien, je le ferai, pour elle.

— Nous ne devons pas traîner ici, Ariel. On ne sait pas s'ils surveillent ton appartement. Si c'est le cas, ils pourraient revenir. Prends les choses qui sont encore en état et partons.

Je parcours ma chambre des yeux. À quoi bon ? Tout est détruit et à jeter aux poubelles. Je me redresse et me remets sur pied.

— Il n'y a plus rien, ils ont tout détruit, même mes vêtements.

Ma voix est teintée de désespoir. Eliott semble comprendre mon abattement, car son regard se remplit de compassion. Il fait un pas vers moi et pose délicatement la main sur mon épaule.

— Ça va aller d'accord. Tout va s'arranger. Je dois passer un coup de fil, je t'attends à côté.

— D'accord.

Dès qu'Eliott quitte la pièce, je laisse couler mes larmes et avance jusqu'à la table de nuit. Ouf, elle est encore là ! Je prends la photo encadrée, le dernier vestige de mon passé heureux et le glisse dans mon sac. Lorsque je rejoins Eliott, il est toujours au téléphone.

— On sera là dans vingt minutes. Merci, Summer, je te revaudrai cela.

Il coupe la communication avec le sourire aux lèvres. Je ne sais pas qui est cette Summer, mais apparemment cette femme lui est chère. Sans savoir pourquoi mon cœur se serre comme s'il était pris dans un étau. Je fais taire rapidement ce sentiment que je devine être un début de jalousie en m'avançant vers lui. En entendant mes pas, Eliott se tourne vers moi et m'observe de la tête aux pieds. Son sourire disparaît et ses yeux s'assombrissent.

— C'est bon. Une amie va passer au Mackenzie pour te donner quelques vêtements en attendant qu'on aille en acheter de nouveau. J'espère que ça ne te dérange pas de porter les vêtements d'une autre ?

— Non, ça va.

Vêtements d'occasions ou pas, c'est toujours mieux que de me promener dans cette robe de traînée. De toute façon, ce n'est pas comme si j'avais les moyens de faire les boutiques. Mon compte en banque est presque vide, il reste à peine de quoi payer une partie de la pension du mois prochain.

Lorsque nous franchissons les portes du Mackenzie, une jeune femme rousse se tourne vers nous. Dès que son regard éclatant croise celui d'Eliott, un immense sourire apparaît sur ses lèvres. Elle se lève difficilement du tabouret sur lequel elle s'était installée et se précipite dans notre direction. En la voyant approcher, Eliott ouvre les bras et la serre contre lui. Après avoir déposé un baiser sur sa joue, il recule d'un pas en souriant.

— Merde, tu es énorme !

Elle rit et pose une main sur son ventre arrondi.

— Ouais, mini Cameron prend de plus en plus de place. S'il continue comme ça, je vais exploser avant qu'il ne sorte de là.

— Mais non, je plaisante. Tu es magnifique comme toujours.

— Tu fais bien de te racheter. Tu sais, les femmes enceintes peuvent devenir très violentes si on les contredit. Je ne voudrais surtout pas abîmer ce beau visage avec mes jolis ongles, dit-elle en montrant des mains.

— Je laisse les coups de griffes à Cameron, rigole Eliott. Je suis sûr qu'il adore cela en plus !

— Ce n'est pas faux !

Elle lui fait un clin d'œil complice et tourne le visage dans ma direction. La jeune femme qui doit être Summer, celle à qui Eliott parlait au téléphone dans mon appartement, me sourit et fait un pas vers moi, la main tendue.

— Salut, tu dois être Ariel ? Je m'appelle Summer, je suis une amie de ce grand nigaud. Je t'ai apporté quelques vêtements en attendant que tu te sentes assez bien pour faire les boutiques.

— Merci, c'est gentil.

— Oh ! si tu veux, je pourrais t'accompagner. On peut même demander à Emma de venir avec nous. Je suis certaine qu'elle serait contente de te rencontrer.

Je ne sais pas comment réagir face à son invitation. Je n'ai jamais vraiment eu d'amies, autres que mes collègues de la troupe de ballet. Et nous n'étions pas vraiment proches l'une de l'autre. La compétition qu'il y avait entre nous pour avoir le premier rôle était trop forte pour que l'on puisse vraiment créer des liens. Quant au *Princess*, toutes des cinglées, sauf Claris, avec qui je m'entendais bien. Ne sachant quoi répondre, je lui souris simplement. Eliott passe derrière moi. Je ne vois pas son visage, mais au regard que lui lance la rouquine, je vois que son invitation ne lui plaît pas. Il pose une main sur mon épaule et approche son visage de mon oreille.

— Tu as eu une dure journée, tu devrais monter te reposer un peu.

Il a raison. Voir l'état dans lequel se trouvait mon appartement, m'a énormément affectée et avec les jours passés à tout juste me nourrir, je tiens à peine sur mes jambes. Je dis au revoir à Summer et me dirige vers le fond du bar.

Chapitre 4

Eliott

Debout au milieu du pub, je regarde Ariel rejoindre la porte qui mène à mon appartement. Son pas est lourd, ses épaules affaissées. Elle est plus perturbée par l'état dans lequel elle a trouvé son appartement et les menaces écrites sur le mur de la salle de séjour, qu'elle ne veut bien le montrer. Elle a beau essayer de le cacher derrière un visage neutre, je vois bien qu'elle est anéantie par tout ça. Je suis passé maître dans l'art de cacher mes sentiments, ce n'est pas aujourd'hui qu'elle apprendra à un vieux singe à faire la grimace. Dès que la porte se referme derrière elle, je regarde Summer toujours près de moi.

— Laisse-la tranquille, tu veux ?

— Pardon !

— Ton invitation et le fait qu'elle rencontre Emma, dis-je en me dirigeant derrière le bar.

Je prends un verre, le remplis de mon meilleur whisky et me tourne vers Summer qui m'a rejoint. Elle s'appuie contre le comptoir et me sonde du regard comme si elle essayait de percer mon âme.

— C'est juste que comme tu n'as jamais emmené une femme ici et qu'en plus elle habite chez toi, j'ai pensé que… qu'il y avait un truc.

— Justement, tu penses trop ! Ce n'est pas parce que Cameron et toi avez trouvé l'amour que tout le monde veut la même chose ! Je ne ressens pas le besoin d'avoir une femme dans ma vie, d'accord ?

Elle prend sa lèvre inférieure entre ses dents, signe qu'elle réfléchit. Encore !

— Tu es gay ?

— Bien sûr que non ! Si c'était le cas, tu le saurais.

— Alors pourquoi ?

— J'ai mes raisons. Tout ce que tu dois savoir c'est que je ne veux m'encombrer ni d'une femme ni d'un homme et pas même d'un poisson rouge.

— Pourquoi l'héberger alors ?

Ce qu'elle peut être têtue lorsqu'elle le veut ! Depuis la soirée que nous avons passée ensemble, lorsque j'ai décidé d'ouvrir les yeux de Cam sur les sentiments qu'il avait pour Summer, elle et moi sommes devenus très proches. Elle est ce qui se rapproche le plus d'une meilleure amie et d'une petite sœur. Et elle croit que ça vient avec le privilège de pouvoir se mêler de ma vie privée et de me casser les couilles comme bon lui semble. En repensant à la raison qui m'a poussé à offrir le gîte à Ariel, je soupire et prends une longue gorgée de liquide ambré.

— Quand j'ai trouvé Ariel, elle se faisait agresser par un mufle derrière un bar. Elle a des problèmes de drogue et des gens veulent visiblement sa peau. Qu'est-ce que j'étais censé faire, la laisser se faire tuer ?

Un air triste s'affiche sur le beau visage de Summer. Elle tend la main et la pose sur la mienne.

— Tu n'aurais pas pu les laisser lui faire du mal. Tu es un homme bon Eliott Mackenzie, même si parfois tu peux être le roi des cons. Ariel a beaucoup de chance d'avoir croisé ta route.

— Summer…

Elle lève les yeux au ciel devant mon avertissement. Si elle savait. Je ne lui ai pas raconté mon histoire. Elle ne sait rien à-propos d'Éléonore ni de ce qui lui est arrivé par ma faute. Je ne dirais pas que je suis un homme bon, loin de là. J'ai commis mon lot de péchés et comme mes amis, j'ai mes démons.

— Je sais que tu ne veux pas de femme dans ta vie. J'ai compris. Tu as été suffisamment explicite pour cela. Mais cette jeune femme a besoin de soutien et d'amis. Tu es mon meilleur ami, même si cela ne plaît pas trop à Cam. Je crois que tu peux apporter beaucoup à Ariel. Et si tu m'en donnes la permission, je pourrai passer pour discuter avec elle de temps en temps entre filles.

— Ouais, si tu veux, je réponds dans un soupir, incapable de la regarder plus longtemps dans les yeux.

— Je vais te laisser te préparer pour l'ouverture, dit-elle en regardant sa montre. Cameron ne sait pas que je suis ici. S'il voit que je ne suis pas à la maison en arrivant, il va se faire du souci. Le bébé n'est pas encore né, mais il est déjà père poule.

— Ouais, il n'arrête pas d'en parler lorsqu'il passe prendre un verre. Tu veux que je te ramène ?

— Non, ça va aller, je suis une grande fille. Je suis capable de rentrer toute seule.

— Laisse-moi au moins t'appeler un taxi.

— D'accord, si tu y tiens.

Dès que Summer quitte le Mackenzie, je prends la direction qu'Ariel a prise plus tôt et monte à l'appartement. Les clients vont bientôt se pointer et je dois me changer pour prendre mon poste derrière le bar. Lorsque j'entre chez moi, Ariel n'est nulle part, mais la porte du balcon qui donne sur la cour arrière est entrouverte. Elle est au téléphone. De là où je suis, je n'entends que des bribes de sa voix mélodieuse que le vent emporte dans sa course. Je continue mon chemin dans le couloir. Sa vie privée ne me regarde pas, c'est ce que j'essaie de me dire en marchant. Malgré tout, je me demande à qui elle parle. Elle n'est entrée en contact avec personne depuis qu'elle est chez moi. Je pénètre dans ma chambre et m'avance vers la commode. J'enfile un t-shirt blanc très simple et retire mon pantalon noir pour passer mon kilt aux couleurs du clan Mackenzie. Le premier soir où Adam et Cameron m'ont vu le porter, ils se sont bien foutus de ma gueule. Quoi dire à mes deux meilleurs amis sur ma tenue ? Ne voulant pas passer pour une mauviette en avouant que j'avais le mal du pays et que l'Écosse me manquait terriblement, j'ai haussé les épaules et dit nonchalamment qu'il fallait bien attirer les femmes.

Lorsque j'atteins la porte d'entrée, Ariel est toujours dehors. Je sors de l'appartement et ferme doucement la porte derrière moi.

— Alors votre sortie, ça s'est bien passé, me demande Noémie en passant devant moi.

— Pas vraiment. Disons qu'on a eu une mauvaise surprise en arrivant chez elle.

Je ne veux pas raconter la vie d'Ariel, même si je ne connais pas grand-chose au sujet de cette fille. Je ne sais même pas si Ariel est son vrai nom ou si c'est un pseudonyme qu'elle utilisait pour la scène. Si Noémie veut savoir ce qui s'est passé, elle n'a qu'à lui demander directement. Je continue mon chemin, mettant fin à la conversation et aux questions que mon employée pourrait me poser et me glisse derrière le comptoir. Heureusement, le bar se remplit rapidement. Je laisse de côté les problèmes de la journée et me concentre sur ce que je fais le mieux : servir les clients. Je discute de sport avec deux habitués assis à une table près du comptoir depuis un moment lorsqu'un rire éclatant se fait entendre derrière moi par-dessus la musique. Ce son doux et limpide m'atteint en pleine poitrine. Je tourne le visage dans la direction d'Ariel. Une main sur la bouche, elle essaie de cacher son fou rire.

— Si vous voulez bien m'excuser ? dis-je en m'adressant à mes deux clients qui regardent Ariel comme si elle venait d'une autre planète.

Je m'avance vers elle profitant des quelques pas qui nous séparent pour la reluquer sans pudeur. Elle porte les vêtements que Summer lui a apportés. Bien qu'elle soit de la même taille que mon amie, les formes d'Ariel sont un peu plus généreuses. Le jean foncé moule délicieusement ses hanches tandis que le débardeur rouge laisse voir une partie de son ventre plat mettant en valeur ses seins parfaits. Vêtue de cette manière, elle est encore plus bandante qu'en tenue de scène. Je m'arrête à quelques centimètres de ce corps envoûtant et la fusille du regard.

— Je peux savoir ce qui te fait rire ?

Elle enlève la main de devant son visage, prend une grande inspiration pour se contenir, mais malgré sa volonté à rester sérieuse, elle pouffe de rire à nouveau. Je déteste qu'on se foute de ma gueule et là c'est clairement ce qu'elle fait.

— Toi ! rigole-t-elle en me montrant d'un geste de la main. Tu sais que tu portes une jupe ? Tu t'es trompé de penderie ou c'est ton truc de porter des vêtements de femme ?

Je lui jette un regard noir. En plus de rire de moi, elle met en doute ma virilité alors qu'un simple regard sur elle a fait tendre mon sexe qui maintenant ne rêve que de se glisser entre ses cuisses. Je fais un autre pas m'arrêtant à quelques centimètres de son corps et penche la tête près de son oreille.

— Rien à voir. Cette jupe comme tu dis est un kilt, le tartan du clan Mackenzie que les hommes de ma famille portent depuis des générations. Quant à ma virilité, ajouté-je en me collant à elle et en effectuant un mouvement de va-et-vient du bassin pour lui faire sentir ma semi-érection. Qu'est-ce que tu en penses ?

Elle recule d'un pas comme si mon toucher l'avait brûlée. Une légère rougeur apparaît au bas de sa nuque pour remonter vers ses joues. Sa respiration se fait rapide. Mon geste ne la laisse pas indifférente, loin de là. Elle prend une grande inspiration pour se reprendre et cacher le trouble que notre proximité a fait naître en elle. Ariel redresse les épaules pour ne rien laisser paraître, puis m'affronte du regard prête à me défier.

— C'est vrai que les hommes ne portent rien sous leur kilt ? Ils ont le choix de mettre quelque chose ou non ? Et toi tu en portes ou pas ?

Un sourire espiègle apparaît sur ses lèvres. Elle essaie de reprendre le dessus sur notre rixe verbale, mais je ne suis pas prêt à jeter les gants. Je plante mon regard dans le sien et lève un sourcil.

— À ton avis ? Tu peux toujours vérifier si tu veux.

Au regard lubrique que je lui lance, elle reste bouche bée et ses joues deviennent écarlates. Une image se faufile dans mon cerveau : celle de sa main se glissant sous mon tartan. Mon membre durci à nouveau. Il faut vraiment que j'arrête de fréquenter Cameron, je deviens aussi cinglé que lui. Elle baisse les yeux, gênée, et après avoir secoué la tête, elle bafouille un « non merci » avant de tourner les talons pour rejoindre le bar. Je la regarde s'avancer vers le comptoir un grand sourire aux lèvres. Ariel 0, Eliott 1. C'est drôle d'arriver à la déstabiliser ainsi. Après tout, elle est loin d'être une jolie petite femme innocente. Elle a dû en voir de toutes les couleurs en bossant au *Princess.* Je prends une grande inspiration, laisse Ariel aux mains de Noémie et je retourne travailler.

Je marche en direction du comptoir aussi vite que mes talons hauts me le permettent. J'ai besoin d'un verre d'eau froide, mais surtout de m'éloigner de ce connard. Je suis descendu pour me changer les idées suite à l'appel que j'ai reçu, mais surtout pour lui demander de l'aide, encore une fois. En le voyant les mains appuyées contre la petite table alors qu'il discutait avec ses clients, mon cœur a fait trois tours. Vêtu de ce kilt qui laissait délicieusement à ma vue ses jambes musclées et de ce t-shirt qui moulait ses larges épaules comme une deuxième peau, Eliott Mackenzie était un appel au vice. La testostérone émanant de son corps puissant a glissé vers moi et s'est infiltrée dans chacun de mes pores, faisant naître un feu brûlant au creux de mon ventre. Pour fuir la tentation de le toucher, je me suis tourné vers l'humour et le sarcasme, une chose pour laquelle je suis douée. Mais apparemment, le bel écossais et moi n'avons pas le même sens de l'humour, car mes paroles au lieu de détendre l'atmosphère ont heurté sa sensibilité de mâle.

Je prends place sur l'un des tabourets vides. En me voyant, Noémie s'avance vers moi.

— Qu'est-ce que je te sers ?

— Un verre d'eau froide. Et puis non, donne-moi un double whisky.

— Oh ! Dure soirée.

Elle n'a pas idée. J'ai l'impression que tout est contre moi. D'abord, je dois quitter mon boulot à cause de Johnny, puis je me retrouve sans un sou aux dépens d'un homme que je ne connais pas, et voilà que l'hôpital m'appelle pour me dire que le traitement ne fonctionne plus et que le seul autre disponible coûte le triple du prix alors que je n'arrive même pas à payer les frais d'hébergement. Comme si ça ne suffisait pas, il faut que je sois attiré sexuellement par l'homme dont je sens le regard fixé sur mon dos, alors que j'ai réussi à tenir tous les autres loin de moi depuis deux ans. Je n'arrive pas à croire que je me suis fait prendre à mon propre jeu. Contre mon bas-ventre, je peux presque sentir encore son membre durci se frotter à moi. *Putain de salaud !*

J'ai dû prononcer ces mots à voix haute, car Noémie jette un œil au fond de la salle et m'interroge du regard.

— Qui ça, Eliott ? Tu es la première à dire cela. Tu sais, toutes les femmes qui croissent son chemin trouve que c'est un vrai gentleman et tombe vite sous son charme.

Vraiment ? Cet homme n'a rien d'un gentleman, c'est plutôt un homme des cavernes, ouais. D'accord, il n'est pas mal physiquement, il est même plutôt chaud à regarder. Mais comme les brioches tout juste sorties du four, ce n'est pas parce qu'elles ont l'air appétissantes qu'elles sont nécessairement bonnes pour la santé. J'attrape mon verre et m'apprête à boire une gorgée qu'on me retire le verre des mains.

— Je ne crois pas que ce soit une bonne idée.

Je tourne le visage en direction d'Eliott, qui debout à côté de moi semble totalement furax. Je lui lance un regard noir et pivote sur mon tabouret pour lui faire face. Mon visage arrive près de son… de son… entre-jambes. Ma bouche devient sèche en me rappelant la taille de son engin. Comme si c'était le moment de penser à cela ! Je prends une grande inspiration puis lève la tête pour planter mon regard dans le sien.

— Ah oui ? Et pourquoi, je demande d'un ton sec, les mains sur mes hanches.

— Déjà, tu es en sevrage d'une addiction, tu ne vas pas te mettre à boire en plus.

— Ce n'est qu'un verre ! Je ne vais tout de même pas devenir alcoolique !

— Juste un ? Je suis certain que tu as dit la même chose lors de ta première ligne.

— Non, mais tu me fais quoi, là ? Tu n'es pas mon père !

Comment peut-il se permettre de me dire ce que je dois faire ?

— Mon bar, mon alcool, mes règles, chérie.

Eliott met fin à cette conversation en vidant mon verre. Il fait le tour du comptoir, sort une bouteille d'eau du frigo sous le bar, la vide dans un verre et y ajoute quelques quartiers de citron avant de me le tendre.

— Tiens.

— Connard !

Je lève les yeux au ciel et prends le verre pour le porter à mes lèvres. Sans me lâcher des yeux, il s'appuie au comptoir. Il semble réfléchir un instant puis finit par rompre le silence.

— Je peux te dire ce que je pense ?

— Ouais, vas-y ! De toute façon, ce n'est pas comme si tu avais l'habitude de demander la permission.

Cette fois, c'est à son tour de me lancer un regard noir.

— Je ne crois pas que ce soit sain de passer tes journées dans mon appartement. Ce n'est pas en tournant en rond que tu passeras à autre chose. Il faut que tu trouves de quoi t'occuper l'esprit pour te changer les idées.

Je l'arrête d'un geste de la main.

— En fait, c'est pour ça que je suis descendu ce soir. Je voulais te demander un truc avant que tu te comportes en crétin.

Il lève un sourcil.

— Avoue que tu l'as bien cherché.

Un immense sourire s'affiche sur son visage, le rendant plus beau encore. J'avoue que Noémie n'a pas tort en disant qu'Eliott a un certain charme. Surtout lorsqu'il ne se comporte pas comme un con.

— Peut-être, mais ce n'était pas une raison d'agir comme un attardé en rut.

— Je suis sûr que ça t'a plu.

Il approche son visage par-dessus le comptoir et glisse sa bouche près de mon oreille pour que personne n'entende, ce qui, vu la musique qui joue dans les enceintes est presque impossible.

— Allez, Ariel, ne fais pas ta vierge offensée. Ton corps a adoré le contact du mien, une chose que tu ne peux nier. Tous les signes y étaient : ta respiration rapide, la pointe de tes seins qui se sont dressés. Je suis sûr que tu en mouillais d'envie.

Ses mots glissent sur ma peau déclenchant un torrent de feu dans mes veines. Mon corps réagit comme il le dit. Mais je ne veux pas de ce désir. S'il n'en tenait qu'à moi, je me lèverais de ce tabouret et partirais loin. Mais voilà, je n'ai pas d'endroit où aller. Donc au lieu de fuir comme j'en ai envie, je plante mon regard dans le sien.

— Ouais, c'est ça, dans tes rêves.

Il me sourit et se redresse comme si de rien n'était, comme s'il n'y avait pas cette tension qui crépite entre nous.

— Tu voulais me demander un truc ?

Il fait signe à un client qui a rejoint le bout du bar de l'attendre une minute.

— C'est bon, ça peut attendre. Va bosser, on en discutera demain.

Il rejoint l'homme qui semble commencer à s'impatienter. Il lui sert son verre et discute un moment avec lui. Eliott est comme un poisson dans l'eau derrière un bar. Il adore ce qu'il fait, ça se voit. Il me fait un peu penser à moi à l'époque où je dansais sur les plus grandes scènes du pays. Ça me manque de me sentir à ma place. Se lever le matin en sachant que l'on fait ce pour quoi on est né. Vais-je ressentir cela à nouveau un jour ? J'en doute. Depuis deux ans, j'ai l'impression d'avancer à l'aveuglette, sans réellement vivre. Je survis, nous survivons, point barre. Aucune passion ne m'anime depuis le jour où j'ai quitté la scène. Je vide mon verre d'eau en regrettant que ce ne soit pas le whisky de tout à l'heure. Il se fait tard, il serait préférable que je monte dormir. Je dis au revoir à Noémie et prends la direction de l'appartement.

Le lendemain, lorsque j'ouvre les yeux l'appartement est silencieux. Eliott doit encore dormir. Ce qui n'est pas surprenant, car lorsque je me suis assoupie à l'heure où le ciel commençait à pâlir aux premières lueurs de l'aube, il n'était toujours pas monté. Si je n'avais pas ressassé tous ces mauvais souvenirs, j'aurais peut-être mieux dormi. Je pousse les couvertures et me lève du lit. Après avoir enfilé une veste à capuche appartenant à Eliott, je sors de la chambre et longe le couloir sans faire de bruit. Je m'arrête à l'entrée de la pièce principale. Mes yeux se portent sur mon hôte étendu sur le canapé. Couché sur le dos, une jambe suspendue dans le vide, le grand corps d'Eliott peine à entrer sur l'étroit divan. Il doit être terriblement inconfortable. Je devrais lui rendre son lit et prendre le canapé ou accepter son offre et prendre le loft d'en face. Mes yeux remontent tranquillement le long de son corps, caressant ses cuisses musclées dont on voit la forme sous le drap mince qui le recouvre jusqu'à la taille. Mon regard suit la mince toison qui recouvre la peau du bas de son ventre. À mesure que je me délecte du spectacle que m'offre Eliott, mon corps s'enflamme. J'ai envie de tendre la main pour la poser sur ses abdominaux et en caresser chaque centimètre de peau. Je serre les poings et prends une grande inspiration pour me calmer. Attention danger ! Ce type est un enflamme culotte auquel je ne peux pas succomber. J'ai cédé une fois à cet appel au vice, on ne m'y reprendra pas. Cela ne m'a apporté que des ennuis. Je prends une nouvelle inspiration et m'avance dans la pièce passant le plus loin possible de cette tentation qu'est Eliott Mackenzie. J'ai besoin d'un café bien fort pour me remettre les idées en place.

Je mets la cafetière en marche, sors un poêlon de l'armoire et le mets sur la cuisinière pour faire cuire des œufs et du bacon. Je suis en train de mettre une portion de mon déjeuner dans mon assiette, quand je sens la chaleur d'un grand corps derrière moi. Eliott passe le bras par-dessus mon épaule pour prendre une tasse dans l'armoire du haut dont j'ai laissé la porte ouverte. Dans son mouvement, son bas ventre dont l'érection matinale est clairement présente se colle à mon postérieur. J'avale difficilement ma salive.

— C'est le meilleur réveil que j'ai eu depuis un moment. Me lever et voir une jolie femme dans ma cuisine en train de préparer le petit-déjeuner, le rêve.

Ses lèvres ont délicatement frôlé mon lobe d'oreille alors qu'il prononçait ses paroles déclenchant un délicieux frisson le long de mon échine. Bordel, cet homme fait exprès pour me rendre folle. Pour rester de marbre, je prends mon assiette et me glisse sous son bras pour rejoindre la table. Il verse du café dans sa tasse, se tourne en s'accoudant au plan de travail et porte la tasse à ses lèvres.

— Hum… Ce café est divin !

— Ne t'habitue pas trop vite. Je n'ai pas l'intention d'être ta bonniche de service.

— Et moi, je n'ai pas envie d'avoir une femme dans mes jambes. Quoique ça ne serait pas trop déplaisant.

Je lève les yeux au ciel. Non, mais putain, quel con !

— Tu voulais me parler hier soir ?

— Euh, ouais, dis-je déboussolée par son brusque changement de sujet.

Il s'avance, prend place sur une chaise vacante et pose sa tasse devant lui. Je le regarde s'installer les yeux fixés sur son torse dénudé. Et c'est à cet instant que je réalise qu'Eliott n'est vêtu que d'un simple boxer.

— Merde, Eliott, tu aurais au moins pu t'habiller !

Il me lance un regard étonné comme s'il n'avait pas remarqué son manque de vêtement.

— Pourquoi ? J'ai l'habitude de me promener en boxer chez moi le matin.

— Peut-être parce que je suis là et que ça me dérange de discuter avec un homme à moitié nu.

— Et bien, je ne te savais pas si prude Ariel.

— Il n'est pas question d'être prude ou pas, c'est une question de bienséance, rien de plus.

— Bon, d'accord si tu y tiens.

Il recule sa chaise, se lève et s'avance en direction du canapé. Il attrape le pantalon de survêtements qui traîne sur le dossier et l'enfile. Tout le temps qu'il s'habille, je le fixe hypnotisée par la beauté de son corps. Eliott Mackenzie a vraiment un cul magnifique. Ce n'est que lorsqu'il se rassied à sa place en enfilant un t-shirt trouvé sur la table basse que je réalise que je suis restée à l'observer sans bouger. Un sourire coquin apparaît sur ses lèvres, signe qu'il a remarqué que je le matais sans vergogne. Au moins a-t-il la décence de ne pas faire de remarques désobligeantes.

— Alors, de quoi voulais-tu me parler ?

Je prends une gorgée de café pour me permettre de mettre mes idées en place. Il faut dire que ce n'est pas aisé après le spectacle que je viens d'avoir.

— En fait, j'ai une proposition à te faire. Comme je risque de squatter un moment chez toi le temps de me faire oublier et que ton appartement est petit et que visiblement le canapé n'est pas à ta taille, je pourrais prendre le loft d'à côté. Je vais m'occuper du ménage, t'inquiète. Tu as bien assez de ton bar à gérer.

— Je n'y vois aucun problème. Je t'en avais parlé le soir où tu es arrivé puisque Lucas n'y est pas.

— Je sais. Mais bon, voilà ma proposition. Comme habiter chez toi sans rien payer me met mal à l'aise et que je n'ai plus de boulot, je me disais que je pourrais travailler au bar en attendant. Tu pourrais déduire un montant de mon salaire pour mon loyer directement sur ma paie. Comme ça, je resterais cachée ici, mais je ne me sentirai pas redevable envers toi pour le gîte et le couvert. Tu en penses quoi ?

Il croise ses bras musclés contre son torse et prend sa lèvre entre ses dents le temps de réfléchir.

— Ouais, je n'y vois pas d'inconvénients. Surtout que le Mackenzie à cette période de l'année est plus achalandé. Une serveuse en plus ne ferait pas de mal. Tu es prête à commencer quand ?

— Ce soir, si tu veux.

— Ça me va. Demande à Noémie lorsqu'elle arrivera cet après-midi pour préparer le bar de te donner un uniforme et te montrer la caisse. J'ai un entraînement de boxe avec des copains donc je rentrerai un peu avant l'ouverture.

Chapitre 5

Eliott

Lorsque j'arrive au club de boxe, mes amis sont déjà là. Je me gare à côté de la Bugatti d'Adam, attrape mon sac de sport sur le siège passager et rejoins l'entrée. J'ai à peine mis le pied dans la salle d'entraînement qu'Adam me fait signe de les rejoindre. Je m'avance dans leur direction, je salue Cam d'une tape sur l'épaule et fais l'accolade à Adam. Son corps se raidit un instant à mon contact, mais il se détend rapidement. Mon meilleur ami semble beaucoup plus serein depuis qu'il est avec Emma. Les contacts physiques lui sont moins pénibles depuis qu'il a envoyé son salaud de père en enfer. Je suis content de le voir enfin heureux après tout ce qu'il a vécu tout comme Cameron qui a trouvé une perle en Summer.

— Tu es en retard, mec, me dit Adam en posant sa main sur mon épaule.

— Désolé, j'avais des trucs à régler au Mackenzie avant de partir.

Cameron lève les sourcils alors qu'un sourire s'affiche sur son visage de petit merdeux.

— Le genre de truc à faire bander ? Grande, blonde, sculpturale ?

Je lui jette un regard noir.

— Bah, quoi ! Tu croyais que Summer ne me dirait rien ?

Le regard d'Adam passe de Cameron à moi. Il ne semble pas comprendre ce qui se passe entre nous.

— Euh… J'ai du mal à suivre.

— Normal puisque tu passes tout ton temps avec Emma, rétorque Cam en riant. Ce connard a décidé de jouer le preux chevalier. Du coup, il se retrouve avec une petite bombe sous son toit. Ça doit tellement le démanger dans le pantalon que ce petit connard a probablement dû se branler quatre fois avant de partir, ce qui explique son retard.

Une rage froide m'envahit devant ses moqueries. Je l'attrape par le col de son t-shirt et m'apprête à lui coller une droite, lorsqu'Adam saisit mon bras et m'arrête dans mon élan.

— Non, mais arrêter tous les deux ! Vous réglerez vos comptes sur le ring. Putain, mais vous êtes pire que des gamins ! Cameron, ferme-la avec tes conneries. Tu es le seul à trouver ça drôle. Et toi, dit Adam en tournant son visage vers moi, va falloir que tu m'expliques pourquoi ce petit con se fout de ta gueule. Mais d'abord l'entraînement.

Adam enfile ses gants et se dirige vers le ring accompagné de Cameron. Je pose mon sac au sol en soupirant. Bordel, Summer ! J'aurais dû me douter qu'elle ne tiendrait pas sa langue, surtout avec lui. Et maintenant en plus d'avoir Cam sur mon dos je vais devoir expliquer tout ça à Adam. Je sors la roulette de strapping et me bande les mains. Une fois fait, je m'avance vers le sac de frappes pour m'échauffer un peu avant de rejoindre mes copains sur le ring.

Lorsque mes muscles sont bien échauffés, je passe entre les cordes de sécurité et les rejoints sur la plate-forme de combat. Adam retire son casque de protection et passe la main dans ses cheveux humide.

— Ça paraît que je ne me suis pas trop entraîné ces derniers temps, je suis crevé, dit-il en essayant de reprendre son souffle.

— Ta petite Emma te rend faible mon pote, dit Cameron en se moquant d'Adam.

— Ah oui ? J'ai comme l'impression de ne pas être le seul. Ta rouquine semble te mener par le bout de la queue aussi. Alors, va te faire foutre !

— Oh, j'y compte bien dès mon retour ce soir. Mais je vais d'abord foutre une raclée à Mackenzie.

— Dans tes rêves du con ! C'est moi qui vais te faire ravaler tes paroles de tout à l'heure.

— T'inquiète, rêver d'un Écossais en kilt, aux jambes poilues ce n'est pas trop mon truc.

Devant nos conneries, Adam lève les yeux au ciel. Il a l'habitude de nous voir nous chamailler. Entre Cameron et moi, ç'a toujours été ainsi. N'empêche que pour ce type je donnerais ma vie, tout comme pour Adam et Lucas. Je ne sais pas ce que je serais devenu sans eux à mes côtés. Probablement dans ma tombe ou en prison. J'enfile mon casque et glisse le protège-dents dans ma bouche.

— Aller vient, connard ! Ça va faire mal ! dis-je en lui faisant signe de ma main gantée d'approcher.

Après quinze minutes de combat, nous sommes en sueur et en sang. Cameron m'a décroché quelques bonnes droites, mais je ne l'ai pas laissé me dominer. Bien au contraire, c'est plutôt moi qui lui ai foutu une bonne raclée. Nous restons immobiles, les mains sur les genoux en essayant de reprendre notre souffle. Il retire ses gants et essuie le sang qui coule de sa lèvre fendue.

— Bordel, mec, tu y es allé un peu fort. Tu viens d'abîmer une putain d'œuvre d'art. Comment je vais faire maintenant pour séduire ma future femme ?

— T'inquiète, je suis sûr que dès qu'elle te verra elle aura envie de te chouchouter. Et puis ça te donne des airs de dur, je suis sûr que ça lui plaira. Les femmes adorent les bad boys, il paraît.

— Pas faux.

Nous descendons du ring et rejoignions Adam assis sur un banc en train de vider une grande bouteille d'eau, son cellulaire à la main. En le voyant pianoter sur le clavier numérique, je grimace. Emma, j'imagine.

— Bon, pendant que tu textes avec ta dulcinée, je file sous la douche.

Il hoche la tête sans lever les yeux de l'écran. Je soupire. Impossible de passer un moment tranquille entre mecs sans que Emma et Summer interviennent. C'est fou comme les choses ont changé ! Je prends la direction des vestiaires, attrape ma serviette dans mon casier et file sous la douche. Lorsque l'eau tiède coule sur mon visage, je grimace de douleur et porte ma main à mon arcade sourcilière. Bordel, Cameron, il y est allé fort ! Sous l'emprise de l'adrénaline, je n'ai pas senti ma peau se fendre. Merde, ça fait un mal de chien ! Et après, monsieur se plaint pour une petite coupure à la lèvre. Quelle mauviette ! Je me lave en vitesse et enfile des vêtements propres. Une fois habillé, je vais dans le bureau de Baker, le propriétaire de la gym. Assis à son bureau, il fait sa paperasse. En m'entendant frapper à sa porte ouverte, il lève les yeux.

— Merde, Mackenzie, il ne t'a pas manqué. Avec qui t'es-tu battu ?

— Cameron.

— Une chance que c'est ton pote, rigole-t-il en se levant de son siège. Blake a un sacré punch.

Baker est un chouette type. L'homme qui a la cinquantaine avancée est un ancien champion de la WBO. Lorsque nous nous sommes présentés tous les trois lors de notre arrivée au pays, Baker nous a pris sous son aile. Il devait avoir remarqué que nous avions besoin de frapper pour nous défouler et faire sortir nos démons. Je souris en pensant à mes amis. Dans leur cas, ce n'est ni la boxe, ni la drogue ou l'alcool qui a été leur rédemption. C'est Emma et Summer qui ont fait fuir l'obscurité qui rongeait leur âme. Quant à moi… les démons sont toujours là prêts à refaire surface.

— Tiens, mets ça sur ta blessure, ça évitera que ça enfle, dit Baker en me tendant un sac de glace.

— Merci.

Je pose la glace sur mon œil en grimaçant. Baker me fait signe de dégager de son bureau et retourne à sa place pour terminer sa besogne avant la fermeture. Je le salue rapidement et pars retrouver mes amis.

— Bon, je retourne au Mac, je suis en retard pour l'ouverture, dis-je en arrivant près d'eux. Noémie va vouloir m'arracher les yeux pour l'avoir laissée ouvrir seule.

— Oui et je t'ai bien assez amoché comme ça, rigole Cameron en pointant mon visage.

— On t'accompagne, dit Adam qui reprend soudainement vie en se levant de son siège et en rangeant son téléphone dans la poche de son jeans. Emma et Summer vont nous rejoindre là-bas.

J'aurais dû m'en douter. En voyant mon air ennuyé, Adam sourit.

— Qu'est-ce que tu croyais ? Moi aussi je veux voir la fille dont Cameron a parlé tout à l'heure.

— Ce n'est qu'une femme comme les autres ! Pas de quoi en faire toute une histoire.

— C'est ce qu'on dit, se marre Adam en me donnant un coup sur l'épaule.

— J'ai autre chose à faire que d'écouter vos conneries.

Je prends mon sac de sport, tourne les talons et sors sur le parking pour rejoindre mon 4X4. Je n'aurais pas dû réagir ainsi, ça ne fait que jeter de l'huile sur le feu. Mais putain, y en a marre de leurs conneries. J'ouvre la portière et jette mon sac sur le siège passager avant de mettre la clé dans le contact. Qu'ils aillent se faire foutre !

Lorsque j'arrive au Mackenzie, le parking est presque plein. Merde ! J'ai oublié qu'il y avait un match de baseball ce soir. Chaque fois que les Yankees jouent, c'est la folie au bar. Et dire que j'ai laissé l'ouverture au soin de Noémie alors qu'elle entraîne Ariel. Mince ! Je me gare à ma place réservée et me dépêche à rejoindre l'entrée. Lorsqu'elle entend la clochette suspendue en haut de la porte tinter, Noémie tourne le visage dans ma direction afin de saluer le client qui vient d'entrer. En me voyant, elle me lance un regard noir.

— Non, mais tu en as mis du temps avant de te pointer. Je ne sais pas si tu as remarqué, mais le Mac est plein. C'est match ce soir et tu me laisses tout ça sur les bras !

Elle attrape un verre qu'elle remplit de bière et le met sur un plateau avant de recommencer. Noémie est en colère contre moi, ça se voit à la manière dont elle serre les mâchoires en effectuant ses tâches. Je me faufile derrière le bar et lui prends le verre des mains.

— Je suis désolé. Je n'ai pas vu le temps passer et j'avais complètement oublié la partie. Tu me pardonnes ?

Elle soupire en levant les yeux au ciel.

— Ouais. Pour cette fois, mais ne t'avise pas de recommencer.

Pour la remercier, je passe un bras sur ses épaules et lui donne un gros baiser bruyant sur la joue.

— Merde ! Eliott, c'est dégueulasse, dit-elle en se décollant rapidement de mon corps pour essuyer la joue.

Cette fois, lorsqu'elle me fusille du regard, elle se retient pour ne pas rire.

— En plus, tu as une sale tronche !

— Avoue que tu aimes bien mon look de *bad boy*, rétorquais-je un sourire coquin aux lèvres.

— Qui a un look de *bad boy* ? demande Cameron qui arrive près de nous en tenant la main de Summer.

— Eliott. Salut Cameron ! Qu'est-ce que je vous sers !

— Une bière et un verre de jus pour ma petite chérie.

Summer lance à son fiancé un regard noir et prend place sur le tabouret face à moi.

— Non, mais je suis bien assez grande pour choisir moi-même, homme des cavernes, riposte-t-elle en lui donnant un coup de coude dans les côtes. Bonsoir, Eliott, dit-elle en posant les mains sur le bar pour soulever son corps et me faire la bise. Je vais te prendre un *sex on the beach* sans alcool, s'il te plaît.

Je décroche un sourire narquois en direction de mon ami.

— Elle a peut-être un faible pour toi, Mackenzie, mais c'est moi qui la fais crier de plaisir la nuit.

— Et c'est toi qui vas entendre pleurer jusqu'à plus d'heures dans quelques mois.

Cameron grimace. Je sais qu'il fait cela seulement pour garder la face. C'est évident qu'il est fou de joie à l'idée d'être bientôt père, même si au départ la nouvelle l'a laissé sous le choc. Adam et Emma nous rejoignent et prennent place aux côtés de Summer et Cam. Après avoir embrassé Sum, Emma jette un œil au tour d'elle avant de se tourner à nouveau vers Summer.

— Elle est là ? La fille. Euh… comment s'appelle-t-elle déjà ?

Merde ! À ce que je vois, Summer n'a pas seulement parlé d'Ariel à Cameron. Ils ne peuvent pas se mêler de leurs foutus oignons ces deux-là ?! Énervé par leur manque de respect de ma vie privée, je prends rageusement un des verres accrochés au support et le remplis de glace. Alors que je commence à verser le jus d'ananas, Summer s'exclame :

— La voilà !

Tout en continuant ma tâche, je lève les yeux. Putain de merde ! Ariel s'avance dans notre direction un plateau vide à la main. La jupe de l'uniforme aux couleurs des Mackenzie moule ses hanches comme une seconde peau. Mes yeux descendent le long de ses longues jambes fines pour remonter lentement vers le haut. À la vue de son ventre dénudé par le chemisier qu'elle a noué un peu plus bas que sa poitrine mon bas ventre réagit et mon sexe durcit. Ariel a un corps magnifique, mais c'est surtout sa façon de marcher avec grâce et assurance qui la rend si sexy. Elle sourit à chacun des clients comme s'il était important, on voit qu'elle a l'habitude.

— Eliott, le jus, dit Adam en me montrant le comptoir.

Je lâche des yeux la déesse en micro-kilt en jurant. Je me dépêche de prendre un linge pour essuyer le liquide qui a débordé du verre. Après avoir épongé le jus, je lance le linge souillé dans le lavabo.

— Je te l'avais bien dit qu'il était en retard parce qu'il s'était branlé ce petit con, dit Cameron à Adam assez fort pour que je l'entende.

Alors que je m'apprête à lui foutre mon poing sur la gueule, Ariel arrive à notre hauteur.

— Salut, Eliott, je ne t'ai pas vu arriver.

Elle dépose le plateau vide sur le comptoir et se tourne vers Noémie. C'est la commande de la table huit ?

— Oui, mais attends, il manque les shots de tequila.

Noémie s'exécute avec sa rapidité habituelle. Mes amis me dévisagent alors que je reste là comme un con sans bouger.

— Ariel, je voudrais te présenter mes amis.

Je pose une main au bas de son dos pour la tourner vers eux, mais dès que le bout de mes doigts entre en contact avec la chaleur de sa peau, je la retire.

— Tu connais déjà Summer.

— Salut, Ariel, dit la rouquine en lui faisant un petit geste de la main.

— Voici Cameron, son copain, le futur papa. Adam et Emma qui sont fiancés et vont bientôt se marier.

— Salut.

Elle qui semble être dans son élément entourée des clients inconnus du Mac, elle semble mal à l'aise devant mes amis.

— Contente de vous avoir rencontré.

Elle attrape rapidement le plateau et quitte le bar pour aller servir la table numéro huit. Cameron la suit du regard, les sourcils froncés puis se tourne à nouveau vers moi.

— Son visage me dit quelque chose. Je suis certain de l'avoir déjà vu quelque part.

— Oui, moi aussi, répond Adam.

— Bon, moi je vais au petit coin, dit Summer en descendant de son tabouret. J'ai la vessie qui va exploser.

— Mais tu n'as encore rien bu ma chérie, dit Cameron en attrapant Summer par la taille et en l'approchant pour l'embrasser.

— Justement. Si je veux boire mon drink, je dois faire de la place.

Elle lui fait un clin d'œil et se glisse hors de ses bras. Emma descend à son tour de son siège.

— Attends, j'y vais aussi.

Nous regardons les deux femmes se diriger vers l'arrière du Mac.

— Elles vont toujours aux toilettes ensemble ? je demande alors qu'elles disparaissent derrière la porte.

— La plupart du temps. J'imagine qu'elles en profitent pour parler derrière notre dos.

— Ou comploter un mauvais coup, rigole Adam.

— Vous êtes en train de me dire que mes toilettes sont un genre de salle de réunion secrète ? C'est glauque quand même.

J'attrape trois verres et la bouteille de whisky et nous sers tous les trois. Pendant que je verse le liquide ambré, Adam ne cesse de fixer Ariel qui discute avec un client du regard.

— Cette fille, ce n'est pas l'une des danseuses du *Princess* ? Celle aux chaussons de ballet ?

Mon silence en dit beaucoup. J'aurais dû me douter que Adam la reconnaîtrait avec sa mémoire photographique. Mes deux meilleurs amis se retournent vers moi estomaqués. Je peux presque voir les rouages de leurs cerveaux fonctionner à toute vitesse alors qu'ils essaient de comprendre comment c'est possible.

— Donc tu es retourné là-bas après l'enterrement de vie de garçon d'Adam ? Et après c'est moi qu'on traite de pervers, se renfrogne Cam en croisant les bras sur sa poitrine. Alors la fille pour laquelle tu m'as appelé, c'est elle ?

— Ouais.

— Ce que je ne comprends pas, c'est pourquoi elle vit chez toi, poursuit Adam.

J'avale une grande gorgée de whisky et leur raconte toute l'histoire en omettant volontairement le nombre de fois où je me suis présenté au *Princess* et mon début d'obsession pour Ariel. En repensant à cet homme qui la violentait ce soir-là, une rage folle monte en moi. J'aurais dû tuer ce salaud !

— Tu crois qu'ils la cherchent ? me demande Adam en faisant tourner le whisky dans son verre.

— Probablement. Ils se sont rendus chez elle et ont tout saccagé. Les meubles, ses effets personnels, ses vêtements. Il ne lui reste plus rien. Je connais ce genre de mecs, ils ne la lâcheront pas tant qu'ils ne l'auront pas détruite ou tuée.

— Tu sais Eliott qu'en te mêlant de cette histoire tu te mets en danger, mais également le Mackenzie. Si ce que tu dis est vrai et que l'homme qui lui vendait sa dope est prêt à tout pour récupérer son argent et lui faire payer la raclée que tu lui as donnée pour sauver son sublime petit cul, il va s'en prendre à toi. Est-ce qu'elle en vaut la peine ?

Mes yeux se portent vers Ariel, qui prend une commande à une table. Elle sourit à un couple d'amoureux venu regarder le match, mais ce sourire n'atteint pas ses yeux. Peut-être suis-je le seul à le remarquer. De temps à autre, elle jette des regards nerveux aux alentours comme si elle s'attendait que l'homme qui l'a tabassé fasse irruption dans la pièce. Est-ce qu'elle en valait la peine ? Oui. Toutes les femmes valent la peine que l'on se batte pour elles. Elles ne devraient jamais avoir peur. Je vide le reste de mon verre et ferme les yeux quelques secondes. À nouveau, le corps brisé d'Éléonore apparaît sous mes paupières. Je n'ai pas réussi à la sauver, mais je ferai tout pour qu'Ariel ne subisse pas le même sort. J'ouvre les yeux et me tourne vers Adam.

— Tu t'es battue pour Emma, et toi Cameron, tu ferais la même chose pour Summer, dis-je en le regardant.

Mes amis me jettent un regard interrogateur.

— Merde, ce n'est pas ce que vous pensez. Ça n'a absolument rien à voir avec le genre de relation que vous vivez avec vos copines. Ariel est seule, elle n'a personne vers qui se tourner.

— Et bien sûr, le grand Eliott Mackenzie vole au secours de la veuve et l'orphelin. Sérieux, mec, tu devrais voir un psy. Tu souffres vraisemblablement du syndrome du sauveur !

Adam fusille Cameron du regard. Je ne sais pas ce qu'il a bouffé ce soir, mais il est à cran. À moins que ça ne soit les sautes d'humeur de Summer qui lui mettent les nerfs à vifs. Quoi qu'il en soit, il n'a pas à me tomber dessus parce que je veux éviter la mort d'une femme dont le destin a mal tourné. Il devrait savoir que l'on ne choisit pas toujours ce qui nous arrive !

— Qu'est-ce que tu connais de cette fille ? demande Adam.

— Rien, pour l'instant. Tout ce que je sais, c'est que ça craint pour elle.

— Et pour la dope, elle s'en sort comment ? demande Cameron qui s'est calmé.

— Le plus dur est passé, du moins, je crois. On voit qu'elle est nerveuse. Elle n'en pouvait plus de tourner en rond dans mon appartement, elle m'a demandé de l'engager en échange de l'hébergement.

— Au moins, tu sais que ce n'est pas une profiteuse.

Cette fois, c'est à mon tour de le fusiller du regard. Heureusement, Summer et Emma reviennent à ce moment-là, ce qui met fin à la discussion.

Je passe la soirée à faire des allers-retours entre les tables et le bar, n'y restant que le temps de prendre mes commandes avant de repartir. Tant que j'arrive à éviter les amis d'Eliott, ça me va. Au moment même où il me les a présentés, j'ai reconnu les deux hommes qui l'accompagnaient le premier soir où il est venu au *Princess*. Je ne sais pas pourquoi je fuis. Peut-être ai-je peur qu'ils me reconnaissent et qu'ils me jugent ? Après tout, leur ami héberge une danseuse nue dont il ne connaît rien. Je connais les hommes comme eux, des petits bourgeois pleins aux as. Ils ont tous : une belle carrière, la maison, la voiture de luxe. Ils n'ont rien contre le fait de venir faire un tour dans un bar à striptease pour reluquer nos jolis culs. Mais à la fin de la nuit, ils retournent tous vers leur petite femme parfaite. Lorsqu'il arrive qu'ils s'arrêtent un instant pour discuter avec nous c'est toujours avec une idée derrière la tête. Après tout, qui voudrait d'une pauvre fille obligée de se dévêtir pour se mettre un truc sous la dent alors qu'ils peuvent avoir une femme sublime comme Emma et Summer à leurs côtés ?

Et s'ils convainquaient Eliott de me mettre à la rue ? La panique s'empare de moi. Ce mec a beau me taper sur les nerfs avec ses manières d'homme des cavernes et son côté autoritaire, il est tout ce que j'ai pour l'instant et le Mackenzie est le seul refuge qui empêche Johnny de me mettre la main dessus. Je prends une grande inspiration pour essayer de me calmer. Avec les mains qui tremblent, je vais finir par renverser mon plateau. Je ne crois pas que mon patron serait content que je brise de la vaisselle lors de mon premier soir de travail. Heureusement, le match se termine. Les Yankees l'emportent de justesse. La plupart des clients finissent leur verre et quittent le bar. Je vais enfin pouvoir souffler un peu. Perdue dans mes pensées, je m'avance tel un automate entre les tables. Alors que je passe près d'un groupe d'étudiants, une main saisit mon poignet et me tire vers la gauche. J'atterris sur les cuisses fermes du type à qui j'ai passé la soirée à servir des shoots. Avant que j'aie le temps de me ressaisir, il passe un bras autour de ma taille et me serre contre lui. Sa bouche se pose près de mon oreille alors qu'une de ses mains remonte sur ma cuisse.

— Allez, poupée. Détends-toi. On va s'amuser.

Son haleine empeste tellement la tequila que cela me donne la nausée. Alors que je le sens durcir sous mes fesses, la peur m'envahit. J'essaie de me défaire de sa poigne, mais il me serre encore plus fort.

— Non, mais ça ne va pas, lâche-moi !

Pendant que je me débats pour qu'il me lâche, une large main se pose sur son épaule et appuie sur sa clavicule.

— Bats les pattes, petit morveux ! Je crois qu'elle t'a dit de la lâcher !

Eliott augmente la force de sa prise. Le jeune homme grimace de douleur. Le bras qui entoure ma taille se ramollit peu à peu. Eliott profite de ce moment pour prendre ma main et me tirer vers lui. Il me fait passer derrière son dos.

— Ça va, me demande-t-il par-dessus son épaule.

— Oui.

Les battements de mon cœur se régularisent. Le voile de terreur se dissipe tranquillement. Je reviens à la réalité et réalise qu'Eliott n'est pas seul. Adam et Cameron se tiennent à ses côtés le regard menaçant. Tout comme Mackenzie, ses amis sont intimidants, tant par leurs carrures que par leur regard. L'atmosphère autour de nous s'alourdit et s'emplit d'une menace envers ses jeunes qui ont trop abusé de l'alcool.

— Je crois qu'il est l'heure de sortir les poubelles, dit l'homme aux cheveux sombre.

Son sourire perd le charme qu'il contenait tout à l'heure et se fait vorace. Il empoigne le garçon assis face à mon agresseur par le col de son t-shirt et le lève de son siège.

— La fête est finie, bonhomme.

Le jeune homme essaie de se défaire de la poigne de Cameron, mais son alcoolémie élevée le fait trébucher. Cameron le met à nouveau sur ses pieds.

— Quand on ne sait pas gérer les effets de l'alcool, on ne boit pas.

Emma et Summer me rejoignent et attrapent ma main.

— Viens Ariel, allons-nous asseoir au comptoir le temps qu'ils règlent tout ça.

Je les suis vers le bar en jetant des regards nerveux en direction de la table.

— Mais ce ne sont que des gosses !

— T'inquiète, me dit Emma. Nos hommes ne vont pas leur faire de mal. Ils vont leur donner la frousse de leur vie afin qu'ils ne recommencent plus. Le pire qu'il puisse arriver c'est qu'ils se pissent dessus, rigole-t-elle.

Je prends place sur l'un des tabourets et regarde Eliott, Cameron et Adam, mettre la bande d'étudiants à la porte du Mac. Qu'Eliott vienne à mon secours, je comprends. Ce n'est d'ailleurs pas la première fois, mais Cameron et Adam… Tout à coup, je réalise que je me suis peut-être méprise à leur sujet.

Une fois débarrassés des fauteurs de trouble, les trois hommes nous rejoignent. Aussitôt, Eliott s'avance vers moi. Il pose une main sous mon menton et lève mon visage vers lui. Il ancre son regard dans le mien alors que son pouce vient doucement caresser ma joue. Je ne sais pas s'il réalise ce qu'il fait. J'ai l'habitude de la violence, d'être traitée comme une moins que rien. Cette douceur me met terriblement mal à l'aise. Je tourne le visage pour fuir son toucher. Si seulement son geste ne me plaisait pas autant, ce serait tellement plus facile. Devant mon attitude, il fonce les sourcils.

— Tu es sûr que ça va, Ariel ?

— Oui, ça va, t'inquiète. J'ai l'habitude.

Je me lève de mon tabouret et me faufile derrière le bar. J'attrape la première bouteille d'alcool fort, me verse un verre que je vide cul sec. Voilà ce dont j'ai besoin, ça et d'une ligne de coke. Lorsque je pose le verre sur le comptoir, cinq regards me fixent.

— Bah quoi, j'avais soif !

— Ouais, ça se voit, rigole Cameron.

— Je crois qu'on devrait y aller. Il commence à se faire tard, dit Emma en prenant son sac à main.

— Oui, tu as raison, répond Adam en aidant Emma à descendre de son tabouret.

Les deux couples s'apprêtent à partir lorsque Cam s'approche de moi. Il fouille dans la poche de son jeans noir et sort une carte qu'il glisse entre mes doigts. Devant mon air surpris, il se penche pour chuchoter près de mon oreille :

— Je sais ce que c'est de décrocher de cette merde. Ça ne sera pas facile tous les jours. Selon ce que tu vivras, le besoin de replonger se fera sentir. Eliott sera là pour t'empêcher de sombrer dans cet enfer. Mais si jamais tu as besoin d'aide, je suis là. Tu m'appelles, peu importe l'heure, d'accord ?

Je hoche la tête pour lui signifier que j'ai compris. Cameron est un ancien drogué ! Je me suis définitivement trompée sur son compte. Il n'a rien des bourgeois qui fréquentaient le *Princess*. Alors qu'il s'apprête à quitter le Mac en compagnie de Summer, je l'arrête.

— Cameron… Merci, dis-je alors qu'il tourne son visage vers moi.

— De rien ma belle, me répond-il avec un clin d'œil. Prends soin de lui.

Il me montre Eliott d'un signe de tête. Je rougis. C'est plutôt leur ami qui prend soin de moi depuis mon arrivée. Summer et Emma me saluent d'un geste de la main et franchissent la porte du bar. Lorsqu'une heure plus tard les derniers clients partent à leur tour, Eliott verrouille la porte derrière eux. J'aide Noémie à débarrasser les tables. On en est à la moitié que notre patron s'approche de nous.

— Noémie, tu peux partir si tu veux, je t'ai laissé ouvrir tout seule. Ariel et moi on peut faire le reste.

— Je ne dis pas non, je suis crevée. Je vais me changer et je vous laisse. Mon lit m'attend. Ça va aller Ariel ?

— Ouais, file. Il ne reste pas grand-chose à faire. On peut s'en tirer tous les deux.

— Merci. Tu cartonnes comme serveuse. Je suis contente que tu fasses partie de l'équipe.

Elle prend la direction de la réserve et revient quelques minutes plus tard vêtue d'un jeans et d'une veste.

— Bon, j'y vais. Eliott, tu viens verrouiller derrière moi ?

Il la suit jusqu'à la porte, lui souhaite une bonne nuit et tourne la clé dans la serrure avant de revenir vers moi.

— Sacrée soirée, dit-il en se passant la main dans les cheveux.

Lorsque sa main accroche son œil tuméfié, il grimace.

— Tu devrais prendre un analgésique… pour ton œil.

— Oui, j'en prendrai en montant. Je suis désolé pour ce qui s'est passé tout à l'heure.

— Ce n'est rien. Je n'aurais pas dû baisser ma garde. J'ai l'habitude de ce genre de comportement, tu sais au *Princess*.

— Non, c'est ma faute. J'aurais dû voir qu'ils avaient trop bu.

J'arrête de nettoyer la table et lève le visage vers lui.

— Cesse de faire ça, d'accord.

— Faire quoi ?

— Ça ! Faire comme si j'étais importante.

Le visage d'Eliott affiche un air d'incompréhension.

— Là, j'ai du mal à te suivre, Ariel.

Comment lui expliquer que je n'ai pas l'habitude que l'on soit gentil avec moi ? Tous les hommes qui sont passés dans ma vie, ont profité de moi et m'ont manipulée au point de m'aveugler avec de belles paroles. Et c'est elle qui a payé pour mes erreurs.

— C'est juste que je ne sais pas comment réagir quand tu es sympa avec moi. C'est déstabilisant. C'est tellement plus facile quand tu agis en salaud !

— OK, donc tu me préfères en mode connard ?

— Oui, au moins dans ces moments-là, je sais comment riposter.

Eliott sourit. Cette fois, c'est lui qui semble déstabilisé par mon aveu.

— J'ai toujours su que les femmes étaient difficiles à comprendre, mais en matière d'incompréhension, tu es la reine. Mais si cela peut te faire plaisir…

Eliott m'enlève le torchon puis le jette sur la table. Il prend ma main et me tire vers lui. Mon corps percute le sien avec une force qui me fait perdre le souffle. Il prend mon visage en coupe et colle sa bouche à la mienne. Ses lèvres glissent contre les miennes, tendres, mais possessives. Je reste figée de surprise, les bras emprisonnés entre nos corps. Ses mains glissent le long de mes joues et viennent se perdent dans mes cheveux. Déterminé à me posséder, le bout de sa langue force mes lèvres. J'essaie de m'extraire de ses bras, mais Eliott est beaucoup plus fort que moi. J'ouvre les lèvres pour prendre mon souffle, mais sa langue en profite pour trouver la mienne et j'abandonne. Il a un goût de whisky et d'interdit. Je sors de ma transe et l'embrasse à mon tour. En voyant que je me joins au jeu de qui aura le dessus sur l'autre, il libère mes bras. Mes mains remontent lentement sur ses pectoraux, griffant sa peau à travers son t-shirt. Il gronde contre mes lèvres ce qui ne fait qu'attiser la flamme déjà brûlante au creux de mon ventre. Je me positionne sur la pointe des pieds et passe mes bras autour de son cou pour approfondir le baiser. Ma langue et la sienne se dominent, le feu contre la glace, l'eau et l'électricité, un duo explosif. Je lape son goût délicieux et m'enivre de sa saveur d'alcool sucrée.

Ses mains quittent ma chevelure désordonnée par ses soins et descendent le long de mes côtes pour se poser sur mes hanches. Il glisse ses mains sous mes fesses et me soulève du sol sans briser le contact de nos lèvres. Il m'assied sur la table derrière lui et se place entre mes cuisses ouvertes. Sa bouche s'adoucit, son baiser se fait plus doux. Contre mon intimité, je sens que notre duel ne laisse pas son corps indifférent. L'érection coincée dans son jeans est suffisamment explicite, me prouvant à quel point il me désire. Il pose à nouveau ses mains sur mes joues et après un dernier baiser chaste sur mes lèvres gonflées, il recule le visage pour plonger son regard vert sombre dans le mien.

— Si j'étais un salaud, je t'aurais prise sur cette table. Je suis certain que tu m'aurais laissé faire. On ne peut pas nier l'attraction intense qu'il y a entre nous. Mais je ne suis pas ce genre de mec. Désolé…

Il caresse ma lèvre inférieure du bout du pouce et se retire de l'étau de mes cuisses.

— Tu peux monter. Je vais finir de ranger, seul.

Je le regarde s'éloigner vers le bar le corps encore brûlant, étourdie par la ferveur de notre baiser. Il commence à ramasser sans même jeter un regard dans ma direction. Je soupire et me laisse glisser jusqu'à ce que mes pieds touchent le sol. Je m'apprête à lui dire quelque chose, mais son air blessé m'arrête avant même que j'aie ouvert la bouche. Tant mieux si je l'ai froissé ça le tiendra à distance. Cela vaut mieux pour tous les deux.

Je replace ma jupe et sans un mot je prends la direction de son appartement.

Chapitre 6

Eliott

Le son sourd de la basse provenant de la sono du bar me tire du sommeil. J'ouvre les yeux et me frotte le visage de mes paumes pour essayer de me réveiller. Je me redresse et grimace tant je me sens courbaturé. Bordel, dormir sur ce canapé va finir par me tuer. Je me lève et pose les pieds au sol, les genoux craquant sous mon poids. Ce n'est peut-être pas une mauvaise idée qu'Ariel dorme à côté et que je puisse enfin retrouver le confort de mon lit. Je m'avance comme un zombie vers la kitchenette. J'ai besoin de café. En arrivant près du plan de travail, je jette un œil à l'heure affiché sur le micro-ondes. Neuf heures. Je soupire. Pour les travailleurs lambdas j'ai fait la grasse-matinée, mais pour les oiseaux de nuit ou les gens qui bossent dans les bars, c'est comme se lever à l'aube. Je prépare la cafetière et pendant que la précieuse boisson caféinée coule, j'en profite pour aller pisser un coup.

Une fois ma vessie soulagée, j'ouvre le robinet pour me laver les mains. Je lève les yeux vers mon reflet dans la glace. J'ai une tête à faire peur.

— Bordel, Mackenzie, il va falloir que tu dormes plus que trois heures par nuit, me dis-je en m'essuyant les mains.

Je retourne à la cuisine, me verse une tasse de café noir et gémi lorsque la première gorgée touche ma langue. C'est quoi l'idée de mettre la musique à fond à cette heure ? Noémie passe plus tôt de temps à autre pour faire le grand ménage du Mac, mais jamais elle n'est venue avant midi. Je m'avance vers le canapé, passe mon jean de la veille et la tasse à la main me dirige vers l'escalier. Lorsque j'arrive dans la salle principale, je me fige devant le spectacle qui se joue sous mes yeux.

Vêtue d'un débardeur noué sur le ventre, d'un court short noir en lycra et des chaussons de danse qu'elle portait sur scène, Ariel suit le rythme de la musique comme si sa vie en dépendait. Je m'accoude contre le mur hypnotisé par le spectacle. Ses pas sont calculés dans une chorégraphie qu'elle fait les yeux fermés. Je reste immobile, subjugué par la grâce de ses gestes, la force de ses mollets alors qu'elle tourbillonne sur ses pointes. Lorsqu'elle danse, elle semble aussi légère qu'une plume comme si les murs qu'elle a érigés autour d'elle disparaissaient le temps d'une chanson. La musique ralentit et lorsque la dernière note de la mélodie se fait entendre, Ariel s'immobilise. La tête légèrement penchée sur le côté, les yeux clos, elle essaie de reprendre son souffle. Alors qu'elle se redresse, une larme solitaire coule sur sa joue.

Cette simple larme me bouleverse. Mon cœur se serre. C'est évident qu'elle souffre. Si seulement je savais ce qui l'a blessée au point de repousser la gens qui s'inquiètent pour elle ! Parce que je me fais du souci pour elle, et même si je ne connais pas beaucoup cette femme, je ne lui souhaite que du bien. Derrière ses airs de dure à cuire, on voit qu'Ariel est quelqu'un de sensible. Qui a bien pu la rendre aussi amère ? Un homme probablement. Elle finit par ouvrir les yeux et tourne le visage dans ma direction, comme si elle avait senti ma présence avant de me voir. Un lien indescriptible nous unit. Ce que je croyais d'abord être une obsession est autre chose que je n'arrive pas à nommer. Son regard clair plonge dans le mien et son masque de douleur disparaît. Ariel a de nouveau vêtu son armure de froideur.

— Je t'ai réveillé ?

— Disons que c'est rare d'entendre de la musique si tôt le matin. Je vis seul depuis longtemps et j'ai le sommeil plutôt léger.

— Désolée. Je ne savais pas.

Elle s'avance jusqu'à la table et prend la serviette qu'elle a posée sur le dossier d'une chaise. Elle la déplie, essuie son visage, le derrière de sa nuque et sa gorge jusqu'à la lisière de son décolleté. Je suis chacun de ses gestes avec attention. Lorsque le bout de ses doigts frôle un sein, je serre les poings afin de m'empêcher de prendre cette serviette pour le faire à sa place.

— Ça te manque, demandé-je pour penser à autre chose qu'a ce corps magnifique devant moi et a ce baiser que l'on a échangé et qui m'a privé de sommeil une partie de la nuit.

— Quoi donc ?

— Danser.

Son visage se fait à nouveau triste. Puis elle fixe le vide un moment comme si elle faisait un voyage dans le passé.

— La danse fait partie de ma vie depuis toujours. Je savais tout juste courir quand j'ai reçu mes premiers chaussons de ballet, répond-elle une certaine nostalgie dans la voix. La danse est une façon de décrocher de tout, de me vider la tête.

— Je comprends.

Combien d'heures ai-je passées à cogner sur des sacs de frappes jusqu'à en avoir les jointures en sang pour me vider l'esprit et empêcher les souvenirs de m'entraîner vers le fond ? La peine et la douleur étaient tellement intenses que parfois j'avais l'impression de me noyer dans la noirceur. Même après toutes ces années, mes démons cherchent encore à m'entraîner en enfer. Nous restons l'un devant l'autre en silence un malaise s'étant installé entre nous. Deux étrangers reliés par un fil invisible, ne sachant que faire pour briser la lourde tension qui s'est installée entre nous. Je tourne les talons pour mettre fin à cet échange silencieux. Je m'apprête à passer le coin du couloir pour monter à mon appartement qu'Ariel m'arrête.

— Eliott…

Je m'arrête et tourne le visage dans sa direction. Elle reste muette quelques secondes en mordant sa lèvre inférieure cherchant probablement ses mots.

— Je suis désolée pour hier soir. Je n'aurais pas dû te crier dessus.

— C'est moi qui suis désolé. Je n'aurais pas dû t'embrasser, surtout après ce qui s'est passé. Même si cela m'a vraiment plu, un peu trop peut-être, je ne recommencerai pas.

Une étincelle s'allume dans son regard, mais disparaît à mes derniers mots. Peut-être que j'ai imaginé qu'elle semblait heureuse que j'aie aimé notre baiser. Tout ça ne mène à rien. J'ai beau être attiré par Ariel, elle et moi sommes trop différents pour qu'il y ait quoi que ce soit entre nous. Et puis, je ne veux pas de femme dans ma vie, je n'en ai jamais voulu. Cette attirance physique ne fait que m'embrouiller l'esprit. Je pensais l'emmener faire les boutiques cet après-midi, mais être près d'elle est une mauvaise idée. Peut-être que je devrais accepter l'offre de Summer, après tout. Que peut-il lui arriver en plein jour dans une rue passante ?

— Cela te dirait d'aller faire les boutiques avec Summer et Emma, je demande passant à un sujet plus sûr que notre baiser échangé sur le coup de l'impulsion.

Elle semble déstabilisée par mon brusque changement de sujet, mais se reprend vite.

— Euh… je ne sais pas.

— Si tu t'en fais pour l'argent, je m'occupe de tout. Achète ce dont tu as besoin et j'enlèverais cela de ta paie. Je sais à quel point tu détestes m'être redevable. J'ai compris.

— OK. Si elles sont d'accord.

— Je vais les appeler. Sois prête dans une heure. Quand il s'agit de faire du shopping, elles sont rapides pour rappliquer. Je te laisserai une enveloppe sur la table de la cuisine.

Une heure plus tard, je suis douchée et habillée, prête à partir comme me l'a demandé Eliott. À ma sortie de la douche, il s'était volatilisé sans me laisser un mot. Je sais que l'on ne se doit rien, mais il aurait pu dire au revoir. Ses paroles de ce matin ne cessent de tourner en boucle dans ma tête. Il a aimé notre baiser et il semblait blessé que cela ne soit pas réciproque. S'il savait. J'ai passé presque toute la nuit à me rappeler la douceur de ses lèvres sur les miennes, de l'intensité de ses caresses et de la rapidité avec laquelle mon corps s'est enflammé. Jamais je n'ai été attiré par un homme comme par Eliott et cela ne le rend que plus dangereux. J'ai été aveuglé une fois par l'amour et cela a causé ma perte et celle de Bri. Même si je ne suis pas amoureuse de ce bel écossais je ne peux me laisser aller à la passion que cet homme fait naître en moi.

Le son d'un klaxon qui se fait entendre dans la rue me tire de mes questionnements. Je m'avance vers la fenêtre et regarde dans la rue. Une BMW s'est garée devant le Mac. Summer tente difficilement de sortir de la décapotable, mais est aussitôt arrêtée par Emma qui rit aux éclats devant la tentative infructueuse de la rouquine à s'extirper de la voiture de sport. Devant leur complicité, mon cœur se serre. Elles n'ont beau qu'être des copines, elle semble aussi intime que deux sœurs. Comme moi et Bri, autrefois.

Au lieu de rester à me morfondre sur ce qui est à présent un cauchemar, j'attrape mon sac sur le canapé et glisse l'enveloppe contenant l'argent qu'Eliott m'a laissé dans ma poche et prends les clés avant de descendre les marches. J'ai à peine franchi l'entrée et verrouillé la porte derrière moi, que le rire et les moqueries d'Emma viennent jusqu'à moi.

— On dirait un éléphant qui essaie de passer par une chatière. Tu es à mourir de rire Summer.

L'intéressée se tourne vers son amie qui ne peut arrêter de se marrer et lui lance un regard noir.

— On verra si tu riras autant le jour où Adam t'aura mis un polichinelle dans le tiroir et que tu devras rouler pour sortir du lit.

— Oh, ça ne risque pas.

— Attention, ça arrive vite ces choses-là !

— Tu es en train de me dire que Cam est précoce ! Mince, ça casse un peu le mythe, rigole-t-elle de plus belle.

Summer lève les yeux au ciel désespéré par les mots de sa copine. Je m'avance vers elles un petit sourire aux lèvres.

— Salut.

Les deux femmes tournent le visage dans ma direction et me sourient.

— Bonjour, Ariel. Prête à dévaliser les magasins ? demande Summer.

— Oui, si l'on veut.

— Aller monte !

Je regarde la rouquine et le siège arrière de la BMW. En voyant où mon regard se porte, Summer sort les jambes de la voiture puis une main en appui sur le dossier du siège passager, l'autre sur le tableau de bord, tente de sortir du véhicule. Devant sa tentative, Emma ouvre sa portière en se marrant à nouveau et quitte son siège.

— Je crois qu'il vaut mieux que tu passes de mon côté. Le temps qu'elle arrive à sortir de là, les magasins seront fermés. La prochaine fois, j'apporterai des pinces de désincarcération.

— Très drôle, dit Summer sarcastique en tirant la langue vers Emma.

Je fais le tour de la voiture et me glisse sur la banquette arrière toujours le cœur serré. Tout le long du trajet qui nous mène au Manhattan Mall, les deux femmes me mêlent à leurs conversations, sans me poser de questions indiscrètes. Au bout d'un moment, Summer se tourne vers moi, ouvre la bouche, hésite et finit par parler.

— Ça se passe comment avec Eliott ? Il te traite bien au moins ?

— Il est sympa, la plupart du temps, je réponds évasive en regardant la rue défiler par la fenêtre.

— C'est vrai que parfois il agit en connard, comme Cameron et Adam d'ailleurs. Mais ce type est un homme bien, quoiqu'un peu trop protecteur. C'est grâce à son aide que Cameron a ouvert les yeux sur ses sentiments pour moi. Et depuis je le considère comme le frère que je n'ai jamais eu. Je ne sais pas ce qui lui est arrivé, Eliott est un homme terriblement secret. Je ne suis pas certaine que Cameron et Adam le sachent non plus.

— La seule chose que l'on sait, continue Emma, c'est que tu es la seule femme qu'il a laissée entrer chez lui. Il les fuit comme la peste. Summer croit qu'une femme lui a brisé le cœur.

— Bah, je ne vois pas autre chose, proteste Summer. Il n'est pas gay donc je ne vois pas ce qui peut le faire déguerpir dès qu'une femme s'approche de trop près.

Mon regard croise celui de Summer. Elle semble se faire beaucoup de soucis pour le bel Écossais.

— Quand vous dites qu'il n'a aucune femme…

— Oh, il doit bien se taper quelques-unes de ses clientes, rigole Emma. Mais il les choisit avec soin en étant bien clair avec elle. Il les baise, mais ne les veut pas dans sa vie.

— Un peu comme Adam ! s'exclame Summer en tirant la langue à Emma.

— Et Cameron ! répond Emma. Ce que Summer tente de t'expliquer c'est qu'Eliott n'a pas l'habitude de partager sa vie avec une femme. Il se peut qu'il soit un peu maladroit avec toi. Soit patiente avec lui.

Je fronce les sourcils. J'ai du mal à suivre où elles veulent en venir avec tout cela. J'ai l'impression que Summer se fait des idées sur ce qui se passe entre Eliott et moi, ou sur ce qui pourrait y avoir entre nous.

— Ce n'est pas ce que vous croyez ! Eliott ne fait que m'aider, car je n'ai pas d'endroit où aller.

— Il m'a tout raconté sur votre rencontre. Ton agression derrière le bar et ton sevrage. Ça c'est à Cameron qu'il en a parlé, mais bon mon fiancé me dit tout ou presque.

Merde !

— Il t'a dit où nous nous sommes rencontrés ? je demande en me mordant la lèvre nerveusement.

— Non, je ne crois pas.

Emma entre dans le parking du centre commercial et se gare.

— Bon assez de bavardage ! Allons dévaliser les boutiques !

Les filles m'entraînent dans le centre commercial comme si elles avaient le diable à leur trousse. Nous passons au moins trois heures à circuler d'un magasin à l'autre, à monter et descendre les trois étages. Summer ne peut s'empêcher d'acheter des articles pour le bébé : vêtements, jouets, literie. Quant à Emma, je crois qu'elle a un faible pour les chaussures et la lingerie fine. Je prends quelques tenues de base : pantalons, t-shirts, jupe simple, chemisiers et sous-vêtements, le tout en solde. Eliott m'a avancé assez d'argent pour acheter une garde-robe complète, mais vu ma situation, j'ai mieux à faire de mon argent que de le dépenser dans une chose aussi futile que des vêtements de marque. Au bout d'un long moment, Summer nous arrête.

— Les filles je n'en peux plus, soupire-t-elle. J'ai les pieds en compote.

Elle pose les sacs par terre et s'écoule sur un des bancs au milieu du centre commercial. Et j'ai l'estomac dans les talons.

— Mais on a déjeuné avant de passer prendre Ariel ! Ne me dis pas qu'après tout ce que tu as ingurgité tu as encore faim, râle Emma.

— Ce n'est pas ma faute si mini Cameron a le même appétit que son papa !

— Pas surprenant que tu sois si grosse, rigole Emma. Tu veux manger quoi ?

Après avoir réfléchi quelques secondes, Summer suggère un petit restaurant thaïlandais un peu plus loin. Nous quittons le centre commercial et nous garons devant un petit commerce qui ne ressemble à rien, mais qui apparemment fait les meilleurs rouleaux de printemps de la ville. Je sors du véhicule et remarque que nous sommes qu'à quelques rues de l'hôpital. Mon cœur se serre. Depuis mon arrivée chez Eliott, je ne suis pas allée rendre visite à Bri et elle me manque. Emma et Summer s'avancent sur le trottoir qui mène au restaurant.

— Ariel, tu viens ? demande Emma en me regardant par-dessus son épaule.

— Oui, je réponds en jetant un regard vers l'établissement où est hospitalisée ma petite sœur. J'ai une course à faire, je vous rejoins.

— Après ce qu'Eliott m'a dit, je ne crois pas que ça soit une bonne idée de partir seule, dit Summer, une main sur la poignée.

— Je n'en ai pas pour longtemps.

Sans attendre, je tourne les talons et avance en direction de l'institution aussi vite que possible. Je me fous de ce que peut penser Eliott. Ce n'est pas parce qu'il m'a sauvé de Johnny qu'il a le droit de me dire ce que je dois faire. Je me faufile parmi les gens qui profitent de ce bel avant-midi ensoleillé et ne m'arrête que devant l'entrée de l'hôpital. J'ouvre la porte, me précipite vers l'ascenseur et monte au quinzième étage. Dès que l'ascenseur s'arrête et que les portes s'ouvrent, je prends le couloir à droite et continue jusqu'au département des traumatismes. Je prends une pause le temps de reprendre mon souffle et lorsque c'est fait, je m'avance dans la pièce. La chambre n'a pas changé depuis ma dernière visite. Tout est pareil. Bri est toujours étendue sur ce lit au milieu de la pièce impersonnel aux murs peints d'un vert terne. L'infirmière qui prend et note les signes vitaux de ma sœur se tourne vers moi.

— Oh, bonjour, mademoiselle Spenser.

— Il y a du changement depuis ma dernière visite, je demande en m'approchant du lit.

— Non, aucun. Je suis désolée. Elle réagit parfois au toucher, mais le docteur Mase dit que c'est plus un automatisme qu'une réelle réaction.

Mes épaules s'affaissent et je soupire. Bien que la dame que j'ai eue au téléphone l'autre jour m'ait dit la même chose, j'avais tout de même espoir que les choses s'étaient améliorées depuis. Des mois qu'elle est dans cet état végétatif, son esprit prit entre deux mondes et tout ça par ma faute. Je prends sa main tiède, la porte à mes lèvres et prie silencieusement pour qu'elle me revienne. La garde finit de noter les données affichées sur l'écran puis un sourire désolé quitte la chambre me laissant seule avec elle.

— Bri, je suis là. S'il te plaît, ouvre les yeux… pour moi.

Je ne sais pas si elle m'entend du néant où son esprit flotte, mais je tente tout de même ma chance. Les médecins et les spécialistes ont été clairs, ils ne peuvent prédire si ma sœur s'en sortira. Les cas de commotion cérébrale avec lésion de la moelle épinière sont toujours différents. Rien n'est plus imprévisible que le cerveau humain. Sa main toujours dans la mienne, je ferme les yeux et le souvenir de cette journée à la montagne me frappe de plein fouet.

Brittany et moi marchons depuis près d'une heure sur les sentiers pédestres pour rejoindre nos voitures au bas de la montagne. Depuis la mort de nos parents, nous partons toujours camper le week-end de Thanksgiving. Nous le faisions avec eux depuis que nous sommes petites et comme ces week-ends leur étaient chers nous essayons de perpétuer la tradition. Depuis notre départ de la ville, Bri semble tourmentée. Elle sourit comme elle le fait toujours, mais l'on voit que quelque chose l'inquiète.

— Qu'est-ce qui te tracasse ? Dis-moi, je demande en jetant un regard vers elle par-dessus mon épaule.

— Toi, répond-elle en se mordant la lèvre nerveuse.

— Moi ?

— Tu as changé, Ariel. Tu n'es plus la même depuis que tu fréquentes Grégori. Cet homme te manipule, il se sert de toi !

— Pas du tout ! C'est grâce à lui si je suis là où je suis aujourd'hui, je m'énerve en enjambant une souche d'arbre.

Je m'arrête et me tourne vers elle. La rage bout en moi comme la lave d'un volcan. Ses accusations infondées qu'elle lance envers Greg me mettent en colère. Ne voit-elle pas que lui et moi, nous nous aimons et que c'est grâce à lui que je me dépasse tous les jours pour devenir une meilleure danseuse ? Il a foi en moi et ne cesse de me dire que bientôt je pourrai rejoindre les grandes troupes de ballet. Que lui en tant que directeur artistique et moi comme danseuses étoile, brûlerons les planches du monde et deviendront célèbres.

— C'est ce qu'il veut te faire croire. Si tu en es là Ariel, c'est parce que tu as beaucoup de talent. Tu es une des meilleures danseuses et il le sait. Tout ce qu'il veut c'est se hisser au sommet en portant le chapeau de ton succès.

— Tu dis n'importe quoi ! je m'exclame, hors de moi qu'elle puisse penser une telle chose de l'homme que j'aime.

— Ah, oui ? Alors, explique-moi pourquoi il couche avec toutes ses danseuses étoiles qui passent dans sa troupe de ballet et qu'il les largue dès qu'il réalise qu'elle non pas le potentiel des grands ballets russes ? Ouvre les yeux, Ariel ! Tu n'es rien d'autre qu'une façon d'atteindre son but.

L'infirmière s'avance vers la porte, le bruit de ses pas me ramène à l'instant présent et j'ouvre les yeux.

— Je vous laisse, je reviendrai plus tard.

— Merci.

Je ne sais pas pourquoi je la remercie, mais c'est les seuls mots qui me viennent à l'esprit. Elle s'apprête à passer le pas de la porte, mais se tourne vers moi.

— Mademoiselle Spenser, il faudrait que vous passiez aux bureaux administratifs.

— Je passerai avant de partir.

Je reste un long moment à tenir sa main en regardant sa poitrine se soulever et s'abaisser au fil de ses respirations tranquilles. Une larme coule sur ma joue devant sa silhouette qui semble encore plus frêle que lors de ma dernière visite.

— Pardonne-moi Bri. Tout ça, c'est de ma faute. J'aurais dû t'écouter ce jour-là. Tu avais raison sur toute la ligne. Comment ai-je pu être aussi aveugle ? Si je pouvais revenir en arrière, je resterais près de toi. Tu n'aurais pas à me courir après et tu ne chuterais pas de cette falaise.

Je me tais un instant pour éviter de verser le flot de larmes que je sens venir. La culpabilité me serre le ventre. Après l'accident de Brittany, je n'étais plus moi-même. J'avais du mal à me concentrer lorsque je dansais. Un jour, j'ai perdu pied lors d'une représentation et fait une mauvaise chute. J'avais trois ligaments et deux tendons de la cheville sectionnés et cela a mis fin à ma carrière de ballerine. Greg ne m'a plus adressé la parole après que le médecin lui ait dit que je ne pourrais plus danser. Bien que j'arrive encore à danser le temps d'une chanson, non sans une certaine douleur, ma carrière est bel et bien terminée.

— Tu m'as ouvert les yeux, Bri. Je ne ferai plus confiance à aucun homme. Greg a détruit nos vies, plus jamais je ne laisserai à quelqu'un avoir ce pouvoir.

L'image d'Eliott s'infiltre dans mon esprit. Je réfléchis à l'attention qu'il me porte depuis notre rencontre. Je crois que c'est la première fois qu'un homme me vient en aide sans avoir d'arrière-pensées. Et cette attraction qui nous attire l'un vers l'autre… cela ne le rend que plus dangereux. Je me suis fait avoir une fois par de belles paroles. Pas question que je me laisse aveugler par cet écossais en kilt, aussi sexy soit-il. Je pose un baiser sur les doigts de Bri et après lui avoir dit au revoir repose sa main sur son ventre. Je me lève et quitte sa chambre. Comme je l'ai promis à l'infirmière un peu plus tôt je me rends au bureau administratif. En me voyant entrer, une femme d'une quarantaine d'années lève son visage vers moi.

— Bonjour, comment puis-je vous aider ?

— Je suis Ariel Spenser, la sœur de Brittany.

Elle tape sur son clavier probablement pour sortir le dossier de ma sœur. Elle regarde son écran un moment puis lève à nouveau les yeux vers moi.

— Votre compte est en souffrance.

— Je sais.

Je prends une grande inspiration et fouille dans mon sac. Je retire l'enveloppe contenant le reste de l'argent qu'Eliott m'a avancé et lui tend.

— Ce n'est pas grand-chose, mais je viendrai faire un autre paiement bientôt.

Elle retire les billets de banque de l'enveloppe, compte l'argent avant de rentrer la somme au dossier. Son regard se voile de pitié, un sentiment que je déteste faire ressentir.

— C'est parfait pour l'instant, mais ne tardez pas trop. Les traitements de votre sœur coûtent très cher…

Elle ne continue pas sa phrase, mais je sais ce que ça signifie. Pas besoin de me faire un dessin. Si je ne paie pas, ils ne continueront pas à s'occuper de Bri. Je vois bien que les médecins ont perdu espoir de la voir sortir un jour de ce coma. Pour eux, c'est une perte de temps et d'argent. Je devrais la laisser partir, mais si j'arrive à amasser suffisamment d'argent pour le traitement expérimental dont le docteur Mase m'a parlé, il me reste une toute petite chance de sauver Brittany. Je hoche la tête pour signifier à l'agente administrative que j'ai compris et quitte le bureau. Lorsque je sors de l'hôpital, plus de deux heures sont passées depuis que j'ai laissé Summer et Emma en plan devant le restaurant. Elles doivent se faire du sang d'encre. Comme Summer a entré son numéro de portable dans mon téléphone au cas où l'on se perde au centre commercial, je lui envoie un texto pour lui dire que je vais bien et que je vais entrer au Mackenzie à pied, car j'ai besoin de m'aérer l'esprit.

Chapitre 7

Eliott

Je marche d'un bout à l'autre du Mac, me passant la main dans les cheveux avant de jeter un œil à l'horloge accrochée au mur pour la trentième fois. Emma et Summer sont parties depuis trois heures après m'avoir laissé les sacs de course d'Ariel. Cinq heures, depuis qu'elle leur a faussé compagnie, et toujours aucune nouvelle. L'après-midi touche à sa fin et un tas de scénarios catastrophique s'infiltre dans mon esprit. S'il l'avait retrouvé ? Si elle avait fait une connerie et avait replongé au point de prendre une dose qui a pu lui être fatale ? Le corps inanimé d'Ariel remplace celui d'Éléonore dans mon esprit. Ses yeux vides qui regardent vers le ciel alors que la vie la quitte et que sa peau devient froide. Je serre les poings essayant de m'ancrer à la réalité.

— Ça suffit !

Pas question que je reste ici à attendre. Je m'avance en direction du bar afin de prendre mes clés de voiture. À cet instant, la porte du Mac s'ouvre. Ariel entre et verrouille la porte derrière elle. Je l'examine de la tête au pied. En voyant qu'elle n'a rien, un poids quitte ma poitrine, mais mon soulagement de la savoir intacte est aussitôt remplacé par la colère. Comment peut-elle être aussi insouciante au point de traîner en ville alors que sa tête est probablement mise à prix ? Témérité ou folie, je me le demande. Je croise les bras sur mon torse. Lorsqu'elle se retourne, son regard croise le mien.

— Oh ! Eliott.

Elle doit sentir la fureur qui sort par tous les pores de ma peau, car Ariel se fige.

— T'étais où ?

Je retiens une grimace devant mon ton de reproche. Je dois ressembler à mon père, les soirs où Éléonore revenait à la maison après avoir fait le mur. Elle hésite un instant, mais elle reprend vite son aplomb, prête à en découdre avec moi s'il le faut.

— J'avais besoin de prendre l'air. J'ai marché.

Elle ajuste la lanière de son sac à main sur son épaule et s'avance de quelques pas.

— Tu aurais pu m'appeler. Je serais allé te chercher pour qu'on sorte de la ville si tu avais besoin de prendre l'air. Traîner seule en ville alors qu'il aurait pu te voir c'est de la folie !

— Je suis resté sur les rues passantes, il ne pouvait rien m'arriver, dit-elle en levant les yeux au ciel.

— Tu les sous-estimes un peu trop. On est à New York, bordel ! Tu te ferais agresser en pleine rue et les passants ne lèveraient pas le petit doigt pour te venir en aide. Car eux, contrairement à toi, ont un instinct de survie.

— Et alors, je suis supposée faire quoi, rester cloîtrée dans ton pub ? À quoi bon m'avoir sauvée ce soir-là, si c'est pour être ta prisonnière ?

Je prends une grande inspiration pour essayer de me calmer. Lui tomber dessus n'est pas la meilleure manière pour lui faire comprendre qu'elle est en danger. Elle ressemble tellement à ma sœur en ce moment que mon cœur se serre. Fragile, mais si forte à la fois. Le même éclat de défi brillant dans ses yeux. Comme elle, j'ai envie de la protéger, mais pas seulement ça. Avec Ariel, d'autres sentiments se mêlent à ce besoin de protection, qui n'a rien de fraternel. Je voudrais m'avancer vers elle, la prendre dans mes bras et l'embrasser jusqu'à lui faire entendre raison et qu'elle ait envie d'être et de rester ma captive. Elle a raison, je ne peux la garder à l'abri du Mackenzie indéfiniment. Ce serait comme enfermer un oiseau dans une cage dorée, mais pour l'instant, tant que le danger rôde elle devra s'y faire. Mes pieds s'avancent malgré moi. Je m'arrête à quelques centimètres de son corps. Je lève une main vers son visage et caresse sa peau douce de mon pouce.

— Pardonne-moi, je n'aurais pas dû m'emporter. J'étais mort d'inquiétude, je croyais qu'il t'avait retrouvée. Depuis que Summer et Emma sont passées, je me fais du mauvais sang. J'ai eu peur…

La peur est le sentiment que je déteste le plus ressentir. Elle me rend vulnérable et stupide tout comme le corps d'Ariel presque collé au mien et le désir que j'ai d'elle. Mes yeux parcourent son visage fin au petit nez légèrement retroussé et descendent vers sa bouche. En voyant où mon regard reste figé, elle prend sa lèvre la plus charnue entre ses dents. Une envie irrépressible de goûter à cette lèvre à mon tour m'envahit et toutes pensées chastes quittent mon esprit. Mes mains viennent encadrer son visage que je lève lentement vers moi avant de pencher la tête vers elle. En comprenant ce que je m'apprête à faire, ses dents relâchent sa bouche cessant de tuméfier sa lèvre. Ariel a un léger mouvement de recul comme si elle combattait une voix dans sa tête qui lui dit de fuir alors que son corps se colle au mien contre sa volonté. Ariel me désire tout autant que je brûle de la faire mienne. Pas question que son esprit gagne la bataille. Ne lui laissant aucune porte de sortie, j'augmente la pression de mes mains sur son visage et m'approche de ses lèvres. Lorsque ma bouche entre en contact avec la sienne, elle se fige une seconde puis dans un soupir s'abandonne au baiser. Mes mains se perdent dans ses cheveux clairs alors que j'approfondis notre baiser. Ariel entrouvre les lèvres, sa langue venant à la rencontre de la mienne. Lorsque ma langue entre en contact avec la sienne, je soupire à mon tour de plaisir. Si le paradis avait un goût, il aurait celui du chewing-gum à la cerise qu'elle mâche pour compenser le manque.

Ses mains remontent le long de mon torse. Elle glisse ses bras autour de mon cou et son corps fond contre le mien. Je laisse ma main descendre le long de son dos et la pose au creux de ses reins. Je la cale encore plus contre moi. Son cœur que je sens battre à toute vitesse contre ma poitrine apaise l'angoisse que j'ai ressentie plutôt en voyant Summer et Emma revenir seules. Ariel est saine et sauve et elle est dans mes bras. C'est tout ce qui compte. Je chasse l'image de son corps sans vie étendu dans une ruelle qui n'a cessé de tourner en boucle dans ma tête alors que j'usais les planches du Mac. Je me concentre sur la femme que je presse contre moi. Celle qui en peu de temps a su prendre une grande place dans ma vie. J'intensifie notre baiser glissant une main sous le bas de son t-shirt pour toucher la peau douce de sa chute de reins. Ariel se fige au contact de ma paume, mais en voyant que je ne vais pas plus loin son corps se détend et elle se laisse aller à notre étreinte.

Lorsque nous sommes à bout de souffle tous les deux, mes lèvres quittent les siennes pour qu'elle puisse respirer à nouveau. Je colle mon front contre le sien et caresse ses cheveux dans un geste apaisant. Je ne sais pas qui j'essaie de calmer, car de nous deux je suis celui qui en a probablement le plus besoin.

La colère de tout à l'heure m'a déserté et c'est sur un ton beaucoup plus doux que je m'adresse à elle.

— Je suis désolé. J'avais promis que je ne t'embrasserais plus, mais je suis tellement soulagé que tu n'aies rien que je n'ai pas pu m'en empêcher.

Ma main délaisse ses cheveux et je relève son visage du bout des doigts.

— Ne pars plus sans rien dire, d'accord ? Je ne sais pas ce que je ferais s'il t'arrivait malheur.

Ses yeux bleu clair plongent dans les miens et elle hoche la tête en silence en reprenant sa lèvre inférieure entre ses dents.

— D'accord.

— Merci. Je… je me sens responsable de toi. J'ai envie de te protéger. Ne me complique pas la tâche en partant sur un coup de tête. Je…

En comprenant les mots que je m'apprêtais à dire, je me fige. Non, ce n'est sûrement pas cela, c'est trop tôt pour avoir ce genre de sentiment. Je la connais à peine. C'est probablement la peur et l'angoisse de la retrouver morte qui altèrent mes sentiments. L'amour ce n'est pas pour moi, car tous ceux que j'aime finissent par disparaître. Je me décolle d'elle à contrecœur et recule de quelques pas.

— La prochaine fois, avertis-moi. Je vais me changer et préparer l'ouverture.

Sans un dernier regard, je tourne les talons et monte à l'étage pour rejoindre mon appartement.

Immobile au milieu du bar désert, je porte un doigt à mes lèvres gonflées. En rentrant je m'attendais à ce qu'Eliott me tombe dessus et soit en colère contre moi, ce qu'il a fait d'ailleurs. Mais jamais à ce baiser. La délicatesse avec laquelle il m'a embrassé et serré contre lui me chamboule. Je suis totalement décontenancée. La colère, le mépris et les avances mal placées, je sais réagir face à cela. Mais cette douceur qui donne l'impression que l'on est importante me laisse totalement sans défense. Le pire c'est que j'ai aimé chaque seconde où il m'a serrée contre lui. Le goût d'Eliott plane toujours sur mes lèvres me donnant envie de l'embrasser encore.

Je m'avance lentement vers le bar et me glisse derrière le comptoir. Mon cœur bat à toute vitesse. J'aurais envie d'une ligne, une seule, pour m'empêcher de ressentir les sentiments qui se bousculent en moi. Faire fuir cette envie de monter les marches, quatre à quatre, pour me précipiter de nouveau dans ses bras afin qu'il efface la peine et la culpabilité qui me ronge depuis des mois avec sa douceur et ses baisers qui me font perdre la tête. Au lieu de cela, j'attrape la première bouteille d'alcool qui me tombe sous la main et verse la vodka dans un verre, dont je vide la moitié d'un trait. Je soupire de soulagement lorsque le goût du baiser d'Eliott est remplacé par l'amertume de l'alcool. Je fais le tour du comptoir et prends place sur un tabouret. Je repense à ce que j'ai dit à Bri, il y a quelques heures à peine. Ne pas le laisser m'atteindre. Tenir Eliott loin de mon cœur, voilà ce que je dois faire. Je me suis laissé surprendre, mais cela n'arrivera plus. Je termine mon verre, l'alcool me donnant la force de rebâtir ma barrière invisible. Je tiendrai ma promesse.

Ce soir-là, le Mackenzie est moins achalandé. Comme c'est un soir où il n'y a pas de match de baseball diffusé à la télé, seuls les habitués boivent assis au comptoir ou occupent quelques tables en jouant une partie de billard. Lorsqu'Eliott est descendu, douché et habillé pour la soirée, il n'a pas dit un mot. Il a commencé les préparatifs comme si de rien n'était me lançant un regard de temps à autre. Comment pouvait-il rester de marbre alors qu'en moi tant de sentiments contradictoires faisaient rage ? Ce n'était qu'un baiser après tout. Pas de quoi en faire un plat. Je l'ai aidé à couper les citrons avant de me lever et monter me changer à mon tour.

Je dépose la bière de monsieur Wilson, un homme d'une cinquantaine d'années, qui passe au Mackenzie tous les soirs pour prendre un verre après le boulot. Veuf depuis trois ans, il a du mal avec le silence que lui offre sa demeure depuis le départ de sa femme. Pour contrer la solitude, il passe tous les soirs pour avoir un peu de compagnies. Je discute un instant avec lui, demandant des nouvelles de son fils qui vit à l'étranger, dont la femme est sur le point d'accoucher. Comme chaque fois qu'il parle de son fils, son regard s'illumine, mais s'éteint lorsqu'il se plaint de ne pas le voir plus souvent. Je comprends que la solitude peut devenir pesante à la longue. Depuis l'accident, je me sens souvent très seule moi aussi. Si seulement Brittany pouvait ouvrir les yeux.

— Je ne pensais pas qu'ils se voyaient encore, c'est deux-là, dit Rodger alors que je m'apprête à quitter sa table.

Je tourne le visage dans la direction qu'il regarde et tombe sur une femme élégante qui fait la bise à mon patron. Grande et élancée, elle doit avoir la mi-trentaine. Ses cheveux noirs coupés au carré qui lui arrive sous le menton mettent en valeur son visage parfait. Eliott lui sourit, une main posée au milieu de son dos. Ma respiration se bloque et sans que je m'en rende compte, une question franchit mes lèvres.

— Qui est-ce ?

— Mum, Lina ou Nina, un truc dans le genre. Tout ce que je sais c'est qu'elle venait rendre visite à Eliott deux ou trois fois par semaine pendant quelques mois et qu'on ne l'a pas revue depuis les fêtes de fin d'années. Je croyais qu'ils avaient arrêté leurs rendez-vous intimes, rien de sérieux. Enfin, tu vois.

Eliott et cette femme avaient couché ensemble. Rien de surprenant. Cette femme respire la sensualité à plein nez et avec ce corps tous les hommes devaient être à ses genoux. Puis Eliott est… Eliott, comment ne pas tomber sous son charme ? Même moi qui avais fait un trait sur les hommes j'avais du mal à rester de marbre devant lui. Il n'y a qu'à voir comment je succombe facilement à ses baisers avant de réaliser la bêtise que je suis en train de faire. Ce bel Écossais n'est pas pour moi. Pourquoi alors que je croyais à mes paroles avais-je envie de crever les yeux de cette femme à qui il souriait ?

Je laisse monsieur Wilson à sa bière et me dirige vers la table ou un couple qui vient d'entrer, on prit place. Je prends leur commande et rejoins le bar pour préparer leur boisson. Quand je passe tout près d'Eliott, il tend le bras et attrape ma main.

— Approche, je veux te présenter quelqu'un.

Je m'avance d'un pas et m'arrête à côté de mon patron.

— Ariel, voici mon amie Nika, et fait les présentations en posant une main au creux de mes reins.

— Salut.

De près elle est encore plus belle. Ses yeux noisette ourlés de vert sombre se posent sur la main qu'Eliott n'a pas retirée. Elle plisse les yeux avant de nous dévisager l'un et l'autre. Elle nous fixe un moment comme pour analyser notre relation.

— Tu ne m'as jamais dit que tu avais l'intention d'embaucher d'autres serveuses. Noémie a démissionné ?

— Non, je lui ai donné congé ce soir. J'ai rencontré Ariel dans une situation délicate, elle avait besoin d'un boulot et Noémie a besoin de repos. Mais bon, je ne vais pas t'embêter avec ma gestion de personnel.

Elle fait la moue avant de lui sourire. Elle lui commande un cocktail et prend place sur l'un des tabourets, oubliant en un clin d'œil mon existence. Elle se concentra sur son ami ou ancien amant selon les dires de Rodger. Je contourne le comptoir et ouvre le mini-frigo pour prendre les deux bières de la table six. Ma commande en main, je retourne travailler. Les deux heures qui suivent, j'essaie d'éviter Eliott et son invitée. Je me glisse derrière le bar que lorsque nécessaire. Je ne sais pas pourquoi, mais cette femme je ne la sens pas du tout. Peut-être est-ce leur proximité qui me rend jalouse ? Qu'importe avec qui Eliott s'en voit en l'air, cela ne me regarde pas. Alors pourquoi mon cœur se serre-t-il en repensant à ses lèvres sur les miennes un peu plus tôt ?

Chapitre 8

Eliott

Je regarde Ariel quitter le bar tout en mélangeant le drink de Nika à l'aide de mon shaker. Ses yeux fixent mes biceps qui durcissent sous l'effort. Elle passe le bout de sa langue sur sa lèvre comme si j'étais sa gourmandise préférée. En temps normal, cela m'aurait probablement excité. J'aurais laissé la surveillance du bar à Noémie et aurait entraîné Nika à l'étage pour la prendre sur le premier meuble un tant soit peu confortable. Mais ce soir, c'est différent. Sa présence me rend mal à l'aise. Peut-être à cause de la réaction d'Ariel et de la tension qu'il y avait entre elles lors des présentations. À moins que ce ne soit parce qu'il y a quelques heures à peine, je tenais la jolie blonde dans mes bras et l'embrassait à en perdre la tête.

— Je t'ai manqué ?

Mes yeux lâchent la silhouette d'Ariel pour se poser sur Nika, qui glisse une mèche sombre derrière son oreille. Surpris par sa question, je ne sais pas quoi répondre. M'a-t-elle manqué ? Non. Les petits coups vite faits lors de ses passages au bar, probablement. Quoi qu'il en soit, je suis trop bien élevé pour le lui dire. Au lieu de quoi, tout en versant son cocktail dans un verre, je demande :

— Alors, ce voyage c'était bien ?

— J'ai rendu visite à ma famille, rien de bien palpitant. Mais tu n'as toujours pas répondu à ma question. Je t'ai manqué ?

Je hausse les épaules.

— J'ai été très occupé.

Nika tourne la tête et pose son regard sur Ariel qui discute avec un client. Il semble lui dire un truc marrant, car celle-ci éclate de rire. Une chose que je ne l'ai jamais vu faire en ma présence. Putain, elle est tellement belle lorsqu'elle sourit.

— Je vois cela.

Le ton de Nika est empli de venin. Je crois que si elle le pouvait, elle tuerait Ariel d'un seul regard. Bordel ! Qu'est-ce qui lui prend ?

— Tu te méprends. Il ne se passe rien entre nous.

— Ah, oui ? Alors qu'est-ce qu'elle fout ici ? Depuis que je te connais, tu n'as jamais embauché de nouvelles serveuses.

— Comme je te l'ai dit, elle avant besoin de travailler. Je ne fais que lui donner un coup de main.

— Eliott et son altruisme. J'avais oublié que tu étais du genre à vouloir sauver toutes les chattes errantes. Attention, tu risques d'attraper des puces !

Je serre les poings. Ses insinuations me mettent en colère. Comment peut-elle voir Ariel comme une fille facile ? Elle ne la connaît même pas ! Je ne sais peut-être pas grand-chose à son propos. Mais si Ariel avait été comme Nika le dit, jamais elle ne se serait raidie comme elle l'a fait le soir où tout a failli déraper. Elle se serait laissé aller et nous aurions baisé sur cette foutue table. Nika est jalouse. Je ne sais pas ce qui lui prend de me faire une scène. Nous ne sommes pas un couple, nous ne l'avons jamais été. C'est à peine si nous sommes amis et plus si affinités. Ce n'est pas parce qu'on s'est envoyé en l'air à plusieurs reprises qu'elle a le droit de me dire ce que je dois faire et qui je dois fréquenter.

— Si tu es venue pour casser du sucre sur le dos de mes employés, tu sais où est la sortie, dis-je les dents serrées en lui montrant la porte d'un geste du menton.

— Tu es sérieux ?

— Très. J'ai du boulot. J'ai autre chose à faire que de me prendre la tête avec toi et ta stupide crise de jalousie.

Elle pince les lèvres, attrape son verre et le porte à sa bouche pour en boire la moitié.

— Commé si je pouvais être jalouse de cette fille. Puisque c'est comme ça, je pars. Mais ne va pas croire qu'on se débarrasse de moi aussi facilement. Quand tu auras fini de t'amuser avec elle et que tu voudras t'envoyer en l'air avec une vraie femme, tu t'en mordras les doigts.

Elle lance un dernier coup d'œil à Ariel qui de l'autre côté de la salle nous regarde puis se penche par-dessus le comptoir pour coller ses lèvres aux miennes. Par ce geste, elle essaie de montrer à Ariel que je suis sa possession. Je ne suis pas son putain de chien. La seule personne à qui j'appartiens et qui a du pouvoir sur ma vie, c'est moi. Jamais je ne m'abaisserais à être la propriété d'une femme. Je ne suis pas Adam ni Cameron, on ne me mène pas par la queue comme un gentil toutou. Elle se lève doucement de son tabouret, comme si elle ne venait pas de me cracher son venin au visage, et prends la direction de la sortie.

Une fois la porte refermée derrière elle, je soupire de soulagement. J'ai toujours évité les relations sérieuses pour ne pas devoir me taper ce genre de scène. Quelle soirée ! Je ne m'attendais pas à sa visite et je m'en serais bien passé. Ce n'est pas parce qu'elle m'a sucé la bite comme une putain de déesse que je lui dois quoi que ce soit. Je glisse une main dans mes cheveux et je souris à un couple qui vient de prendre place devant moi.

Ariel

Le lendemain à mon réveil, je décide qu'il est temps que j'emménage dans le petit appartement d'en face. Eliott a une copine et je ne veux pas l'empêcher de monter avec elle s'il en a envie. Il m'a offert la sécurité du Mackenzie, un boulot et même une avance sur mes paies. Il en a fait plus que bien des hommes que j'ai rencontrés dans ma vie. Il en a fait suffisamment. Maintenant, c'est à moi de lui rendre sa vie. Je m'habille rapidement, enfilant un legging et un long t-shirt, et mets mes vêtements dans un sac de sport qui traîne dans le placard d'Eliott. Lorsque tous mes effets personnels sont ramassés, je quitte la chambre de mon hôte sans faire de bruit.

Je m'approche de la porte d'entrée, attrape la clé sur le crochet près du montant et jette un œil en direction du canapé où Eliott est étendu. Comme s'il a senti mon regard sur lui, il ouvre les yeux. Il cligne les paupières plusieurs fois pour chasser le sommeil puis son regard se porte sur le sac que j'ai à la main. Il se redresse sur un coude, le drap qui le recouvrait glissant sur son torse nu.

— Où vas-tu ? Il est à peine neuf heures trente, grimace-t-il en regardant l'heure afficher sur l'écran de son cinéma maison.

Eliott m'a donné congé tout de suite après la fermeture. Il a dû se taper le ménage à lui seul, ce qui fait qu'il n'est monté que tard au petit matin. Les cernes sous ses yeux, qui ne déciment en rien sa beauté dévastatrice, me confirment qu'il vient à peine de trouver le sommeil.

— Tu as été sympa. Mais je crois qu'il vaut mieux que je prenne mes distances. Surtout après ce qui s'est passé hier, dis-je en nous désignant l'un et l'autre d'un geste de la main.

En entendant mes paroles, Eliott se redresse pour de bon.

— Qu'est-ce que tu racontes ? Tu n'as pas besoin de partir.

— Je crois qu'il vaut mieux que je te laisse ton intimité. Il y a Nika et je ne pense pas qu'elle aimerait savoir que je dors dans ton lit, même si tu dors sur le canapé.

Il se frotte les yeux essayant visiblement de comprendre ce que je lui dis alors qu'il est à moitié endormi.

— On s'en fout de Nika et de ce qu'elle pense. Tu n'as pas à partir !

— Mais c'est ta copine. Si j'étais elle, je ne voudrais pas qu'une autre femme vive sous le même toit que mon copain.

Je m'apprête à tourner la poignée, qu'Eliott repousse le drap, se lève du canapé et s'avance vers moi vêtu que d'un boxer gris foncé. Heureusement qu'il ne dort pas nu ! À la vue de ce corps qui rendrait jaloux tous les modèles masculins qui posent en maillot de bain dans les magazines de mode, mon souffle se bloque. Eliott n'a rien de comparable à ces gringalets maigrichons. Eliott est une beauté brute tout en muscles sans pour autant ressembler à ces haltérophiles qui sont si gonflés que l'on a l'impression que leur peau va se fissurer au moindre effort. Eliott est juste magnifique. Un guerrier des temps modernes.

Il s'arrête à quelques centimètres de moi. Mon cœur commence à battre plus vite. Cette tension qui plane entre nous depuis le début est de retour. Ma gorge devient sèche. Même si Nika est l'une des raisons qui me poussent à m'installer de l'autre côté, je crois que ce qui me fait fuir c'est cette attraction qu'il a sur moi. Cette envie intense qui me noue le ventre chaque fois qu'il est près de moi.

— Regarde-moi !

Je ne fais que ça depuis tout à l'heure, le regarder. Je délaisse à contrecœur ses abdominaux parfaits et fixe mon regard dans le sien.

— Nika n'est pas ma copine. Je ne sais pas qui t'a raconté cela. On a couché ensemble par le passé, mais ce n'était pas sérieux. Juste du sexe. Elle n'a donc pas à me dire qui j'ai le droit d'inviter chez moi ou pas.

Tu n'as pas à partir, je ne veux pas que tu partes. Johnny… il pourrait te retrouver et… merde, je ne veux pas qu'il te fasse du mal.

— Pour Nika, tu n'as pas à te justifier, dis-je soulagée qu'elle ne soit pas sa copine, bien que ça ne change rien puisqu'il ne peut se passer quoi ce soit entre nous. Tu as le droit de voir qui tu veux. T'inquiète, je vais m'installer en face en attendant que les choses se calment. Tu pourras retrouver ton lit.

Et moi ma tranquillité d'esprit. Loin de cette envie que j'ai de me jeter sur lui et de l'embrasser jusqu'à en oublier la promesse que j'ai faite à Bri. Je garde pour moi cette dernière phrase. Il n'a pas besoin de savoir l'effet qu'il a sur moi.

— L'appartement est dans un état lamentable. Tu ne peux pas t'installer dans toute cette crasse. Lucas n'est pas venu depuis plus d'un an et je n'ai pas eu le temps de nettoyer.

Je secoue la tête et bien malgré moi un sourire s'affiche sur mes lèvres. Il me prend pour une chochotte ou quoi ?

— Ce n'est pas un coup de balai et un coup de chiffon qui vont me faire peur. J'aurai tout nettoyé avant la fin de la journée.

— Je sais. Tu es plus une guerrière du plumeau qu'une princesse qui pique une crise parce que la femme de ménage n'est pas passée pendant deux jours. Mais laisse-moi tout de même te filer un coup de main.

Eliott me prend la clé des mains et s'apprête à tourner la poignée pour ouvrir la porte de son appartement. Je me racle la gorge en retenant un rire.

— Tu devrais peut-être t'habiller d'abord, dis-je en montrant son boxer.

— Euh… ouais, tu as raison. Et préparer du café aussi. La nuit a été courte.

Il ouvre ma main et dépose la clé dans ma paume. Le bout de ses doigts frôle ma peau et déclenche un frisson le long de mon échine.

— Vas-y, je te rejoins dans quelques minutes.

Il prend la direction du couloir. Je le regarde jusqu'à ce qu'il ait disparu dans sa chambre à la recherche de vêtements. Une fois qu'il est hors de mon regard, je soupire de soulagement. Il sera plus facile de lui faire face sans avoir ses sublimes pectoraux sous mes yeux. Je me glisse dans le couloir et déverrouille la porte d'en face. J'ouvre le battant et me glisse à l'intérieur. L'appartement est en fait une pièce à air ouverte, combinant kitchenette, salon et chambre. Au fond de grands rideaux cachent les fenêtres. Je m'avance et tire d'un coup sec sur ceux-ci. Un nuage de poussière se déploie autour de moi, me faisant éternuer. Bon, commençons par ça ! Je tire une chaise jusqu'à la baie vitrée et monte dessus. Sur la pointe des pieds, je tends les bras et commence à décrocher le panneau de tissu.

— Attends, je vais le faire. Tu pourrais tomber, dit Eliott en me rejoignant.

Je lui jette un regard noir par-dessus mon épaule. Vraiment ? Il me prend pour une nunuche maladroite ?

— Je te rappelle que j'ai l'habitude des hauteurs, dis-je en levant les yeux au ciel. Si je suis capable de me suspendre la tête en bas en me retenant par un genou, alors ça va, je peux très bien me ternir en équilibre pour décrocher ses stupides rideaux.

— T'inquiète, je n'ai rien oublié du spectacle. Sauf que là, c'est sur une chaise quelque peu branlante que tu es juché et non pas à un pôle solidement fixé au plancher. Donc, si tu veux défaire ces rideaux, très bien, mais je vais rester derrière toi pour te soutenir. Un accident est vite arrivé et je ne veux pas avoir une blessure sur la conscience.

Je lève à nouveau les yeux en l'air. Si ça peut lui faire plaisir et soulager son ego de mâle, grand bien lui fasse. Il fait comme il veut. Je me mets à nouveau sur la pointe des pieds et commence à décrocher le premier panneau de tissus. Alors que je m'étire encore un peu plus pour défaire un crochet qui s'est coincé, des mains se posent de chaque côté de mes fesses pour me retenir. La chaleur des paumes d'Eliott qui passe au travers du fin tissu de mon leggings m'arrête dans mon geste. Une décharge électrique passe entre nous me coupant le souffle. Eliott a dû la sentir aussi, car il reste figé, les yeux posés là où ses mains touchent mon corps. La lueur de désir que je lis dans ses émeraudes me coupe la respiration. Ce désir, je le ressens aussi, et ce depuis la première fois qu'il a posé la main sur moi et il ne cesse de grandir à chacun de nos contacts de nos baisers. Il faut que j'arrête de me voiler la face. Mon corps veut le sien tout autant que la cocaïne dont il est en manque. Ce constat me fait tourner la tête. Je prends une grande inspiration pour retrouver mes esprits. Les doigts d'Eliott qui était resté immobile se déplacent légèrement sur mes fesses. Du bout des pouces, il caresse ma chair par-dessus mon vêtement. Ses caresses innocentes déclenchent un feu dans le bas de mon ventre. Le trouble qui m'envahit avec force me fait perdre l'équilibre. Eliott me rattrape. Je me retrouve dans ses bras. Nos regards plongent l'un dans l'autre. Une chaleur intense vient alourdir l'atmosphère qui nous entoure. Il laisse mon corps glisser lentement contre le sien sans que nos yeux se quittent. En sentant son membre s'éveiller contre mon ventre, une étrange poussée d'adrénaline semblable à celle que je ressentais la vue d'une ligne de coke parcourt mes veines. Mon cœur se met à battre à toute vitesse menaçant de sortir de ma poitrine. Et là, je sais que comme je le faisais devant cette poudre magique, je ne pourrais pas résister à l'attrait qu'il a sur moi. Incapable de me refréner mes envies, je fais taire ma raison et le pourquoi je devrais me tenir loin de lui. Je me dresse sur la pointe des pieds et glisse les bras autour de son cou. Eliott se fige, sa mâchoire se crispe, mais son érection me montre que sa réaction n'est pas due à un manque de désir. Il veut baiser autant que j'en ai besoin. J'approche le visage et colle mes lèvres aux siennes. Les mains d'Eliott viennent immédiatement encadrer mon visage. Il laisse tomber toute retenue prenant ma bouche d'assaut. Lorsque sa langue pénètre entre mes lèvres, je soupire de bien-être comme si pour la première fois depuis mon sevrage, j'arrivais à respirer. Je m'accroche à lui pour ne pas chuter tant la sensation de son invasion me fait perdre pied. Mes doigts s'égarent dans ses cheveux alors qu'il prend mes fesses au creux de ses paumes et colle mon bassin au sien. Incapable de retenir mon corps, je me frotte contre lui.

Eliott gronde contre ma bouche. Son baiser se fait plus vorace. Ses mains remontent dans mon dos et se glissent sous mon t-shirt. C'est le moment où je devrais le repousser, mais au lieu de cela je retire mes bras d'autour de son cou pour descendre les mains jusqu'à sa taille et glisse les paumes sous le coton de son sweat à capuche. Mes doigts touchent immédiatement sa peau chaude puisqu'il est torse nu sous le vêtement. À mon contact, il frissonne déclenchant en moi une coulée de feu. Je le veux en moi. Ce besoin de sexe et de l'apaisement que peut m'offrir l'orgasme qui s'en suivra m'est en ce moment aussi essentiel que l'air que je respire. Je mets mon cerveau en mode silencieux et j'agis. Ma main descend le long de ses pectoraux qui frémissent sous mon passage et la faufile à l'intérieur de son pantalon de survêtement. Lorsque j'empoigne le sexe d'Eliott bandé sous son boxer et le caresse de haut en bas, il gémit.

Sa bouche quitte la mienne ne restant qu'à quelques centimètres de mes lèvres. Nos souffles se mêlent alors que nous reprenons notre respiration. Les yeux d'Eliott assombris par le désir qui nous entraîne vers les abîmes du plaisir me scrutent intensément.

— Ariel… arrête-moi. Si nous continuons, je ne suis pas certain de pouvoir le faire plus tard.

Il me laisse le choix de me rétracter, ce qui ne me surprend pas vraiment venant de lui. Jamais il ne me prendra sans un accord clair.

— Surtout pas ! J'ai besoin de toi.

— Bordel ! Moi aussi, si tu savais. Tu me rends fou, Ariel !

Il à peine dit ses mots, qu'il me soulève du sol et me colle à lui. Je passe mes jambes de chaque côté de ses hanches et m'accroche à son cou. Dans cette position, son érection se cale contre mon intimité. Un courant traverse mon échine. Eliott lance un coup d'œil autour de la pièce pour trouver un endroit où m'allonger. L'anticipation de ce qui va se produire entre nous embrase mon sang. S'il continue à me faire attendre, je vais prendre feu.

— Eliott.

De son prénom, je l'implore de faire cesser mon tourment. Il reprend mes lèvres et dévorant ma bouche, il s'avance vers le centre de la pièce. Arrivé au canapé, il glisse son avant-bras sous mes fesses et de sa main libre, il retire la housse protectrice. Le souffle court, il me dépose par terre.

— Merde, attends une seconde.

Il court en direction de son appartement. Je l'entends jurer de loin puis il revient quelques secondes plus tard, une lisière de préservatifs à la main. Devant mon air surpris, Eliott rougit, chose que je ne croyais jamais voir chez cet homme si sûr de lui.

— T'inquiète, on ne va pas utiliser tout ça. J'avais seulement peur que tu disparaisses.

Il jette les capotes sur le canapé et les yeux brillant de désir, il reprend.

— Où en étions-nous ?

Il fait un pas vers moi et me prends dans ses bras. Il s'assied sur le divan et me pose à califourchon sur ses genoux. Sa bouche trouve à nouveau la mienne et il m'embrasse avec ferveur. Alors que je lui rends son baiser, glissant mes doigts dans ses cheveux ébouriffés, il passe ses mains sous mon t-shirt pour prendre mes seins. Mes pointes durcissent au contact de ses pouces qui se glissent sous la dentelle et je gémis de plaisir. Ses caresses me rendent folle. Il y a si longtemps que je n'ai pas été touchée de cette façon. Poussés par le flot de désir qui embrasse mes reins, mes doigts trouvent la languette de son sweat que je descends rapidement. J'ai besoin de le toucher, de caresser sa peau. Comprenant ce dont j'ai envie, Eliott recule légèrement pour me faire de la place. Je pose les mains à plat sur son torse nu. Sa peau est chaude, douce, le fin duvet qui le recouvre chatouille l'intérieur de mes paumes. Je brûle de le voir complètement nu. Lorsque le bout de mes doigts atteint ses mamelons et que je les caresse à mon tour, Eliott gémit. Ce son divinement érotique se répercute directement à mon entre-jambes déjà au supplice. Je repousse son sweat. D'un mouvement d'épaule, il retire le vêtement avant de s'attaquer aux miens. Il attrape l'ourlet de mon t-shirt et le remonte jusqu'à ma poitrine. Je lève les bras pour qu'il puisse le passer par-dessus ma tête. Le coton touche à peine le sol qu'il détache mon soutien-gorge. Il penche la tête et prend mon sein en bouche. Un courant électrique longe mon échine. Mon bassin se meut, cherchant une friction contre son érection. Tout en aspirant la pointe durcie entre ses lèvres, Eliott glisse une main entre nous et la faufile à l'intérieur de ma culotte. Son pouce trouve mon clitoris gonflé qu'il se met à caresser. Je pose les mains de chaque côté de son visage, le relève vers moi et l'embrasse avec passion. Tout en goûtant ma bouche, il glisse un doigt le long de ma fente trempée et le glisse en moi. Il fait de lents mouvements de va-et-vient avant de joindre un deuxième doigt. Lorsque ceux-ci touchent un point sensible à l'intérieur de moi, mon souffle se hache sous le plaisir. Ses attouchements divins me plongent dans une brume de plaisir. Je veux le sentir en moi, maintenant !

Mes mains trouvent le cordon de son pantalon. Je le défais les doigts tremblants et y glisse la main. Je plonge la main sous son boxer. Ma paume trouve son sexe dur. D'une longueur et d'une largeur divine, cette barre dure comme du fer et douce comme de la soie trépigne sous ma paume. Je lâche ses lèvres, plonge les yeux dans les siens.

— Ce n'est que du sexe, dis-je le souffle court.

— Tout à fait !

— Ne va pas t'imaginer…

— Je n'imagine rien !

C'est probablement la seule fois depuis notre rencontre que nous sommes d'accord sur quelque chose. J'ai besoin de lui, de ça, de ces sensations euphorisantes qu'il éveille en moi. Je pourrai tellement devenir accro à ses caresses. Remplacer une addiction pour une autre. Tant que les choses sont claires entre nous, ça me va. J'étire le bras et lui tends les préservatifs que nous avons laissés de côté. Eliott en détache un qu'il garde dans sa main. Je me redresse, retire le reste de mes vêtements et les laisse tomber sur la moquette. Eliott soulève les hanches et fait glisser son pantalon et son boxer sur ses cuisses. Lorsque son sexe paraît à ma vue, j'en ai l'eau à la bouche. En me voyant le dévorer des yeux, comme s'il était une énorme glace à la fraise, Eliott pousse un grognement terriblement érotique.

— Ne me regarde pas comme ça…

Un petit sourire en coin apparaît sur mes lèvres alors que je reste immobile devant lui.

— Ah bon ! J'aime bien ce que je vois. Depuis quand est-ce interdit de se rincer l'œil ?

— Non, mais tu t'es regardée ? Avec une nymphe totalement nue qui me bouffe des yeux comme tu le fais, je risque d'exploser avant même de t'avoir touché.

— Il ne faudrait surtout pas…

— Non, vraiment pas. Viens là !

Il attrape ma main et m'attire à lui. Je n'ai pas besoin de me faire prier pour monter sur ses genoux. Il prend mon menton dans sa main et plonge un regard brûlant dans le mien.

— Ariel, tu es sure ?

Son souffle est saccadé comme si me redemander mon consentement lui était pénible. Au lieu de lui répondre, j'attrape le préservatif qu'il a toujours à la main, le porte à ma bouche et déchire l'emballage avec mes dents. J'empoigne son sexe et déroule l'enveloppe de latex sur sa queue. Eliott pose les mains sur mes hanches, ses doigts s'imprimant dans ma peau. Je passe mes bras autour de son cou et sans le quitter des yeux, je me soulève pour m'empaler doucement sur sa queue qui ne demande que ça. La mâchoire d'Eliott se crispe, il ferme les paupières, alors que ma lenteur le torture le tue. Je sens la bête tapie en lui qui veut prendre le dessus pour me posséder totalement. Peut-être Eliott a-t-il besoin de cet échange autant que moi, de se libérer d'un poids qui lui pèse depuis trop longtemps. Lorsque son sexe est totalement ancré en moi, il ouvre les yeux et me dévore du regard. La lueur de désir, de douleur qui fait briller ses iris se répercute au creux de mon ventre, mais aussi à un endroit où elle ne devrait pas, la seule partie de mon corps ou je ne laisserai plus aucun homme entrer. Je me concentre sur mon désir, laissant de côté les sentiments. C'est de sexe dont j'ai besoin, rien d'autre ! Je commence à bouger me soulevant légèrement de ses hanches pour mieux le prendre en moi. À mesure que mes va-et-vient se fond plus rapides, la boule dans mon ventre gonfle pour me mener vers la jouissance. Alors que j'y suis presque, mon partenaire en décide autrement. De ses mains qui n'ont pas lâché mes hanches, il me soulève rompant le contact divin de nos sexes avide de plaisir. Il glisse un bras sous mes fesses se lève et m'allonge sur le canapé. Son grand corps apparaît au-dessus du mien me dominant tout entier. D'un genou, il écarte mes cuisses et se glisse dans l'interstice. Son gland vient frôler ma fente humide me mettant au supplice tant je désire le sentir encore en moi. Eliott me rend folle. J'ai besoin de sa bouche. Je glisse une main sur chacune de ses joues et redressant légèrement le buste j'approche son visage du mien. Lorsque nos bouches se heurtent, c'est violent. Sa langue s'infiltre entre mes lèvres et trouve la mienne. Notre baiser n'a plus rien de doux, il est explosif comme si l'on avait jeté un combustible sur le feu déjà ardent de notre désir. À bout de souffle Eliott, quitte ma bouche pour reprendre de l'air. Il niche son visage dans le creux de mon cou. Le bout de sa langue vient lécher ma peau. Il descend sur mon épaule pour trouver l'un de mes seins et en aspire la pointe. Sous l'effet délicieux qui envahit mon corps, je ferme les yeux. Je sens une de ses mains se glisser entre nous. Il ajuste son érection contre mon sexe brûlant et entre pleinement en moi d'une seule poussée. Un son rauque franchit mes lèvres en le sentant divinement me remplir. C'est comme si nos corps avaient été faits pour s'emboîter l'un à l'autre.

Eliott se met à bouger. Ses va-et-vient n'ont rien à voir avec mes petits mouvements de bassin de tout à l'heure. Il a libéré la bête, lâché toute retenue. Il me prend avec ardeur. Nos respirations se hachent. Mon esprit se vide de toute pensée, ne me laissant en tête que l'homme au-dessus et à l'intérieur de moi qui m'offre un vol plané vers le plaisir brut.

— Putain, c'est trop bon !

À ses paroles, j'ouvre les yeux. Sur ce point, nous étions d'accord pour une seconde fois. Sa voix rauque et sa façon de me regarder augmentent mon plaisir. Je ne tarderais pas à jouir. La mâchoire d'Eliott se crispe, preuve qu'il n'est pas très loin lui non plus. Il glisse une main sous mes fesses, soulève mon bassin, lui donnant un meilleur angle. Lorsque le bout de son sexe trouve le point hyper sensible au fond de mon intimité, un plaisir indéfini s'empare de moi me propulsant telle une tornade vers les cieux. Mes parois enserrent son sexe et Eliott jouit à son tour.

En nage, il appuie son front contre mon épaule pour reprendre son souffle. Je plane, je suis complètement dans les vapes. Pour la première fois depuis mon dernier soir au Princess, je me sens totalement détendue. Aucune came ne m'a fait cet effet. Je ne sais pas combien de temps cela durera, mais je suis prête à profiter de chaque seconde après les jours difficiles qui viennent de passer. Après un instant, Elliot redresse la tête. Une mèche de cheveux châtains tombe sur son visage. Je lève la main et la repousse du bout des doigts.

— Ça va, Ariel ?

— Oui super.

Et pour la première fois depuis longtemps, c'est vrai.

Chapitre 9

Eliott

Je me lève, retire le préservatif, le jette à la poubelle installée sous la table d'appoint avant d'enfiler mon boxer et mon jogging. Alors que j'attache le cordon pour tenir le vêtement sur mes hanches, je jette un coup d'œil à la femme toujours allongée sur le canapé. Ariel a fermé les yeux, un sourire satisfait sur le visage. Pour la première fois depuis que j'ai fait sa connaissance elle semble totalement détendue. On dirait même qu'elle plane. Savoir que l'orgasme que je viens de lui offrir la met dans cet état, fait gonfler mon ego de mâle. Même si je sais que je suis un bon coup au pieu, ça fait tout de même un velours de savoir que sa partenaire a pris autant son pied que soi-même.

Je continue à la regarder en douce. Sans la nervosité qu'elle affiche depuis son arrivée au Mac, Ariel est encore plus belle. Les traits de son visage sont beaucoup plus doux lorsqu'elle est détendue. Elle semble plus jeune, plus innocente. Je ne sais pas ce qui lui est arrivé dans la vie pour qu'elle se retrouve à danser nue et à consommer cette merde, mais ce ne devait pas être anodin. Je l'ai vu à l'œuvre, cette femme a beaucoup trop de talent pour se contenter de si peu. Peut-être Cameron a-t-il raison à dire que le sexe pourrait devenir pour Ariel une échappatoire, une façon de compenser le manque. N'est-ce pas ce qu'elle m'a dit avant que je la prenne : nous deux, ce n'est que du sexe. Pour une fois, nous étions d'accord. Si par les orgasmes je peux la tirer de sa dépendance, je suis son homme. Du sexe torride c'est tout ce que je peux offrir à une femme. Si elle a envie de se servir de moi, je me ferais un plaisir d'être son jouet. Après tout n'est-ce pas le rêve de tout homme de pouvoir prendre son pied sans les complications qui s'en suivent ?

Ariel ouvre lentement les yeux, revenant doucement à elle, et tourne son visage vers moi. Son regard comblé plonge dans le mien. Je croyais qu'elle se mettrait à rougir, mais non. Elle ne semble pas embarrassée par ce qui vient de se produire entre nous, contrairement à moi. C'est étrange, j'ai l'habitude de coucher avec des femmes juste pour le sexe, mais à l'inverse de mes coups d'un soir, je ne peux la congédier d'un sourire charmeur en lui disant que je vais peut-être la rappeler puisqu'elle vit sous mon toit. Elle se redresse et me sourit avant d'attraper son soutien-gorge et de l'enfiler.

— C'était… Wouah. Je ne sais pas quoi dire d'autre.

Ses mots ne pouvaient pas être plus justes. Car être entre ses cuisses était dément, je ne sais comment l'exprimer autrement. Je me suis sentie chez moi et pendant l'instant qu'a duré notre étreinte, mes démons ont cessé de me tourmenter.

— Content que ça t'ait plu. Tu as soif ? je demande pour rendre la discussion moins intime.

— Je prendrais bien de l'eau.

— Je vais en chercher à côté et je reviens.

J'attrape mon t-shirt, le passe rapidement et traverse la pièce et le couloir qui sépare mon appartement du loft de Lucas. Arrivé dans la cuisine, j'ouvre le frigo et prends deux bouteilles d'eau avant de rejoindre Ariel. Lorsque je pénètre dans la pièce où l'on s'est envoyé en l'air un peu plus tôt, Ariel s'est déjà rhabillée et est de nouveau montée sur la chaise pour retirer les rideaux. Je pose ma bouteille sur la table basse et m'avance vers elle. Je ne dis rien cette fois-ci, me contentant de mettre la main sur le dossier de la chaise pour ne pas qu'elle tangue au moindre mouvement. Je lui tends sa bouteille d'eau.

— Merci.

Elle retire le bouchon et porte le goulot à ses lèvres. Sa bouche divine est encore légèrement gonflée par nos baisers. Mes doigts enserrent le haut du dossier de la chaise tant je me retiens de la prendre dans mes bras pour goûter sa bouche à nouveau. Sa soif étanchée, Ariel me redonne la bouteille et termine sa besogne. Une fois les panneaux de tissus retirés, elle descend de la chaise une main en appui sur mon épaule. Son contact m'électrise déclenchant un feu brûlant au bas de mes reins. Je prends une courte inspiration alors que je sens mon sexe s'éveiller doucement. C'est quoi ce bordel ? J'aime le sexe comme tous les hommes, mais je n'ai jamais été un baiseur en série comme Adam, Cameron ou Lucas qui enchaînait les maîtresses. Du moins pour les deux premiers, car je crois que Emma et Summer leur suffisent à présent. Quant à Lucas, il n'a probablement pas changé depuis notre dernière rencontre. Mais moi… Je me trouvais une femme sexy de temps à autre pour assouvir ce besoin physique lorsqu'il devenait pressant, mais je pouvais passer des semaines sans baiser. Le Mackenzie a toujours été ma priorité depuis mon arrivée aux USA. Et je ne veux pas que ça change surtout parce qu'une femme m'a tourné la tête.

— Tu as un lave-linge pour que je puisse les laver ?

— Euh, ouais. Au fond du couloir. Laisse-les-moi, je vais le faire.

— D'accord.

Je prends les rideaux, les mets en boule et rejoins la sortie. Je dois m'éloigner du corps trop tentant d'Ariel et c'est l'occasion idéale pour prendre mes distances. Je viens de poser le pied dans le couloir, que sa voix porte jusqu'à moi :

— Merci, Eliott. Pour tout…

Je tourne le visage et lui souris comme si je n'avais pas compris le sous-entendu de ses remerciements.

— De rien, Ariel, ça me fait plaisir.

Après avoir mis les rideaux à laver, je regagne mon appartement. Je glisse une main dans mes cheveux et me laisse tomber sur le canapé. Je suis crevé. Les nuits passées sur ce meuble inconfortable me font découvrir des muscles dont je ne soupçonnais même pas l'existence. J'ai besoin de dormir au moins quelques heures, si je veux arriver à bosser ce soir. Je me lève et prends le couloir jusqu'à ma chambre où mon lit m'attend. Je me laisse tomber sur le matelas moelleux, ferme les yeux et pose un bras replié sur mon visage. J'inspire profondément pour me détendre. Le parfum fruité d'Ariel, dont les notes de magnolia, de mandarines et de vanille qui imprègne les draps me percutent de plein fouet faisant passer sous mes paupières les images de nos corps nus collés l'un à l'autre. Le souvenir de mes paumes glissant sur sa peau, des soupirs sensuels qu'elle poussait alors que je la prenais firent réagir mon corps. Mince, j'avais encore envie d'elle. Je serre les poings pour me retenir de traverser le couloir et la faire mienne à nouveau. Jamais une femme ne m'a fait un effet pareil. Avec Ariel, tout est différent. Bien sûr, je suis prêt à lui offrir mon corps pour vaincre sa dépendance à la cocaïne si cela peut lui venir en aide. Mais pourquoi ai-je l'impression que ça ne s'arrêterait pas là ? Ariel, ses beaux yeux clairs, sa repartie et sa façon de rougir lorsque je la touche pourraient très bien s'infiltrer dans mon cœur, celui qui a cessé de battre en même temps que celui d'Éléonore. Comme chaque fois que le souvenir de ma sœur et de ce qu'elle a subi à cause de moi tente de m'entraîner vers la noirceur, je serre la mâchoire. Ce n'est pas entouré du parfum de cette femme qui réveille en moi des sentiments oubliés depuis longtemps que j'arriverai à dormir. Je me lève, attrape des vêtements propres dans la commode et me dirige vers la salle de bain. Une douche et au boulot ! Aussi bien me changer les idées en me rendant utile.

Ariel

Les yeux fixés sur la porte qu'Eliott vient de refermer, je pousse un soupir de soulagement. Après ce qui vient de se passer, j'ai besoin de distance pour faire le point et me remettre de mes émotions. J'ai couché avec Eliott Mackenzie, j'ai du mal à y croire ! Tout s'est passé si vite ! Un instant, j'étais sur cette chaise à retirer les rideaux aux fenêtres et l'instant d'après, j'étais dans ses bras, ses mains caressant mon corps, sa bouche embrassant la mienne. Et quel baiser ! Le genre que l'on voit qu'au cinéma ou dans les romans d'amour. Un baiser qui vous chavire, tel un tsunami dévastant tout sur son passage. J'aurais dû le repousser, lui demander de me reposer sur le sol. Mais comment aurais-je pu alors que chaque parcelle de mon corps le réclamait ? Je m'avance vers le plan de travail de la kitchenette et attrape la bouteille d'eau qu'Eliott a déposée avant de partir et en prends une gorgée. J'attends que le sentiment de culpabilité m'envahisse comme chaque fois que je trahis la promesse que je me suis faite. Mais rien. Je n'arrive pas à regretter le moment où nos corps avides se sont joints en silence, laissant pour seul son, nos souffles de plaisir emplir la pièce. C'est la première fois que je réussis à me vider totalement l'esprit. Pendant un instant, rien n'importait. Il n'y avait qu'Eliott, moi et ce désir qui nous emportait. Plus de manque, plus de sentiment de culpabilité pour ce qui est arrivé à Bri. Pendant que j'étais dans ses bras, étendus sous son corps, lui en moi, j'ai eu l'impression d'être entière. Ses caresses, ses baisers m'ont fait planer comme aucune drogue ne pourrait le faire. Je pourrais me laisser aller à cette addiction. Que pourrait-il m'arriver si je le laissais m'approcher de cette façon sinon des orgasmes à vous faire tourner la tête ? Est-ce mal de me servir de lui pour me sentir bien ? Je ne lui ai pas menti en lui disant de ne pas s'imaginer qu'il y avait plus que du sexe entre nous. J'ai été franche avec lui. Nous deux, ce n'est que du sexe ce qui semble lui convenir. Pourquoi alors que je crois dur comme fer à ce que je me dis, ma poitrine se serre-t-elle ? C'est probablement les sensations retrouvées qui me chamboulent à ce point. Eliott Mackenzie est peut-être l'homme le plus sexy que j'ai rencontré dans ma vie, il ne sera pour moi qu'un ami, un amant, mais pas plus.

Je dépose la bouteille presque vide et soupire. À quoi bon se prendre la tête ? Ce n'est pas parce qu'on s'est envoyé en l'air qu'il veut plus. Il ne m'a pas demandé mon cœur, mon corps lui suffit. Et je suis plus que partante s'il veut recommencer. Je laisse de côté mes remises en question et me remets au boulot. Je dois prendre mon quart au bar dans quelques heures. Si je veux dormir ici ce soir, il vaut mieux de m'y mette.

Je suis en train de récurer le sol de la chambre, lorsque mon téléphone sonne sur le comptoir de la cuisine. Mon cœur cesse de battre. Et si c'était l'hôpital pour me dire que Bri est réveillée. L'espoir faisant battre mon cœur à toute vitesse, je laisse ma tâche de côté et me précipite dans l'autre pièce. J'attrape l'appareil et réponds le souffle court.

— Allo !

— Salut, Ariel, c'est Summer.

— Ah, salut.

— Tu sembles déçu que ce soit moi.

— Non pas du tout, je réponds d'un ton plus joyeux en ravalant ma déception. Je suis seulement surprise de recevoir ton appel.

Ce qui est vrai, car je ne m'attendais pas à ce que la copine de Cameron m'appelle. Après tout, nous nous connaissons à peine.

— Adam et Cam vont au club de boxe ce soir et l'on se demandait si ça te disait de passer chez Emma. On pourrait se faire une soirée entre filles.

— Je suis désolée, je ne peux pas ce soir. Je bosse au bar avec Eliott. C'est le soir de repos de Noémie.

— Attends une seconde.

Summer pose la main sur le micro de son portable. Elle discute avec Emma, mais je n'entends pas ce qu'elles se disent dû au bruissement causé par sa main. Au bout d'une minute, elle revient.

— Puisque tu ne peux pas venir passer la soirée avec nous chez Emma, nous irons au Mackenzie. On pourra toujours discuter et prendre un verre pendant que tu bosses.

— Pas sûr qu'Eliott appréciera.

— Laisse-moi gérer Eliott, j'ai l'habitude. Il peut être grognon, mais c'est un gros ourson. Puis tant que l'on consomme, il ne peut pas nous en vouloir de monopoliser sa serveuse. En plus, c'est tranquille en semaine.

— Comme tu veux. Mais je ne pourrai pas passer la soirée à papoter.

— On verra ça. À plus tard.

Lorsqu'elle met fin à l'appel, je range un peu et file sous la douche avant de m'habiller pour aller travailler.

Chapitre 10

Eliott

Debout derrière le bar, je sers une bière à l'un de mes clients réguliers qui habite à quelques rues du Mackenzie. Avec cette pluie torrentielle, le bar est très peu achalandé. Seuls quelques braves ont défié ce temps de merde pour venir prendre un verre. J'aurais pu tenir le Mac seul, mais je sais qu'Ariel a besoin d'argent même si je me demande bien pourquoi. Je tends la chope à Roger. Il la saisit et pose un billet de vingt dollars sur le comptoir. Je prends l'argent et lui donne sa monnaie. Mon regard parcourt la pièce et se pose sur Ariel qui prend la commande d'un autre client qui vient d'arriver.

— Elle est sympa cette petite, dit-il en portant sa bière à ses lèvres. Pas que je n'apprécie pas Noémie. Cette femme est une dure à cuire avec la langue bien pendue. J'aime son franc-parler et son sens de l'humour. Mais Ariel apporte une certaine douceur à ton bar, tu as bien fait de l'embaucher.

Mes yeux parcourent le corps de ma serveuse, passant de ses longues jambes musclées par la danse à sa taille fine puis à sa poitrine mise en valeur par le chemisier de son uniforme. Une chaleur intense naît au niveau de mes reins au souvenir de mes mains sur ses hanches alors qu'Ariel me chevauchait, m'accueillant profondément en elle. Ma queue frémit au rappel de notre partie de jambe en l'air de ce matin. Sympa, je ne crois pas que le mot soit assez fort pour décrire le moment où son sexe enserrait le mien comme s'il était fait sur mesure pour elle.

— Salut beau gosse, dit Summer en arrivant devant moi.

Perdu dans mes pensées salaces, je n'avais pas remarqué que Roger avait pris son verre et rejoint la table où il s'installe habituellement, ni qu'Emma et Summer avaient franchi la porte. Il faut dire que dès qu'il est question de cette jolie blonde mon attention est mise à rude épreuve. Elle est à peine plus longue que celle d'un poisson rouge.

— Salut, ma belle.

Je me penche au-dessus du comptoir pour faire la bise à la rouquine et à la fiancée de mon meilleur ami.

— Vous êtes courageuses de sortir par ce temps.

Summer détache son imperméable et hausse les épaules.

— On voulait se faire une soirée de filles, mais apparemment notre copine travaille ce soir et son patron est trop chiche pour lui donner un soir de congé pour boire avec les copines.

— C'est Ariel qui m'a traité de radin ? je demande en haussant un sourcil.

— Non, elle est trop gentille pour dire ça. C'est moi qui le dis.

Summer se met à rire probablement à cause de la gueule que je tire. Tout à coup, elle s'arrête et se trémousse.

— Oups, il faut que j'aille aux toilettes. Zut, avec cette grossesse même plus le droit de rigoler. Emma, je reviens. Kidnappe Ariel pendant que je vais…

Cette fois, c'est à moi de me marrer en la voyant se précipiter vers les w.c. de sa démarche de pingouin.

À mi-chemin, Summer me lance un regard par-dessus son épaule.

— Je t'interdis de rire de moi si tu tiens à tes couilles. C'est mesquin.

Elle continue son chemin. Et je me tourne vers Emma.

— Elle vient vraiment de menacer ma virilité pour si peu ?

— Oui et crois-moi, elle pourrait très bien le faire. Les hormones la rendent agressive. Je crois qu'elle pourrait tuer quelqu'un pour avoir terminé son pot de glace préféré.

— Fais-moi plaisir, Emma, ne tombe jamais enceinte.

— Ce n'est pas dans mes projets. Pas après la voir prendre tous ces kilos. Les trucs qu'elle s'enfile, c'est à vomir ! Ça te dérange si l'on te vole Ariel pour une partie de billard ?

— Non, c'est tranquille. Je peux m'en sortir seul. Je crois que ça lui plaira de passer un peu de temps avec vous deux.

— Merci.

Emma pose un baiser sur ma joue, va rejoindre Ariel à la table du client et l'entraîne vers la table de billard. Je prends la relève du service et vais servir Joe. Comme je le connais bien et qu'il prend toujours la même chose, je lui verse un bourbon et vais lui porter.

Tout en effectuant mes tâches derrière le bar et en servant les clients, je jette un œil de temps à autre aux trois femmes au fond de la pièce. Pour la première fois depuis que je la connais, Ariel semble réellement s'amuser. Au côté de Summer et d'Emma, elle est totalement détendue. Elle rit à une plaisanterie que lui fait Emma. Son sourire est magnifique, authentique, car cette fois-ci il atteint ses yeux les faisant scintiller comme les étoiles dans une nuit sans lune. Elle est tellement belle lorsqu'elle se laisse aller, que ce soit avec elles comme elle le fait maintenant ou dans mes bras alanguis après l'orgasme comme ce matin. Dire qu'à son arrivée, je ne voulais pas qu'elle les rencontre. De quoi avais-je peur ? Qu'elle entre dans ma vie ? Qu'elle devienne une membre à part entière de ma petite bande ? C'est évident qu'elles s'entendent bien toutes les trois. Ariel est très solitaire. Au souvenir de sa réponse à la question que je lui ai posée le soir où elle est arrivée au Mac, mon cœur se serre. Personne. Elle n'avait personne à aviser qu'elle se trouvait chez moi après s'être fait agresser. Comment une femme comme elle ne peut avoir personne sur qui compter ? Elle est douce, gentille, malgré les airs de dure à cuire qu'elle se donne sous ses répliques sarcastiques. Qui suis-je pour lui refuser d'avoir des amies, des gens sur qui elle puisse s'appuyer ? Que serais-je devenu sans Adam, Cameron et Lucas ? Je serais probablement six pieds sous terre ou en tôle à perpétuité. C'est du moins le chemin que je prenais lorsque la cour de la jeunesse m'a envoyé dans cette maison de correction au milieu de nulle part où j'ai fait leur connaissance. Incarcéré pour vol de voiture. Si le juge avait su ce que j'avais fait ce soir-là, j'aurais pris au moins dix ans et pas dans cette prison pour jeunes, mais avec de vrais criminels, comme celui dont j'ai démoli le visage au point que même sa propre mère ne l'aurait pas reconnu. Si ses hommes ne m'avaient pas éloigné de lui et foutu dehors avant de me tabasser, je pense que je l'aurais tué. Ma haine pour ce qu'il avait fait subir à ma sœur m'aveuglait ce soir-là. Après la mort d'Éléonore, j'étais une épave. Seul le goût de la vengeance me permettait de rester debout. J'avais fait verser le sang de ce salaud, mais ce n'était pas suffisant. Je voulais le voir mort et pouvoir cracher sur son cadavre. Oui, quand on s'en prenait aux gens que j'aimais je pouvais devenir un monstre insensible. J'avais tout perdu en un clin d'œil. J'étais loin de me douter qu'en mettant les pieds dans cet établissement carcéral, j'allais trouver des amis, des frères.

Lorsque le regard d'Adam avait croisé le mien, il m'avait fait signe de le rejoindre. Les poings serrés, je me suis avancé dans sa direction. Je m'attendais à ce qu'il me pose des questions sur la raison de ma présence entre ces murs. Il n'a rien dit. Il s'est présenté ainsi que les deux autres adolescents qui l'accompagnaient. Il m'a dit que je pouvais me joindre à eux si je le voulais et depuis ils ont toujours été là. Dans les bons et les pires moments, nous savons que nous pouvons compter les uns sur les autres. Ils connaissent une partie de mon histoire même s'ils ne savaient rien de cette noirceur qui m'habite. J'aimerais qu'Ariel ait des gens comme eux autour d'elle. Emma et Summer pourraient être pour elle ce que mes amis sont pour moi. Je ne sais rien de sa vie, mais nous partageons un truc, une douleur silencieuse qui assombrit notre âme.

— Où sont nos femmes ? demande Cameron en tapant la main sur le comptoir me sortant de mes souvenirs.

Définitivement ce soir, je ne vois rien venir. Je délaisse Ariel des yeux et leur montre le fond du bar.

— En train de jouer au billard.

Il regarde en direction de la table et fait signe à Summer. Elle lui sourit, lui envoie un baiser de loin et joue son coup. C'est ensuite celui d'Ariel. Elle prend la queue que lui tend Summer et met du bleu au bout de la tige. Lorsqu'elle se penche au-dessus du rebord de la table, je ne peux la quitter des yeux. La jupe de son uniforme aux couleurs de mon clan remonte dans son mouvement laissant apparaître le milieu de ses cuisses sublimes. Au souvenir de leurs douceurs autour de ma taille, mon sexe se tend. Bordel, ce que je donnerais pour pouvoir me glisser en elle pencher sur cette foutue table. Mienne. À cette seconde, c'est le seul mot qui atteint mon cerveau abruti de désir.

— On dirait bien qu'Eliott le dragon se tape la petite sirène !

Adam et moi tournons le visage vers Cameron qui se marre en le dévisageant.

— Bordel, Cam ! Tu sais que ce que tu viens de dire est complètement tordu, dit Adam en grimaçant.

— Non, mais regarde-le ! Juste à son regard, on voit bien qu'il se l'est fait et qu'il a envie de remettre le couvert.

— On s'en fout si Eliott s'est envoyé en l'air avec Ariel. C'est ce que tu as dit qui est sordide. Mélanger sexe et personnages Disney dans une même phrase, ça, c'est glauque !

— N'empêche que ça ferait un super titre de film porno !

— Qu'est-ce qui est glauque et qui ferait un super titre de film porno ? demande Summer en arrivant derrière eux.

— Ton mec et ses idées salaces. Fais-nous plaisir, Summer, cesse de lui faire regarder des Disney.

J'attrape deux verres, mets des glaçons avant de les remplir de Whisky et de les pousser en direction de mes amis.

— J'ai du mal à vous suivre, les gars. Quel est le rapport entre ces dessins animés et les pensées coquines de Cam ?

Adam se marre, attrape la taille d'Emma qui nous rejoint et la serre contre lui.

— Ne cherche pas à savoir, Summer, répond Adam. Ton mec a beau être un de mes meilleurs amis, je me demande bien pourquoi d'ailleurs, mais il est totalement tordu.

Ariel qui a desservi les tables en passant nous rejoint. Elle passe derrière le comptoir et mets les verres dans l'évier. Elle se place à mes côtés pour discuter. L'avoir si près me donne envie de tendre le bras, le passer autour de sa taille fine pour la coller à moi. Nous ne sommes pas un couple, elle et moi. Qu'importe à quel point j'ai envie de l'enlacer, de nicher mon visage dans le creux de son cou pour me délecter de son parfum, je n'en ai pas le droit. Pour m'empêcher de la toucher, je me sers une bière que je vide presque d'un trait.

Ariel

La soirée a été calme, peut-être parce que l'on est un jour de semaine où parce qu'il fait tempête, mais quoi qu'il en soit j'ai passé un bon moment. Ça faisait des lustres que je n'avais pas joué au billard et la compagnie d'Emma et de Summer était agréable. Ces femmes sont géniales. J'ai pris beaucoup de plaisir à discuter avec elles. Dans une autre vie, nous aurions pu être amies. Mais nous n'avons rien en commun. Emma seconde son fiancé dans l'agence de casting que lui a laissé son beau-père qui vient de prendre sa retraite. Quant à Summer, elle a un poste au New York Muséum. Chacune a une belle carrière dans un domaine qui les passionne, un petit ami qui les adore, alors que moi, ex-stripteaseuse, je serre des clients dans un bar. Rien de bien glamour. Summer a passé une partie de la soirée à me parler d'Eliott alors que je sentais son regard posé sur moi. Même à cette distance, je pouvais ressentir ce lien, cette alchimie qui nous relie l'un à l'autre. Si elle savait à quoi nous avons occupé notre matinée, je crois qu'elle en ferait un arrêt cardiaque. Au souvenir de ce moment intense, une chaleur parcourt mon corps. Mon uniforme ne me semble plus aussi léger tout à coup. Je jette un œil à l'homme à mes côtés. Eliott porte sa bière à ses lèvres et prend une longue gorgée. Lorsque le goulot quitte sa bouche sensuelle, il y passe le bout de la langue pour récolter une goutte d'alcool. Je prends une grande inspiration afin de retenir l'envie de remplacer cette langue par la mienne. Nous n'avons couché ensemble qu'une seule fois que déjà cet homme me rend dingue. Il faut que je garde la tête froide, sinon je risque de tomber dans le même panneau qu'avec Grégori. Plus jamais je ne laisserai un homme avoir un tel ascendant sur moi.

Je prends un verre que je remplis d'eau froide et le vide d'un trait pour empêcher les souvenirs du passé de m'attraper dans leur filet. Eliott et moi ce n'est que du sexe et il faut que ça reste ainsi. Pas d'attachement,

145

pas de sentiments et encore moins de gestes tendres devant ses amis. Je chope un torchon près du lavabo, le rince sous l'eau chaude et m'empare de la bouteille de détergent. Je dois m'éloigner quelques instants pour retrouver mes esprits. Je me tourne vers Eliott.

— Je vais nettoyer les tables. Avec ce temps, je ne pense pas qu'il y ait d'autres clients.

Je contourne le bar, remercie Emma et Summer pour cette magnifique soirée. La rouquine s'avance vers moi et me serre dans ses bras.

— Peut-être que la prochaine fois ton patron sera moins chiche et il te laissera sortir avec les copines.

— On peut toujours rêver !

En prononçant ces mots, je jette un coup d'œil en direction d'Eliott. Il lance un regard noir à Summer en serrant la mâchoire. Elle lève les yeux au ciel comme si son œillade sévère ne lui faisait ni chaud ni froid. Un lien étrange les unit. On voit qu'ils tiennent beaucoup l'un à l'autre. Je doute qu'ils aient couché ensemble ou quoi que ce soit du genre. Après tout, elle est la femme enceinte d'un de ses meilleurs amis et Cameron ne semble pas jaloux de leur relation. Je salue Adam et Cameron d'un geste de la main et me mets à la tâche.

Je termine ma besogne, alors qu'Eliott verrouille la porte du bar derrière ses amis qui viennent de sortir.

— Pas surprenant qu'il n'y ait personne ce soir, ça craint cette tempête, dit-il en se dirigeant vers le comptoir pour ranger les bouteilles de bière vides.

— Oui et je suis bien contente de ne pas avoir à sortir pour rentrer chez moi, je réponds en haussant les épaules.

— L'avantage d'habiter sur son lieu de travail, ça, et ne pas avoir à se taper les embouteillages.

Je m'avance vers la table de billard, attrape les queues que nous avons laissées sur le bord puis les accroche au mur. Je fais le tour de la table et retire les boules des paniers. Je suis en train de les placer dans le triangle que je sens le grand corps d'Eliott derrière moi.

— Summer a raison.

Je lui jette un regard curieux par-dessus mon épaule.

— Raison, à quel sujet ? je demande ne sachant pas trop où il veut en venir.

— J'aurais dû te laisser aller chez elle.

— Je ne te l'ai pas demandé.

— Je sais. Mais c'est compréhensible vu la scène que je t'ai faite à ton retour l'autre jour. Je ne devrais pas te retenir entre ses quatre murs.

— Tu as tes raisons. Tu le fais pour me protéger, dis-je en haussant les épaules.

— Te protéger, peut-être, mais te retenir captive de mon bar ne te rendra pas heureuse. Si tu veux sortir, soit. Mais je te demande de faire attention et de ne jamais rester seule. Tu serais une cible facile pour Johnny.

— Ce n'est pas comme si j'avais beaucoup d'endroits où aller.

Mes pensées s'envolent vers l'hôpital où Bri est inconsciente et à toutes les visites que je ne lui ai pas rendues depuis le soir où j'ai laissé les filles en plan devant le café. Je change les billes de place à plusieurs reprises juste pour m'occuper les mains. Eliott ne bouge pas. Il reste là le regard fixé sur moi. N'en pouvant plus de son mutisme, je me retourne. Il semble terriblement tendu, comme si le fait d'accepter ses torts lui en coûtait. Pour détendre l'atmosphère, je lui lance un sourire coquin.

— En revanche, Summer se trompe sur un point.

— Ah, oui. Lequel ?

— Tu es loin d'être radin, du moins en ce qui me concernait ce matin.

Une lueur brûlante envahit ses prunelles en comprenant que je suis d'humeur joueuse. Toute tension quitte son corps, il entre dans mon jeu en me gratifiant d'un sourire en coin.

— Ah. J'étais comment ce matin ?

— Tu cherches les compliments ? je demande en enroulant une mèche blonde autour de mon index.

— Si c'est pour que tu me dises que je suis un dieu du sexe, je veux bien.

— Hum. Ça, je n'en suis pas si certaine. Tu es doué, mais de là à dire que tu es un dieu de la baise c'est pousser un peu loin, je pense.

— C'est un défi ? me demande-t-il en haussant un sourcil.

— Ça se pourrait bien, dis-je en lui faisant signe du doigt d'approcher. Alors tu acceptes le gant ?

Cette fois, ce n'est pas une lueur chaude qui envahit son regard, mais un feu incandescent. Tel un guerrier écossais dont le sang de plusieurs générations de Highlanders coule dans ses veines, Eliott s'avance d'un pas, tend une main derrière ma nuque et colle ses lèvres aux miennes. Son baiser est vorace, possessif, il m'embrasse comme si j'étais une terre sauvage qu'il s'apprête à conquérir. Je l'agrippe par le t-shirt pour le coller à moi. J'ai besoin de sentir son corps puissant contre le mien. Je réponds à son baiser, ma passion faisant écho à la sienne. Ses mains viennent entourer mes hanches avec tant de force que ses doigts impriment ma peau. Sans lâcher mes lèvres, il me soulève comme si je n'étais pas plus lourde qu'un pack de six bières et m'assied sur le bord de la table de billard. Eliott écarte mes cuisses et se place entre elles. Sa bouche quitte la mienne pour glisser le long de mon cou.

— J'ai passé la soirée à m'imaginer te baiser sur cette table.

— Ça serait dommage d'abîmer le tapis. Pense à tous les clients qui ne pourront plus jouer, je lui réponds pour ne pas lui montrer l'effet que ses mots crus ont sur moi.

Tout en faisant pleuvoir une pluie torrentielle de baisers sur ma gorge, Eliott fait sauter un à un les boutons de mon chemisier. Il en écarte les pans découvrant ma poitrine comprimée dans mon soutien-gorge en dentelle blanc qui monte et descend rapidement sous ma respiration précipitée. De deux doigts, il détache l'agrafe qui retient les bonnets. Sa bouche rejoint l'un de mes seins dont il aspire la pointe. Ses dents raclent ma peau provoquant des frissons violents dans tout mon corps. Il pose une main sur mon torse et d'une légère pression me force à m'étendre sur la table. L'homme doux que m'a décrit Summer toute la soirée a totalement disparu. Eliott s'est transformé en amant vorace, avide de plaisir, ce qui n'est pas pour me déplaire. J'ai envie de ça. J'ai besoin de ma dose, de me retrouver dans cette bulle où rien n'a d'importance sauf lui, moi, nos corps joints et la passion qui nous terrasse. Comme s'il comprenait mes pensées, la main d'Eliott glisse sur ma cuisse remontant ma mini-jupe. Lorsque son regard se pose sur mon string, il lâche un grognement.

— Ça te plaît, je demande le souffle haché par le besoin qu'il me caresse là entre les cuisses.

Je suis déjà si excitée, qu'il doit voir la moiteur qui imbibe le tissu fin de mon sous-vêtement.

— Putain, oui. Jamais de la dentelle ne m'a fait autant bander !

Il pousse ma cuisse pour se donner de l'espace. Ses doigts se posent sur mon intimité. Il glisse l'index sous la dentelle pour toucher mon sexe. En me trouvant si humide, le regard d'Eliott s'enflamme.

— J'ai besoin de te goûter.

Ses mots à peine prononcés, il agrippe mon vêtement des deux mains et le fait glisser rapidement sur mes jambes. Le string a tout juste disparu, que sa bouche rejoint mon entre-jambes. Sa langue vient taquiner mon clitoris avant de descendre le long de ma fente. Il m'a à peine goûté que mon amant devient fou. Il me dévore littéralement. Je ferme les yeux et me laisse aller au plaisir de ses caresses incroyables. Au rythme de ses baisers, qui prennent de plus en plus d'ampleur, la boule au creux de mon ventre grandi. Lorsqu'il prend mon point sensible entre ses lèvres pour le sucer avidement, je sens que je vais imploser. Le plaisir qu'il me donne en est presque douloureux. J'ai besoin qu'il arrête, qu'il continue. Mes mains agrippent ses cheveux. Je tire sur les mèches d'abord pour le reposer et pour l'empêcher de partir. Eliott s'arrête, me faisant gronder de frustration. Il retire mes mains, les prend dans la sienne et m'oblige à les mettre au-dessus de ma tête.

— Bas les pattes ! Je veux te sentir jouir sur ma langue avant de m'enfoncer en toi.

Son côté dominant et le voir prendre les choses en main lorsqu'il s'agit de sexe ne fait qu'exacerber mon désir. Je laisse mes mains là où elles sont alors que la bouche d'Eliott retrouve mon intimité qu'il dévore encore plus avidement. Incapable de rester immobile sous ses caresses, je cherche quelque chose auquel me retenir afin de ne pas lui désobéir. Dans mon geste, j'accroche le triangle. Les billes s'éparpillent sur la table. Le son des boules qui s'entrechoquent emplissant la salle. Je cambre les reins au bord de l'explosion. Lorsqu'il insère un doigt entre mes lèvres et qu'il commence à me doigter rapidement, je cède et tel qu'il le désire, je jouis sur sa langue. Je laisse ma tête retomber sur la table, mon corps parcouru de spasme, la respiration hachée.

Mon souffle s'apaise. Je me redresse sur les coudes et fixe Eliott qui défait sa ceinture. Il baisse la fermeture de sa braguette, sort un préservatif de la poche arrière de son pantalon et le glisse entre ses lèvres. Je le regarde faire son numéro en regrettant qu'il ne porte pas le kilt dont il était vêtu l'autre soir. Eliott fait descendre son jeans noir en même temps que son boxer. Il glisse une main derrière sa nuque et dans un geste rapide passe son t-shirt par-dessus la tête et le laisse tomber au sol. Debout devant moi, dans sa splendeur dénudée, Eliott me fixe d'un regard brûlant. Mon corps prend feu à nouveau. Jamais un homme nu ne m'a excitée à ce point. Eliott Mackenzie est plus addictif qu'un shoot d'héroïne et j'ai tout de la junkie en manque de sa dose alors qu'il vient à peine de me faire jouir sous sa bouche. Je déguste son magnifique corps des yeux m'arrêtant sur son sexe tendu. D'une longueur et d'une largeur parfaite, son membre me donne l'eau à la bouche. Je passe le bout de ma langue sur mes lèvres.

— Non, pas ce soir. J'ai trop envie de venir en toi.

Il déchire l'enveloppe du préservatif, l'enfile sur son membre et glisse les mains sous mes cuisses pour me tirer vers lui. Il passe une main entre mes jambes et vient taquiner mon clitoris. Ma bouche s'assèche alors qu'un frisson de plaisir me parcourt. J'écarte les cuisses encore plus et me cambre pour lui en demander plus. J'ai envie qu'il s'enfonce en moi. Rien à foutre des préliminaires ! Nous avons assez joué comme ça.

— Qu'est-ce que tu attends pour me baiser, un faire-part, dis-je le souffle court d'impatience en lui jetant un regard noir.

Un sourire coquin apparaît sur ses lèvres. Apparemment, il veut encore s'amuser.

— Peut-être que j'ai envie que tu me supplies de te prendre ? dit-il en retirant sa main.

Je lâche un grondement irrité. Pas question de l'implorer comme une enfant en manque d'attention. Un rictus sadique sur les lèvres, je baisse lentement la main le long de mon torse et descends sur mon ventre. Je taquine un peu la peau tendre autour de mon nombril du bout des doigts et glisse la main entre mes cuisses. Du bout de l'index, je me mets à caresser mon point sensible.

— On n'est jamais mieux servis que par soi-même, il paraît.

Je ferme les yeux et augmente la pression sur mon clitoris en lâchant un petit gémissement de plaisir pour le narguer.

— Tu ne me laisseras pas gagner, je me trompe ?

— Jamais !

Cette fois, c'est lui qui pousse un grommèlement de frustration et je sais que j'ai gagné. Eliott-1, Ariel-1. Égalité. Sans me donner le temps de savourer ma victoire, Eliott s'enfonce en moi d'un puissant coup de bassin. Une main soutenant mon dos, il laisse la passion l'emporter. Ses va-et-vient lents et profonds ont vite raison de moi. Dans un soupir, je m'abandonne à cet homme magnifique et à la dose d'adrénaline que lui seul peut m'apporter.

Chapitre 11

Ariel

Je suis enfermée ici depuis des jours. L'appartement est nettoyé et j'ai fini de m'y installer. Je prends de plus en plus mes marques en tant que serveuse et j'ai beaucoup de plaisir à discuter avec les clients réguliers du Mackenzie. Autre que les séances de danse que je m'offre chaque matin, les écouteurs aux oreilles, alors que mon patron est endormi et les moments où je m'envoie en l'air avec lui, mes journées sont plutôt monotones. Depuis que je suis sortie de la douche après ma séance de danse, je tourne en rond ne sachant que faire de ma peau. Bri me manque et bien qu'elle ne se rende pas compte de ma présence lors de mes visites, être à ses côtés me fait du bien. Je lui raconte ce qui se passe dans ma vie et regrette chaque fois les répliques cinglantes qu'elle me jetait au visage lorsqu'elle n'était pas d'accord avec mes choix. Elle en aurait beaucoup à me reprocher. Ma sœur n'aurait pas voulu que je me dénude sur une scène même si c'était pour la tenir en vie. Je ne sais même pas si elle serait d'accord pour rester étendue sur ce lit maintenu par des machines. Sincèrement, je crois qu'elle voudrait que je la laisse s'en aller et que je reprenne une vie normale. Comme si c'était possible… Mes mauvais choix ont empiré les choses. Johnny ne s'est pas encore manifesté. Malgré son silence, je ne crois pas qu'il ne m'ait oublié, pas plus que l'affront que je lui ai fait ce soir-là derrière le bar. Je suis coincée ici et cela est totalement ma faute.

J'attrape ma tasse et bois la dernière gorgée de café, froide depuis longtemps. Eliott m'a donné l'autorisation de sortir il y a quelques jours et bien que je me fiche de ce qu'il pense, j'ai l'intention de profiter de cette journée ensoleillée et de sortir prendre l'air. Après avoir rincé la vaisselle de mon petit-déjeuner, je marche en direction de la penderie pour m'habiller. Quelques minutes plus tard, vêtue d'un jeans, d'un t-shirt, de la veste à capuche d'Eliott et d'une paire de baskets, je sors de l'appartement. Le couloir est silencieux, Eliott doit encore dormir. À l'heure où il est monté se coucher après avoir nettoyé le bar avec Noémie, il en a pour une partie de l'après-midi. Je sors mon portable de mon sac à main, commande un taxi et envoie un SMS à Eliott pour l'aviser que je sors. Pas que je lui doive quoi que ce soit, mais je n'ai pas envie qu'il se fâche comme la dernière fois. Après un quart d'heure pris dans les embouteillages, la voiture se gare enfin devant l'entrée de l'hôpital. Je donne de quoi payer la course au chauffeur, tire le capuchon sur la tête et sors de l'habitacle pour rejoindre rapidement la bâtisse. En arrivant à l'étage où est hospitalisée ma sœur, je salue les infirmières qui papotent au poste de garde et me dirige vers la chambre de Bri.

— Salut, morveuse, dis-je en posant un baiser sur son front tiède.

Le silence qui s'en suit me serre le cœur. Je voudrais tellement l'entendre me dire d'aller me faire voir. Elle a toujours détesté que je l'appelle ainsi. Le nombre de remontrances que je me suis prises par ma mère parce que nos chamailleries lui prenaient la tête et qu'elle en avait marre de nos conneries. *Respectez-vous l'une et l'autre, car le jour où nous ne serons plus là ton père et moi, vous serez votre seule famille.* Je me foutais bien de ce qu'elle disait à l'époque. Pour l'adolescente que j'étais, ses propos n'étaient que des paroles qui entraient par une oreille et sortaient de l'autre côté. Elle avait tellement raison… Je retire la veste et la pose sur le dossier de la chaise avant de prendre place à côté de Bri. Je prends sa main et la glisse dans la mienne. J'entrelace nos doigts et je soupire. Je lui parle d'Emma, de Summer, de leurs copains. De la façon qu'ils m'ont accueilli dans leur bande comme si s'était naturel que j'en fasse partie. Mais surtout, je lui parle d'Eliott et de la manière dont cet homme baraqué vêtu d'un kilt s'est imposé dans ma vie en me sauvant des griffes de Johnny en m'engueulant comme si j'étais une gamine capricieuse une fois que j'étais en sécurité au Mackenzie. Je lui raconte les jours qui ont suivis, la façon tendre qu'il a eu de s'occuper de moi alors que j'étais au plus bas, une épave en manque de coke. Je décris à Bri l'étrange chimie qui plane entre lui et moi chaque fois que nous sommes près de l'autre et la difficulté que j'ai de plus en plus à le repousser.

— J'ai flanché Bri… J'ai laissé cet homme posséder mon corps et j'ai de plus en plus de mal à le tenir éloigné de mon cœur. Si tu le voyais. Eliott est spécial. Il peut passer d'une humeur orageuse lorsque je le mène en bourrique à une brise légère lorsqu'il voit entre les briques de la palissade que j'ai bâtie autour de moi. C'est comme s'il voyait en moi et qu'il sentait quand je vais m'effondrer. Eliott et moi sommes le feu et l'eau. Nous pouvons nous regarder en chien de faïence pour se jeter l'un sur l'autre l'instant d'après et s'embrasser à en perdre le souffle.

Je soupire regrettant qu'elle puisse me dire ce qu'elle pense de cette situation.

— Je ne sais pas ce qui lui est arrivé, mais cet homme souffre, Bri. C'est difficile à expliquer, mais parfois j'ai l'impression qu'il lui manque une partie de son âme, il semble que quelque chose l'ait brisé. Si les choses étaient différentes, je voudrais être son roc, être la femme qui pourrait lui apporter la paix et faire disparaître la noirceur que je vois passer dans son regard quand il se plonge dans ses pensées. Les choses étant ce qu'elles sont, je ne pourrai jamais être cette personne. Tu dois te réveiller, Britanny. On pourrait partir d'ici toutes les deux. Changer de ville, refaire notre vie. Je pourrais prendre un petit studio, donner des cours de danse pendant que tu reprendrais la fac.

Alors que je pense à la nouvelle vie que nous pourrions avoir elle et moi, mon cœur se serre. Car dans ce nouveau départ, je réalise qu'il n'y aurait pas Emma, ni Summer, mais surtout aucune place pour Eliott. Comment ont-ils pu prendre autant de place dans ma vie en si peu de temps ?

— Ah, Mademoiselle Spencer, vous êtes là !

Je tourne le visage en direction de l'homme vêtu d'une blouse blanche qui vient d'entrer dans la chambre, laissant mes pensées de côté.

— Bonjour, docteur Mase.

— Je faisais le tour de mes patients et passais voir votre sœur, mais puisque que vous êtes-là on pourrait discuter.

— Bien sûr.

Je l'observe contourner le lit de sa démarche assurée. Avec sa carrure athlétique, Brandon Mase n'a rien à voir avec un médecin lambada. Cheveux mi-longs, d'un blond sombre, coiffés vers l'arrière et son teint légèrement hâlé, il ressemble plus à un surfeur californien qu'à un neurologue. Bien qu'il ait l'air jeune, les quelques cheveux gris sur ses tempes et les petites rides au coin de ses yeux trahissent la quarantaine qu'il a passé depuis quelques années. Il ouvre le dossier de Bri après avoir jeté un œil sur l'écran à côté du lit. Il passe un long moment sans rien dire à lire les notes inscrites sur les feuilles.

— J'ai une bonne nouvelle, dit-il en relevant les yeux vers moi. Selon le dernier scanner de votre sœur, les lésions cérébrales subites semblent s'être résorbées. Les corticoïdes ont fait désenfler l'œdème.

— Elle devrait se réveiller, non, je demande en jetant un œil en direction de Bri.

— En principe, oui. Nous ne comprenons pas pourquoi elle ne le fait pas. Le cerveau est un organe terriblement complexe. Chaque traumatisme crânien est différent. Peut-être que l'accident a endommagé quelques nerfs. Brittany réagit à quelques stimulus, entre autres celui de la douleur. La réaction est minime, un simple spasme.

On dirait qu'elle n'a pas envie de se réveiller. Je pense qu'à cette étape votre présence est cruciale. Nous devons essayer de lui donner envie de revenir vers vous.

— Comment ?

— Essayez de lui rappeler de bons moments en passant par ses sens. Faites-lui écouter la musique qu'elle aime, sentir un parfum qui peut lui rappeler de bons souvenirs. Parlez-lui du temps que vous passiez ensemble.

— Vous croyez que ça peut marcher ?

— À cette étape, je crois que l'on doit tout essayer. J'aimerais aussi vous proposer un nouveau traitement. Pour l'instant, il en est encore au stade expérimental, mais je crois que dans le cas de Brittany, ça pourrait fonctionner. Ce traitement se fait sans douleur et sans médication. Il consiste à implanter des électrodes dans la nuque de votre sœur et d'envoyer des pulsions électriques dans le nerf vague qui relie son cerveau à d'autres organes de son corps. Ça pourrait la faire réagir et peut-être lui permettre de se réveiller. Comme il n'y a plus aucune lésion qui explique son état, je crois que ça vaut le coup d'essayer cette méthode. Vous êtes sa seule famille, c'est à vous de prendre la décision. Par contre, les frais lors de traitements expérimentaux sont très élevés, j'aime mieux vous prévenir.

Je jette un nouveau regard en direction de Bri. Elle est la seule famille qu'il me reste et si elle est dans ce lit c'est par ma faute. Je ne veux pas la perdre et je suis prête à mettre le prix pour qu'elle me revienne.

— Combien, je demande au Docteur Mase en me tournant vers lui.

— Je n'ai pas le prix exact, mais ça tourne dans les cinq chiffres. Aux alentours de douze mille dollars, je dirais.

Douze mille dollars, c'est énorme. Avec mon petit job de serveuse au Mackenzie ça me prendrait au moins un an à amasser une somme semblable. Demander un prêt bancaire ? Impossible avec mon crédit désastreux. Peu importe, je dois trouver l'argent d'une manière ou d'une autre.

— Très bien.

— Je vous enverrai les détails et le formulaire de consentement par mail. Il suffira de le remplir et de l'apporter à votre prochaine visite.

— Merci docteur.

Après que le médecin ait quitté la pièce, je reste un long moment assis près de Bri à réfléchir en silence. Lorsque le soleil commence légèrement à descendre dans le ciel, signe que l'après-midi est bien avancé, je me lève. Je pose un baiser sur son front en lui promettant de tout faire pour la sortir de là. J'enfile la veste, relève la capuche et quitte la chambre.

Le taxi se gare devant le Mackenzie, je paie la course au chauffeur et sors de l'habitacle. Le cœur gros, je déverrouille la porte d'entrée et j'entre dans le bar. Je ferme derrière moi, tire le verrou et m'avance la tête basse. Les paroles du médecin de Bri tournent en boucle dans ma tête, le soupçon d'espoir de voir ma sœur ouvrir les yeux à nouveau se mélangeant à ma crainte de ne pas pouvoir m'offrir cette chance de réparer mes erreurs et le mal que j'ai pu lui causer par manque d'argent. Je soupire et m'avance de quelques pas lorsqu'une main se pose sur mon épaule et me fait sursauter.

— Merde, Eliott, tu m'as fait peur ! Tu veux me faire mourir d'une crise cardiaque ? Qu'est-ce que tu fais ici aussi tôt, tout seul dans le noir ?

— Désolé, ce n'était pas mon intention. J'étais descendu prendre les factures pour faire la comptabilité. J'allais remonter quand je t'ai vue entrer. Tu vas bien, me demande-t-il en plissant les yeux, faisant naître une ride d'inquiétude entre ses sourcils. Il s'est passé quelque chose lors de ta sortie ?

— Non, je vais bien. Seulement un peu de fatigue, je mens en sachant très bien que je dors mieux depuis quelques jours.

Eliott n'est pas dupe. Au regard qu'il me jette, je vois bien qu'il ne croit pas un mot aux conneries que je lui raconte. Il me connaît à peine, mais il sait lire en moi mieux que personne, même mieux que Britanny ce qui n'est pas rien. Je lui souris timidement, de ce sourire faux que j'affichais devant mes admirateurs du Princess pour le rassurer et je pose mes lèvres sur les siennes.

— Je monte prendre une douche et me préparer pour la soirée. On se voit tout à l'heure.

Je me retourne et prends le chemin qui mène à l'escalier. J'y suis presque lorsqu'il prononce mon prénom.

— Ariel…

— Oui, je réponds en le regardant par-dessus mon épaule.

— Rien… J'espère seulement que tu fais attention. Je m'en voudrais s'il t'arrivait quelque chose.

Je hoche la tête et reprends mon chemin, le cœur serré. Je ne suis pas certaine qu'il s'inquiéterait pour moi s'il avait vent de tous mes secrets.

****

Après une douche rapide, j'enfile mon uniforme. J'attache mes cheveux et me maquille en vitesse. Je grignote un bout de fromage et quelques raisins puis quitte mon appartement pour rejoindre le bar afin de filer un coup de main pour l'ouverture. Lorsque je mets le pied dans la salle, seule Noémie est présente. Je m'avance dans sa direction et pose les coudes sur le comptoir.

— Eliott ne travaille pas ce soir, je lui demande surprise par son absence.

— Il va nous rejoindre. Il voulait finir la compta du mois passé avant. Lui qui est toujours à jour dans les factures, il semblerait que depuis peu quelqu'un ou quelque chose dévie son attention, si tu vois ce que je veux dire.

Elle termine sa phrase d'un clin d'œil complice. Je rougis sous l'insinuation. Moi qui pensais que nous étions discrets. Il faut croire que rien ne passe sous le nez de cette femme sans qu'elle s'en aperçoive.

— Tu n'as pas à te sentir gêné. En fait, tu lui files un sacré coup de main. Depuis que je connais Eliott, ce qui fait plusieurs années, tout ce qui compte dans sa vie c'est ce bar et ses meilleurs amis. Et depuis qu'ils sont en couple et qu'ils ont moins de temps pour venir traîner dans le coin, il est devenu un ermite. Il n'y a que le Mackenzie qui compte. Il était temps que quelqu'un surgisse dans sa vie pour lui faire comprendre qu'il n'y a pas que le boulot qui soit important. Tu es une chic fille Ariel et jolie en plus. Pas surprenant que tu attires autant son attention. Il a beaucoup de chance d'avoir croisé ton chemin.

Noémie retourne à ses tâches derrière le bar mettant fin à cette discussion. J'attrape un linge humide et fais le tour des tables pour les nettoyer avant l'arrivée des clients. Comme c'est soir de match, le bar se remplit rapidement. J'ai à peine le temps de souffler que les tables sont presque toutes déjà prises. Je prends quelques commandes et rejoins le comptoir. Je viens à peine de les donner à Noémie, qu'Eliott pénètre dans la salle. Vêtu d'un t-shirt gris clair qui moule son torse, de son Kilt et de ses bottes de motard, il est à couper le souffle. C'est la première fois qu'il le porte depuis que je me suis foutue de sa gueule, ce que je regrette, car la vue est terriblement alléchante. Surtout que je sais ce qui se cache sous le tissu à carreaux. Il s'avance vers nous et s'arrête près de moi. Il hausse les sourcils.

— Ne t'avise pas de foutre de ma gueule une autre fois.

Je fais la moue faisant semblant de réfléchir.

— J'avoue que c'est tentant, mais j'ai trop de boulot ce soir.

Eliott rit. Ce son sublime entendu si peu de fois depuis notre rencontre se répercute directement au creux de mon ventre et fait s'envoler une flopée de papillons. Mon cœur palpite un peu plus fort. Il serait si facile de tomber amoureuse de cet homme. J'attrape le plateau sur lequel Noémie vient de poser les boissons et file en direction des tables.

Je passe la soirée à faire des allers-retours entre le bar et les tables ayant à peine le temps de reprendre mon souffle. Après plus de deux heures à garder ce rythme, je m'accorde une pause au comptoir pendant que Noémie sert des clients.

— J'ai déjà les pieds en compote et la soirée ne fait que commencer.

— Avec ses talons, je comprends, me lance-t-elle en me dévisageant. Je ne sais pas comment tu fais pour marcher avec ces trucs.

Elle tend la bière à un client installé au bar puis se tourne dans ma direction et pose les coudes sur le comptoir.

— Tu connais cet homme, me demande-t-elle en plissant les yeux après quelques secondes.

— Qui ça, je l'interroge en tournant le visage vers la salle.

— L'homme à la casquette assis au fond à droite. Il te fixe depuis tout à l'heure.

Mes yeux se portent dans cette direction, j'observe le client installé seule en retrait. Une barbe de plusieurs jours cache un peu les traits de son visage, malgré tout cet homme ne me dit absolument rien.

— Je n'ai jamais vu ce type, du moins je ne crois pas. Il doit me prendre pour une autre tout simplement.

— Oui, probablement. Après tout, tu n'es pas la seule jolie blonde à habiter New York.

— En plein ça !

— Si ça se trouve, continue Noémie, ce mec te dévisage seulement parce qu'il est ébloui par ta beauté et il cherche une raison pour t'aborder afin de te séduire.

— Qui cherche à te séduire, demande Eliott d'une voix sèche en arrivant derrière moi.

Je lui jette un regard par-dessus mon épaule. Il m'observe les yeux plissés, la mâchoire crispée comme si le simple fait de penser qu'un autre homme puisse vouloir me séduire l'irritait.

— Personne, seulement un client qui m'a pris pour quelqu'un d'autre.

— Qui ?

Eliott serre les poings le long de son corps.

— L'homme installé à la dernière table à droite.

Nous jetons un regard simultané dans la direction que je lui ai indiquée. La table est déserte, le client s'est volatilisé. Il a dû partir pendant notre discussion.

— Tu vois, il a dû se rendre compte de son erreur, dis-je dans un haussement d'épaules.

Il plisse les yeux à nouveau, pas du tout convaincu par ma réponse. C'est vrai que c'est étrange de partir comme un voleur. Mais nous sommes à New York, les gens bizarres sont monnaie courante dans cette ville. Au moins, il avait commandé sa bière au comptoir avant de s'asseoir à la table, ce qui nous évite de lui courir après pour qu'il paie l'addition. L'arrivée d'Adam et Cameron attire l'attention de mon patron. Les deux hommes nous saluent d'un signe de tête alors qu'Eliott s'avance dans leur direction. Un immense sourire aux lèvres, Eliott s'approche de ses amis qu'il accueille d'une tape amicale sur l'épaule.

— Le trio infernal est de retour, dit la barmaid en levant les yeux au ciel.

Bien que ses paroles semblent agacées, le ton employé contient une note d'amusement qui montre l'attachement qu'elle ressent pour les trois hommes.

— Le trio infernal, je demande curieuse.

— Ouais, bien que de temps à autre ils étaient quatre lors des passages en ville de Lucas. Tu aurais dû les voir avant qu'Adam et Cameron se mettent en couple. Ils n'avaient qu'à passer la porte qu'ils mettaient le feu aux petites culottes de la gent féminine d'un seul regard. Je suis certaine que même les hommes ne restaient pas indifférents à leurs charmes. Ces mecs sont canons et ils le savent. Ils en ont bien profité d'ailleurs. Ils n'avaient qu'à lever le petit doigt pour qu'une femme se porte volontaire et ouvre les cuisses pour une partie de jambes en l'air. Pour Adam et Cameron, ç'a été comme ça jusqu'à ce qu'ils se fassent prendre à leur propre jeu et tombent amoureux d'Emma et Summer.

Je jette un coup d'œil discret dans leur direction et observe les trois hommes qui discutent. C'est vrai qu'avec leur taille haute, leur carrure d'athlètes et le charisme qu'ils dégagent, ils sont terriblement attirants. Mon regard s'attarde un peu plus longtemps sur Eliott. Bien qu'il soit aussi beau que ses amis, il a sur moi un effet que les autres n'ont pas.

— Et Eliott ? je demande en continuant de l'observer. Je veux dire, il est comme ça lui aussi.

— Oui et non. Eliott est un peu différent de ses amis. Ne va surtout pas croire qu'il est un saint, loin de là. Avec son regard ténébreux et son kilt qui lui donne un air de Highlander farouche, il attire les femmes en quête d'aventure comme des mouches. Son tableau de chasse est probablement aussi long que celui de ses copains. Mais comparativement à eux, Eliott ne s'envoie en l'air qu'avec des femmes dont il est certain qu'elles ne s'attacheront pas à lui. Ils se sont rencontrés tous les quatre dans un centre de redressement pour adolescents. Je le côtoie depuis des années, mais je ne sais toujours pas ce qu'il a fait pour se retrouver là. Tout ce que je sais c'est que ça un lien avec le décès de sa sœur.

Je me retourne vers Noémie surprise par sa déclaration. Je ne connais Eliott, autre que physiquement, mais apprendre qu'il a perdu une sœur me percute de plein fouet. M'imaginer perdre Bri… Non, je ne peux pas ! J'ai eu du mal à me remettre de la mort de mes parents. Si elle ne devait jamais se réveiller et que je la perdais elle aussi, je sais que je ne m'en remettrais jamais.

— Avec toi, il est différent.

— Je ne vois pas de quoi tu parles, dis-je en portant mon regard vers la salle.

— Ne fais pas l'innocente. Eliott et toi, ça crève les yeux que vous couchez ensemble. Tu me crois aveugle à ce point-là ! dit-elle lorsque je tourne un visage stupéfait vers elle. Au début, ça m'a surpris. Parce que tu es loin de faire partie du standard des femmes qu'il fréquente. Tu es spécial à ses yeux, Ariel. Je ne sais pas en quoi, mais tu as touché une corde sensible chez cet homme et percé sa carapace comme personne d'autre n'a su le faire. Y a qu'à voir comment il te regarde, tu es plus qu'une histoire de cul.

Je regarde Eliott à nouveau. Lorsque mes yeux se posent sur lui, son regard est attiré dans ma direction. Nous restons de longues secondes à nous fixer. En voyant un soupçon de tendresse briller dans ses prunelles, je me demande si Noémie dit vrai que je suis plus qu'un plan cul pour lui. À cette idée mon cœur se met à battre plus fort. Et qu'en est-il pour moi ? Est-ce que mes sentiments sont plus profonds qu'une simple attirance physique ?

Chapitre 12

Ariel

Les premières lueurs du soleil pointent à peine le bout de leur nez à travers les rideaux de la fenêtre que je suis déjà réveillée. Après ma discussion avec Noémie, une quantité phénoménale de questions ont tourné en boucle dans ma tête m'empêchant de fermer l'œil de la nuit. Des heures à rester allongée dans mon lit à faire le point. J'ai été amoureuse une fois, ça a semé le chaos dans ma vie et causé la perte de Bri. Qu'importe si mes sentiments pour Eliott prennent de l'ampleur, elle doit demeurer ma priorité. Un intermède plaisant, voilà ce à quoi ma relation avec Eliott doit s'en tenir.

Ne supportant plus de rester immobile dans ce lit beaucoup trop grand, je pousse les couvertures et me lève. J'enfile un short de sport et un débardeur puis me rends à la cuisine. Je prépare du café. Pendant que celui-ci coule, j'attrape mon portable sur le comptoir et ouvre ma boîte mail. Comme promis, le docteur Mase m'a envoyé les renseignements concernant le traitement expérimental. Je me connecte à l'imprimante de l'appartement via le wifi. J'imprime les formulaires, me sers une tasse de café et m'assieds à la table. En voyant le montant des frais, je manque de m'étouffer avec ma première gorgée de café. Bordel, c'est énorme ! Pour quelqu'un de riche, ce montant peut paraître ridicule, mais pour moi et mon salaire de serveuse cette somme s'avère astronomique. Je pose la feuille devant moi sur la table et passe la main sur mon visage. Je me connecte à mon institution bancaire via l'application mobile et jette un œil à mon compte en banque. Le solde peut à peine couvrir un premier paiement, en admettant que j'arrive à prendre un arrangement avec l'hôpital. Mais avec les retards sur les frais d'hospitalisation que j'ai déjà ça serait surprenant que le centre médical me fasse de nouveau crédit.

J'en ai marre de tout ça ! Être une femme forte et indépendante ça craint ! Pas surprenant que je me sois jetée sur la coke pour oublier tout ça ! Rien que de penser à cette substance et au bien être qu'elle m'apportait, l'espace de quelques minutes mes mains se mettent à trembler. Je ferme les yeux, inspire profondément à plusieurs reprises pour faire passer l'état de manque. Lorsque mon agitation se calme, j'attrape un stylo et appose ma signature sur le formulaire d'autorisation de traitement.

Ce matin, je décide de laisser tomber ma séance de danse pour me rendre directement à l'hôpital. Après avoir enfilé une tenue plus convenable, j'appelle un taxi et descends attendre la voiture. Lorsque j'entre dans la chambre de ma sœur, je salue l'infirmière venue prendre les signes vitaux de Bri.

— Bonjour, mademoiselle Spenser.

— Comment va-t-elle ce matin, je demande en posant mon sac sur la chaise près du lit ?

— Ses signes vitaux sont normaux, ce qui est une excellente nouvelle. Ne reste plus qu'à attendre que cette demoiselle ouvre les yeux. C'est à ce moment-là que l'on verra si elle restera avec des séquelles.

— Je comprends. Le docteur Mase est-il là ce matin ?

— Oui, il est avec un autre patient. Je vais lui demander de passer vous voir dès qu'il a un moment.

— Merci.

L'infirmière me sourit et quitte la chambre en me laissant seule avec Brittany. J'ouvre mon sac et sors mon vieil iPod. Je devrai m'en contenter, espérant avoir ce qu'il faut comme musique pour la faire réagir. Je branche le casque d'écoute et m'avance vers le lit. Après l'avoir installé les écouteurs sur ses oreilles, en faisant attention de ne pas accrocher les électrodes collées dans ses cheveux, je mets l'appareil en marche. Les premières notes de *Sweet child o mine* de *Guns N'Roses* se font entendre et même si elles me parviennent de loin, je ne peux empêcher un sourire nostalgique d'apparaître sur mes lèvres. Je prends la main de ma sœur, ferme les yeux et me plonge dans les souvenirs : la voix douce de ma mère qui accompagnait celle d'Axel Roses les matins où mon père était au travail. Le sourire de Bri alors qu'elle avait à peine deux ans et que ma mère nous faisait tournoyer sur cette chanson. Deux gamines innocentent qui ne réalisait pas que ces moments magiques étaient précieux et que d'un froissement de tôle tout pouvait se terminer. Une pression sur mes doigts me fait ouvrir les yeux d'un seul coup. Surprise, je fixe le regard sur nos mains jointes et reste interdite devant le geste que j'ai cru sentir. Ce n'est que mon imagination. Je lève les yeux vers le visage de Bri toujours endormie. La déception s'abat sur moi en comprenant que rien n'a changé et qu'elle est toujours dans les limbes, son esprit errant je ne sais où.

— Bri, s'il te plaît, ouvre les yeux, je la supplie.

Rien. Elle reste toujours immobile. Une larme coule sur ma joue et je ferme les yeux pour m'empêcher de pleurer. Je dois être forte, elle en a besoin. Pleurnicher comme une gosse ne me la ramènera pas. Un bruit de pas pénétrant dans la chambre me fait ouvrir les yeux.

— Bonjour mademoiselle Spenser.

— Docteur Mase, je le salue la voix tremblante.

Son regard se pose sur Brittany, sur le casque d'écoute posé sur ses oreilles puis descend vers nos doigts entrelacés. Lorsqu'il lève le visage vers moi une larme que je ne peux retenir tombe sur ma pommette. Devant mon désarroi, il s'avance vers moi s'arrêtant tout près.

— Que s'est-il passé ?

— J'ai fait comme vous m'avez dit. Vous voyez, dis-je en lui montrant les écouteurs. Pendant une seconde, je l'ai sentie serrer mes doigts, du moins je crois qu'elle l'a fait, mais elle est toujours endormie.

— Hum, laissez-moi regarder.

Il s'avance jusqu'aux écrans près du lit, un qui montre les signes vitaux de Bri et l'autre avec ce que je crois être des images de son cerveau un truc comme ça.

— Il y a eu une légère hausse d'activité cérébrale dans une partie de son cerveau, mais je ne crois pas que son geste était intentionnel. Je suis désolé.

Devant mon abattement, le docteur Mase revient vers moi. Il pose une main sur mon épaule.

— Je comprends que vous soyez déçue. Ne vous en faites pas, on va la ramener.

— D'accord, dis-je en soupirant.

Je sais que ce n'était qu'un premier essai, mais je suis quand même déçue, j'aurai tellement voulu que ça fonctionne. Comment ai-je pu penser que ce soit si simple ?

— Ariel, ne baissez pas les bras, d'accord ? Ça peut prendre du temps. Brittany a peut-être juste besoin d'un peu d'aide pour revenir vers nous. Je crois que le traitement dont je vous ai parlé peut faire la différence. Vous avez reçu le formulaire et les renseignements que je vous ai envoyés ?

— Oui.

Je m'avance jusqu'à la chaise, attrape mon sac et sors le document que j'ai signé ce matin. Je lui tends la feuille.

— Vous avez mon autorisation, par contre pour le paiement du traitement, je ne sais pas comment je vais faire. Ça va me prendre du temps pour amasser cette somme, peut-être plusieurs semaines.

— L'hôpital accorde du crédit pour les frais de traitement de base et d'hospitalisation, mais comme il s'agit d'un traitement expérimental je ne sais pas s'il y a moyen de s'arranger. Je vais voir ce que je peux faire. Le temps presse. Plus vite on sortira Brittany de cette léthargie, moins il y aura de risque pour elle d'avoir des séquelles permanentes.

Si on la sort de là ! Cette pensée me déchire le cœur. Comment pourrais-je vivre dans un monde sans elle ? J'inspire profondément pour faire refluer les larmes que je sens poindre au coin des yeux.

— Merci, Docteur Mase.

Lorsqu'il a quitté la pièce, je passe quelques heures au chevet de ma sœur avant de retourner au Mackenzie. Je prends une grande inspiration, essaie d'afficher un air serein sur mon visage et ouvre la porte. En me voyant entrer, Eliott, qui est en train de ranger une commande d'alcool derrière le bar se tourne vers moi. Il fronce les sourcils et pose la bouteille de rhum qu'il tient sur le comptoir.

— Tu vas bien ? dit-il en s'avançant vers moi.

L'inquiétude qui transperce sa voix à cette question m'atteint en plein cœur. Est-ce que je vais bien ? Non, pas du tout. Ce constat fait céder le barrage derrière lequel j'ai muselé mes émotions depuis ma visite à l'hôpital. Incapable de me retenir, je craque. Des larmes se mettent à couler sur mes joues.

— Bordel, Ariel, tu pleures. Qu'est-ce qui se passe ? Parle-moi !

— C'est juste que…

Je m'arrête dans ma lancée incapable de continuer. Après tout, je ne le connais pas suffisamment pour savoir si je peux lui faire confiance. Devant le capharnaüm de sentiments mitigés qui me percute de plein fouet mes mains se mettent à trembler. La mort de mes parents, la trahison de Greg, mon boulot au *Princess* pour subvenir à nos besoins, l'accident de Bri, ma dépendance à la cocaïne et le fait que Johnny en a après moi. Tout se mélange dans ma tête. Le stress et la peur que j'ai retenue pour m'empêcher de sombrer remontent à la surface me plongeant dans un désespoir sans nom. Eliott pose les mains sur mes joues et lève mon visage vers lui. Il plonge un regard inquiet au fond du mien.

— Ça ne va pas ? Tu veux que j'appelle un médecin ?

Je secoue la tête. Je n'ai pas besoin d'un docteur qui va me bourrer de cachets. Ce dont j'ai besoin c'est d'oublier cette merde juste un instant afin de trouver la force de continuer. J'ai besoin d'Eliott et de ces moments de plénitude que lui seul a réussi à m'apporter jusqu'à maintenant. Mes yeux se posent sur la lèvre qu'il a prise entre ses dents. Je lève une main tremblante et la glisse sur son visage. Sa barbe courte et drue râpe la peau sensible de ma paume alors que je glisse la main dans ses cheveux.

— J'ai juste besoin que tu m'embrasses.

Son regard se remplit de tendresse et il pose délicatement ses lèvres sur les miennes. Je remercie le ciel qu'il accède à ma demande sans poser de questions. Sa bouche glisse sensuellement contre la mienne m'arrachant de délicieux frissons. Son baiser n'a rien de ceux pleins d'urgences que nous avons l'habitude d'échanger. Il est doux, apaisant. Il pose les mains sur mes hanches et me colle à lui. Sa langue passe la barrière de mes lèvres et il approfondit notre baiser. Dans un soupir, je me laisse aller contre son corps et laisse la chaleur de ses bras me réconforter.

Eliott

La soirée est très occupée même s'il n'y a pas autant de clients que les soirs de match. Noémie étant en journée de repos, Ariel et moi sommes seuls pour faire le service et tenir le bar. Essoufflée de passer d'une table à l'autre pour prendre les commandes, Ariel s'accoude contre le bar.

— Deux tequilas, deux blondes pression et un Jack Daniels sur glace pour la table trois.

— Je te fais ça.

Je prépare les verres et les pose sur son plateau.

— Ça va, Ariel, je lui demande inquiet.

— J'ai les pieds en compotes, mais ça va.

Elle fait comme si elle ne s'était pas effondrée dans mes bras plus tôt dans la journée. Je ne suis pas dupe, elle a beau sourire et plaisanter, je vois bien qu'une chose la tracasse. Je ne lui ai pas posé de questions, car je savais qu'elle ne me répondrait probablement pas. Tout ce que je pouvais faire c'est d'être là en soutien silencieux, de la tenir contre moi le temps qu'elle reprenne pied. Ariel a beaucoup de merde à gérer depuis quelque temps avec Johnny qui veut sa peau et son sevrage à la cocaïne. N'importe qui aurait du mal à ne pas sombrer.

— Si tu veux, tu peux prendre ma place derrière le comptoir.

— Mais je ne connais pas toutes les recettes de cocktails.

— T'inquiète, il n'y a pas grand monde ce soir. Tu t'en tireras comme un chef. Et si besoin, je ferai les drinks que tu ne connais pas et je te montrerai comment les faire. Aussi bien profiter que ce n'est pas trop achalandé pour t'entraîner à tenir le bar. Comme ça, moi aussi je pourrai prendre des jours de repos, dit-il en accompagnant ses paroles d'un clin d'œil.

— Dans ce cas, je veux bien !

Elle laisse le plateau sur le comptoir et vient se placer derrière. Elle retire une à une ses chaussures à talon en soupirant de bonheur. Ce bruit exquis fait réagir mon corps. Je prends une courte inspiration pour faire refluer le désir de la rejoindre et de la soulever dans mes bras pour la prendre contre le comptoir. Ariel semble savoir le chemin qu'on prit mes pensées, car elle me lance un de ses sourires coquins.

— Allez au boulot, sale pervers.

Je secoue la tête en riant et lui fais discrètement un doigt d'honneur.

Après plusieurs allers-retours pour prendre des commandes de bières pression principalement, le Mackenzie commence lentement à se vider nous donnant un léger moment de répit. Je débarrasse les tables que les clients viennent d'abandonner et retourne au bar.

— Tu t'en sors très bien.

Ce qui est vrai. Noémie a pris des jours avant de réussir à faire couler la bière pression dans les verres en laissant à peine un petit col de mousse. Ariel y arrive déjà alors que c'est son premier soir derrière le comptoir.

— Une chance que tu étais là pour me montrer comment faire ce truc bleu. Qui a envie de boire un truc qui a la couleur du lave-glace, demande-t-elle d'un air dégoûté.

— Tu devrais goûter. Je suis sûr que tu aimerais, c'est sucré et un peu amer. Un peu comme les bonbons surs. Si tu veux, je t'en fais un tout à l'heure.

Je viens de finir ma phrase que la porte d'entrée s'ouvre. Comme nous fermons bientôt, je me retourne pour en aviser le client. En voyant Cameron franchir le seuil, je plisse les yeux. Il n'a pas l'habitude de venir à cette heure depuis qu'il est en couple avec Summer. Du coup, un sentiment d'angoisse me percute. S'il était arrivé quelque chose à Summer ou au bébé.

— Merde, tu as une tête à faire peur. Summer va bien ?

— Ouais, elle va bien et le bébé aussi. C'est moi qui pète les plombs.

Je soupire de soulagement. Summer est comme une sœur et savoir qu'il y aurait pu lui arriver à elle ou au bébé un accident m'aurait mis à terre. Voilà pourquoi je ne dois pas m'attacher. Je jette un coup d'œil en direction d'Ariel, toujours derrière le comptoir, et mon cœur se serre. Summer s'est facilement infiltrée sous ma carapace, mais je ne dois pas laisser Ariel le faire. Cette femme et l'effet qu'elle a sur moi auraient le pouvoir de me détruire. Je l'ai été une fois et cela me suffit. Elle sourit à Cameron.

— Va avec lui, je crois qu'il en a besoin de parler.

— Euh… tu es certaine. Je ne veux pas te laisser seule avec le service.

— Il ne reste que quelques clients, je peux m'en occuper toute seule. Ton ami a besoin de toi. Je gère et m'occupe de la fermeture.

— Merci. Si tu as besoin, tu m'appelles et je descends. Viens, on monte. Nous serons plus tranquilles chez moi, dis-je en faisant signe à Cameron de me suivre.

Nous prenons la direction de la réserve pour rejoindre l'étage. Dès que nous franchissons le seuil de mon appartement, Cameron se laisse tomber sur le canapé. Il passe une main dans ses cheveux, appuie ses avant-bras sur ses cuisses, la tête baissée vers le sol.

— Je n'arrivais pas à dormir… C'est stupide, je ne devrais pas te déranger avec mes conneries.

— Je ne crois pas que tu serais venu si c'étaient des conneries. Je sais que nous ne sommes pas aussi proches que tu l'es avec Adam, mais tu es mon ami tout comme Summer et je suis là pour toi comme pour elle.

Il lève le visage dans ma direction. Dans ses yeux, je lis un désespoir que je n'y ai jamais vu. Cameron, l'homme le plus sûr de lui à toujours plaisanter sur tout a complètement disparu. Devant moi se tient un mec totalement perdu. J'attrape la bouteille de whisky dans l'armoire vitrée ainsi que deux verres et les pose sur la table basse. Je remplis les récipients et en tends un à Cam. Il vide son verre d'un coup et me fait signe de le resservir.

— Je suis mort de trouille, mec. Je crois que je n'ai jamais eu autant peur de toute mon existence. Summer est ma vie, elle est tout pour moi. Qu'est-ce que je fais si l'accouchement se passe mal que je la perds elle ou le bébé ?

— Le médecin a dit quelque chose qui pourrait vous faire croire que ça pourrait mal se passer ?

— Non, bien sûr que non. Il dit que tout va bien que la grossesse de Summer est normale. Le petit se développe normalement. C'est juste que je suis tellement heureux depuis qu'elle est dans ma vie. J'ai l'impression que ça ne peut pas durer, que je ne mérite pas ce putain de bonheur !

Alors que Cameron me confie ses peurs, ses mains ne cessent de trembler me rappelant celles d'Ariel ce matin lorsqu'elle est rentrée de sa sortie. Mon ami prend une grande inspiration, passe la main dans ses cheveux à nouveau et relève le visage. C'est la première fois que je vois Cam dans cet état, car normalement il se confie à Adam et non pas à moi.

— Comment va Ariel ? me demande-t-il en essayant de changer de sujet.

Cette fois, c'est à mon tour de me laisser tomber dans le fauteuil devant lui. Je vide le reste de mon verre, le pose sur la table.

— Je ne sais pas. Parfois, elle semble aller bien, elle sourit, plaisante, puis à d'autres moments elle s'effondre.

— Un sevrage, c'est la merde. Bordel, même après des années l'envie est toujours là. Ce soir par exemple soit je venais ici soit je me gelais la tronche jusqu'à oublier mes craintes. L'envie de se foutre cette saleté dans le nez ne disparaît jamais complètement. Elle reste là, cachée dans un coin, à attendre qu'une crasse nous tombe dessus, nous rendant vulnérables pour revenir. Et je peux te dire que la chute est intense. Personne n'a envie de vivre ça. J'espère que ta petite sirène saura tenir le coup.

— Ariel n'est pas ma petite sirène. Elle ne le sera jamais, je continue en silence pour moi-même.

Cameron lève le visage vers moi, un sourcil relevé. Il secoue lentement la tête de gauche à droite.

— Que tu dis ! Bordel ! Eliott, tu as autant de merde dans les yeux que j'en avais avec Summer.

Je ne suis pas aussi aveugle qu'il le croit. J'ai conscience de ce truc qu'il y a entre nous. Coucher avec elle est une chose, en tomber amoureux en est une autre. Toutes les femmes que j'ai laissées être proche de moi sont présentement six pieds sous terre. Je plonge le regard dans le liquide ambré que je fais lentement tourner dans mon verre d'un geste du poignet et laisse mes pensées dériver vers le passé. Fiona, mon premier amour. L'accident de scooter qui l'a tué sur le coup alors que je venais tout juste de lui déclarer mes sentiments après une soirée. La douleur, la rage et la capabilité causées par sa perte m'ont fait péter les plombs. Je me détestais. Je ne méritais pas d'être en vie alors qu'elle ne verrait jamais plus le soleil se lever. Je me suis refermé sur moi-même, essayant en vint de noyer mon chagrin. Puis vint ma rencontre avec Malcom, le chef de la mafia écossaise qui m'a offert une échappatoire à travers la violence. Je n'avais peut-être que seize ans, mais j'avais déjà presque la carrure d'un homme. Vol de voiture, trafic de drogue, aller défoncer la gueule des types qui devaient de l'argent à mon boss et qui ne voulaient pas payer. J'ai trouvé dans ce banditisme une façon d'évacuer ma colère, ma souffrance. Ce qui n'est pas passé inaperçu aux yeux de Malcom qui m'a pris sous son aile. Me voir proche de son oncle a mis Clyde dans une rage folle et il s'est juré de me pourrir la vie. Si seulement il n'avait pas détruit celle de Éléonore au passage. Je prends une grande inspiration et vide le reste de mon whisky afin d'empêcher les images cauchemardesques de cette soirée d'envahir mon esprit. Malgré tout, le sentiment de culpabilité vient m'enserrer la poitrine comme chaque fois que je repense à ma sœur qui est morte par ma faute. Mes parents ont eu raison de me renier. Je suis un meurtrier. Bordel, je couperais les ponts avec moi-même si je le pouvais.

Chapitre 13

Ariel

La musique s'arrête. Je reste immobile le temps de reprendre mon souffle. Après quelques jours sans danser, j'avais besoin de ce lien unique que j'entretiens avec la musique. Je sens la tension à la hauteur de mes épaules diminuer tranquillement. L'état de Bri m'inquiète toujours, mais j'avais besoin d'un moment à moi pour me ressourcer. Ce n'est pas comme si elle allait se rendre compte de mon absence de toute manière. J'attrape la serviette posée sur la table près de moi et essuie mon visage. Un bruit de pas dans l'escalier me fait tourner la tête. Eliott entre dans la pièce, vêtu d'un t-shirt et d'un pantalon de jogging porté bas sur ses hanches. De gros cernes soulignent ses yeux. Ses cheveux partent dans tous les sens. Eliott semble venir de sortir du lit, même s'il ne semble pas avoir dormi. Malgré sa petite mine, mon patron est toujours séduisant quoiqu'il semble plus vulnérable qu'à son habitude. Lorsqu'il tourne le regard vers moi, son visage prend un air surpris.

— Salut. Je ne pensais pas te trouver ici ce matin, dit-il d'une voix grognonne.

— Salut. Tu as l'air en pleine forme, je réponds sarcastique. Besoin de café ?

Eliott lève les yeux au ciel et se passe la main dans les cheveux en se rendant derrière le bar. Je pose la serviette, que j'ai toujours à la main et je le rejoins. J'attrape la carafe de la cafetière, la remplis d'eau et prépare du café.

— Dure soirée ? je demande en me tournant vers lui.

— Ouais. Je crois que Cam et moi, on a un peu abusé du scotch. Il dort encore. J'ai à peine fermé l'œil. Ce mec ronfle comme un tracteur. Je ne sais pas comment Summer arrive à dormir dans le même lit que lui.

— En parlant de Summer, elle a téléphoné pendant que je comptais la caisse cette nuit. Elle s'est réveillée et s'inquiétait, car Cameron n'était pas encore revenu. Je l'ai rassuré en lui disant qu'il était chez toi et qu'il s'était probablement endormi. Je lui ai dit qu'il l'appellerait ce matin.

— Merde, je ne savais pas qu'il ne l'avait pas prévenu. Je vais lui lâcher un coup de fil.

— Pas besoin. Elle vous rejoindra avec Emma au restaurant après vos essayages chez le tailleur.

— Bordel ! Les habits de cérémonie, j'ai totalement oublié. Adam nous aurait assassinés si on ne s'était pas pointé au rendez-vous. Merci, Ariel. Je vais lui envoyer un message pour l'avertir qu'on aura un peu de retard. Je dois passer à la banque déposer les recettes de la semaine avant.

Sa phrase terminée, Eliott me laisse en plan et se dirige rapidement vers la réserve. Je prends une tasse, lui verse du café et le rejoins dans son bureau. Accoudé au cadrage de la porte, je l'observe taper sur les touches du clavier d'un coffre-fort caché derrière un cadre d'une compagnie de bière que je n'avais pas remarqué auparavant. Il prend les enveloppes de dépôts sur la deuxième tablette. Mon regard remonte légèrement vers celle du haut où sont entreposés des rouleaux d'argent. Il doit y avoir plus de cent mille dollars dans ce coffre. Pourquoi ne pas déposer tout ça à la banque ? Un seul rouleau me permettrait de payer le traitement de Bri et de nous trouver un appartement. Se sentant observé, Eliott tourne la tête vers moi. Prise en train de l'espionner, je rougis.

— Ton café, dis-je en m'avançant vers lui.

— Merci.

Il prend la tasse, la porte à ses lèvres et prends une gorgée de liquide fumant. Lorsque la caféine entre en contact avec sa langue, il pousse un soupir de bien-être.

— Je n'ai rien de prévu cet après-midi. Si tu veux, je peux aller à la banque pour toi. Ça évitera de mettre Adam en rogne pour rien.

— Tu ferais ça ?

— Bien sûr, si ça peut te rendre service.

— Super ! Je vais aviser mon banquier que tu passeras déposer de l'argent sur le compte du Mackenzie.

— Bien, je vais aller me changer.

Je tourne les talons et monte rejoindre mon petit logement. Une fois entrée, je prends la direction de la salle de bain. Je fais couler la douche, retire mes vêtements de danse et me faufile sous le jet d'eau chaude. Tout le temps que dure ma toilette, je ne cesse de penser à l'argent qui dort bien sagement au fond du coffre d'Eliott. Pourquoi garder autant d'argent liquide chez soi ? C'est comme si Eliott s'apprêtait à prendre le large à tout moment. Une multitude de questions tournent en boucle dans ma tête alors que je me sèche et m'habille. Eliott est un mystère. De quoi cet homme qui semble solide comme un roc peut-il avoir peur ?

Lorsque je descends au bar, celui-ci est désert. Eliott et Cameron sont déjà partis rejoindre Adam pour les essayages de costumes. C'est beau de voir le lien qui unit ces trois hommes. Eliott a vraiment de la chance d'avoir des amis aussi géniaux. Je m'avance vers le comptoir où une note d'Eliott et les enveloppes de dépôts m'attendent. Je glisse le tout dans mon sac à bandoulière et quitte le Mackenzie. Au lieu de prendre un taxi, je décide de me rendre à la banque à pied puisque celle-ci est tout près. Je marche d'un pas lent savourant la chaleur des rayons de soleil sur mon visage. J'ai l'impression que ça fait des lustres que je n'ai pas profité d'une chose aussi simple qu'une promenade au soleil, mon travail au Princess m'obligeant à vivre de nuit.

Arrivée à destination, je sors la note d'Eliott et me dirige vers le comptoir. Se sentant observée la dame lâche son écran d'ordinateur pour poser le regard sur moi.

— Je peux vous aider, me demande-t-elle en posant un regard ennuyé sur moi comme si je n'étais qu'un vulgaire insecte et que je la dérangeais.

Je la fusille du regard. Pour le service on repassera.

— Je viens déposer de l'argent sur le compte du Mackenzie. Monsieur Mackenzie a avisé monsieur Cooper par téléphone comme quoi je viendrais à sa place aujourd'hui.

Je lui tends le papier avec le numéro du compte bancaire du bar. Elle pianote sur son ordinateur quelques secondes puis lève à nouveau les yeux vers moi.

— C'est bon, tout est en règle. Avez-vous une pièce d'identité ?

Je sors mon permis de conduire et lui donne. Elle regarde rapidement ma pièce d'identité et me la remet. J'ouvre mon sac, mes doigts glissent sur les quatre enveloppes que j'ai glissé à l'intérieur avant de partir. Après une courte seconde d'hésitation, j'en sors trois, laissant la plus épaisse à l'intérieur de ma besace et lui tend. Elle entre les données, compte l'argent et me remercie.

Lorsque je sors de la banque, mes mains tremblent. Je prends une grande inspiration pour essayer de calmer mon cœur qui bat à cent à l'heure. Je dévale les marches à toute vitesse et me faufile dans la ruelle la plus proche. Je m'accoude au mur de briques, ferme les yeux quelques secondes puis retire l'enveloppe de mon sac. Je la déchire et compte les billets rapidement. Avec le contenu de l'enveloppe, les pourboires et le salaire que j'ai accumulé au Mac, j'ai près de la totalité du montant demandé pour le traitement expérimental de Bri. Je glisse l'argent dans mon sac puis me débarrasse de l'emballage dans le conteneur le plus près. J'ai fait plusieurs choses qui frôlaient l'immoralité, mais je n'avais jamais volé personne. Maintenant, c'est fait. Je suis une voleuse et j'ai dépouillé l'homme qui m'a sortie de la merde. C'est pour Bri que je le fais, pour ce qui est d'Eliott, j'aviserai le moment venu. Je prends une grande inspiration pour faire taire ma conscience et sors de la ruelle. Je hèle un taxi et prends la direction de l'hôpital.

Lorsque je franchis la porte du pub deux heures plus tard après être passé par les bureaux administratifs de l'hôpital et avoir fait un saut par la chambre de Bri pour m'assurer qu'elle allait bien, l'endroit est désert. Je soupire de soulagement, heureuse du bref répit qui m'est accordé avant de devoir faire face à Eliott.

Je viens de finir de me maquiller pour ma soirée de travail que l'on frappe à la porte. J'enfile la robe de chambre accrocher derrière la porte de la salle de bain par-dessus mes sous-vêtements et vais ouvrir. Mon patron me sourit et glisse la main dans sa tignasse.

— Je peux ? me demande-t-il en me montrant l'appartement d'un geste de la main.

— Bien sûr.

Je le laisse entrer et me dirige vers le frigo. Je sors la bouteille de Perrier et un verre que je remplis sans le regarder. Il s'avance et prend place sur l'un des tabourets hauts de l'îlot de cuisines.

— Ça s'est bien passé à la banque, tu n'as pas eu de problèmes pour déposer l'argent ?

— Non. Aucun problème tout était nickel. Alors ces essayages, je demande en prenant une gorgée d'eau pour changer de sujet.

— Bordel, c'était l'enfer ! Tu aurais dû voir la couleur qu'Emma a choisie pour les vestes et les cravates. Saumon ! C'est horrible comme couleur !

Je lève les yeux vers lui pour la première fois depuis qu'il m'a rejoint et en voyant le rictus de dégoût qui s'affiche sur ses lèvres je ne peux m'empêcher d'éclater de rire.

— Ne te marre pas, il n'y a rien de drôle. Cameron a piqué une crise d'enfer en voyant ça. Il est même allé jusqu'à refuser de se rendre au mariage s'il devait porter cette teinte atroce. Ce avec quoi je suis d'accord. Ce mélange de rose et de beige, c'est pour les gonzesses ! Adam a dû gérer tout ça ! Il a fallu qu'il négocie avec Emma pendant une bonne demi-heure au téléphone. Le pauvre il s'en est pris plein la gueule. Ils en sont venus à une entente, la veste sera noire comme le reste du complet, mais la cravate et le mouchoir de poche seront saumon. Emma a été catégorique sur ce point et Adam a cédé à ses demandes la queue entre les jambes. Je crois que mon ami a perdu ses couilles en la demandant en mariage. En parlant de couilles, dis Eliott un sourire en coin aux lèvres en attrapant ma main et m'attirant entre ses cuisses. Tu sais que tu es sexy habillé comme ça ?

Ses yeux parcourent mon corps recouvert de soie et s'enflamment avant de plonger dans les miens. Incapable de soutenir son regard où flambe autre chose que le désir brut que j'y lis, mes yeux se fixent sur ses lèvres. En voyant où se porte mon attention, le bout de la langue d'Eliott passe sur sa lèvre inférieure. Il pose ses mains sur mes joues et glisse les doigts dans mes cheveux approchant mon visage du sien. Ses lèvres glissent doucement sur les miennes. J'entrouvre légèrement la bouche pour prendre une bouffée d'air et Eliott en profite. Sa langue vient joindre la mienne et il approfondit notre baiser. Je ferme les yeux pour savourer ce moment. Moment que je ne mérite pas et pourtant… Malgré moi, mes mains s'accrochent à ses larges épaules. Il est tellement plus facile d'embrasser cet homme que de faire face à son regard empli de sollicitude. Ses mains descendent le long de mon cou, glissent sur mes épaules. Le bout de ses doigts s'insinue dans l'interstice de ma robe de chambre et trace un sillon brûlant dans la vallée de mes seins pour rejoindre le nœud de la ceinture. À leur contact, ma peau se couvre de chair de poule. La bouche d'Eliott quitte la mienne et sème une pluie de baiser sensuel sur ma nuque en descendant vers ma poitrine. Tout en m'embrassant, il défait la ceinture qui retient les pans de mon peignoir. Il tire sur le bonnet de mon soutien-gorge, prend le bout d'un sein entre ses lèvres. Lorsqu'il l'aspire dans sa bouche, je gémis. Ma culotte devient moite de désir et je ferme les yeux, glissant les mains dans ses cheveux pour savourer les délicieuses sensations que fait naître la chaleur de sa bouche.

— Tellement parfaite, murmure-t-il en lâchant mon téton.

Ses paroles me tirent de la torpeur dans laquelle ses baisers torrides étaient en train de me faire sombrer et je reprends pied dans la réalité. La culpabilité de ce que j'ai fait plus tôt me percute. Comment puis-je laisser cet homme me donner du plaisir alors que je l'ai volé ? Un sentiment d'urgence de m'éloigner de lui me saisit. J'appuie mes paumes sur son torse et repousse Eliott, l'éloignant de ma chair brûlante. Il lance vers moi un regard désorienté ne comprenant pas pourquoi je l'arrête ainsi.

— Il faut que je m'habille, on va être en retard pour l'ouverture.

Je lui tourne le dos et fais un pas en direction de la chambre. Eliott attrape mon poignet m'arrêtant dans mon air d'aller.

— Attends. On a le temps, il est encore tôt et c'est moi le patron. Tu es sûr que ça va, tu sembles ailleurs.

— Ça va, seulement un peu de fatigue, je mens. Mes règles probablement, j'explique dans un haussement d'épaules.

Parler d'indisposition féminine semble refroidir les ardeurs d'Eliott en plus de le mettre mal à l'aise. Il fait la moue et se lève du tabouret. Sa main retenant toujours mon poignet, il s'avance dans ma direction et m'attire vers lui. Il prend mon visage en coupe et caresse mes joues de ses pouces.

— Tu peux prendre ta soirée si tu ne te sens pas bien. On peut gérer le bar Noémie et moi si tu veux te reposer.

Chapitre 14

Ariel

Comme me l'a suggéré Eliott, j'ai pris deux jours de repos. J'ai remis ma visite à l'hôpital prenant des nouvelles de Bri par téléphone auprès des infirmières et j'ai sauté mes séances de danse matinale au bar. Être enfermée entre les quatre murs du petit loft de Lucas avec mes pensées est en train de me rendre folle. Je passe mon temps à me remettre en cause. Si ce n'était pas de Bri et du fait que je sois la seule personne qui puise lui venir en aide, j'aurai déjà été retrouver Eliott pour lui rendre l'argent que je lui ai dérobé tant la culpabilité me ronge. Mais ma sœur a besoin de soins et sans cet argent, il me serait impossible de lui offrir ce traitement et je la condamnerais à rester dans les ténèbres.

Je me lève du canapé sûrement pour la centième fois en trois heures qu'on frappe à la porte. D'un pas lent, je me dirige vers l'entrée et prends une grande inspiration me préparant à affronter Eliott puisque ça ne peut être que lui. Le battant à peine ouvert, que son beau visage apparaît, une moue désolée aux lèvres. Il lève la main et me tend son téléphone.

—Je ne voulais pas te déranger pendant que tu te reposes, mais Summer tient absolument à te parler. Elle dit que c'est une urgence même si j'en doute, mais je ne voudrais pas contrarier une femme enceinte. Tu veux lui parler ?

— Oui, ça va. Je vais prendre l'appel.

Eliott me donne son portable.

— Garde-le, je viendrai le chercher tout à l'heure. Je vous laisse discuter.

Il sort et ferme la porte derrière lui me laissant avec sa meilleure amie au bout du fil.

— Allo.

— Ariel, j'ai besoin de toi. Je suis en route vers le Mac, je passe te prendre dans cinq minutes.

— Euh… je ne comprends pas. Pourquoi est-ce que tu viens me chercher ?

— C'est Emma et c'est urgent. Elle a besoin de nous et de quelques verres et comme je ne peux pas boire avec le bébé, tu seras sa copine de boisson. Je t'expliquerai en chemin. À tout à l'heure, dit-elle rapidement avant de couper la communication.

Je regarde le portable d'Eliott, stupéfaite qu'elle m'ait raccroché la ligne au nez. Il semblerait que je n'aie pas trop le choix de l'accompagner. Après tout, je n'ai rien d'autre à faire. Et c'est toujours mieux de prendre un verre avec deux femmes géniales que de tourner en rond ici à me blâmer d'avoir volé mon patron. Je prends le chemin de la chambre, enfile un jean et un t-shirt propre et mes chaussures puis attrape ma veste à capuchon avant de descendre au bar. J'ai à peine mis le pied sur la dernière marche, que la clochette de la porte tinte annonçant l'arrivée de Summer. Elle étreint Eliott, qui vient de lui ouvrir, lui fait la bise et attrape ma main aussitôt que j'arrive près d'elle.

— Allez, dépêchons-nous. Je ne veux pas laisser Emma seule trop longtemps.

— Qu'est-ce qui se passe avec Emma ? demande Eliott inquiet.

Summer lui jette un regard peiné.

— Liam. Il a disparu sans laisser un mot. Il ne répond pas à son portable. Elle est passée à son appartement et aucune réponse non plus. Emma est dans tous ses états, je ne te dis pas. Elle a passé ses nerfs sur Adam. Le pauvre, il a claqué la porte. Leur première dispute a quelques semaines du mariage. Tu devrais l'appeler.

— Le con. Je savais qu'il foutrait la merde. Je m'occupe d'Adam.

Elle hoche la tête et me fait signe de la suivre. Je ne comprends rien à leur histoire. Qui est Liam et que vient-il faire dans cette histoire ? Nous sortons du Mackenzie et regagnons la voiture de Summer. Elle déverrouille les portières et nous prenons place à bord. Elle met la clé dans le contact et démarre en trombe. Nous avons à peine parcouru deux kilomètres qu'un autre véhicule nous coupe le chemin. Summer freine brusquement. Sous l'impulsion, la ceinture de sécurité se bloque, lorsque mon corps est propulsé vers l'avant puis ramené vers l'arrière dans mon siège.

— Tu ne peux pas regarder où tu vas connard ! crie-t-elle en faisant un doigt d'honneur au chauffard.

Bordel ! moi qui voyais Summer comme une jeune femme emplie de douceur, je me suis vraiment trompée. Cette femme est une furie qui jure comme un charretier lorsqu'elle s'énerve ! Elle jette un œil dans ma direction et rigole devant mon air ahuri.

— Désolée, ce sont les hormones. Elles me rendent complètement barge. Ça et le fait que je ressemble à une baleine alors qu'il reste plusieurs mois avant l'accouchement. Du coup, j'ai tendance à m'emporter facilement.

— Je comprends.

En fait, je ne comprends absolument rien à cette histoire d'hormones. Je n'ai jamais été enceinte, impossible pour moi de comprendre ce qu'elle traverse. J'espère que le jour où j'attendrai un enfant, ce qui n'est pas dans mes projets à court terme et qu'il faudrait que je sois en couple pour ça, je ne perdrai pas la tête comme elle le fait. Summer me sourit heureuse de l'empathie que j'éprouve à son endroit et nous reprenons notre route comme si de rien n'était. Au bout d'un moment, je tourne le visage vers elle et me mords la lèvre inférieure avant de la questionner.

— Qui est Liam ?

Elle me regarde comme si une deuxième tête venait de me pousser et lève les yeux au ciel.

— Excuse-moi, je me sens tellement à l'aise avec toi que j'oublie parfois que tu viens tout juste de rejoindre notre petit groupe. Il était temps d'ailleurs qu'une femme vienne bousculer la vie beaucoup trop solitaire de notre cher Eliott. Il ne le dira jamais directement, mais il t'aime bien, c'est évident. Reste à savoir quand il va enlever la merde qu'il a devant les yeux.

Elle arrête de parler quelques secondes le temps de regarder si la voie est libre et tourne à gauche au feu de circulation.

— Pour en revenir à ta question, Liam est le meilleur ami de Emma. Elle a fait sa rencontre peu de temps après son arrivée en ville. Ils passaient tous leurs temps libres ensemble. Elle a même habité chez lui lorsqu'elle a perdu son appartement. Puis Adam est arrivé. Pour faire court, voir un autre homme convoiter Emma a fait prendre conscience à Liam qu'il était amoureux d'Emma depuis le début. Comme tu t'en doutes, puisqu'ils vont bientôt se marier. Adam, bien qu'il soit un connard la plupart du temps, comme Cameron d'ailleurs, a conquis le cœur d'Emma. Ça a fait toute une histoire, genre tragédie de triangle amoureux. Liam s'est présenté au bureau d'Emma complètement bourré et lui a ouvert son cœur. Il n'a pas été tendre avec elle de ce que m'a rencontré Emma, parce que j'étais en Angleterre à ce moment-là et que je ne les connaissais pas, et il s'en est pris plein la gueule. Une bonne droite de la part d'Adam et je ne te dis pas la largeur des mains de ce type.

— Et ils sont redevenu amis ? je demande alors qu'elle se gare devant un grand immeuble luxueux.

Elle soupire, éteint le moteur et se tourne vers moi.

— Oui, on peut dire ça. Pour Emma du moins rien n'a changé. Elle a pardonné à Liam les paroles blessantes qu'il lui a dites et l'aime toujours comme un frère. Adam supporte cette étrange amitié pour faire plaisir à Emma. Et du côté de Liam… Je ne sais pas. Je ne le connais pas beaucoup. Je l'ai croisé à quelques reprises et l'ai accompagné à la fête de fiançailles d'Emma et Adam. Lorsque Emma entre dans une pièce où il est présent, son regard s'illumine, mais dès qu'Adam la rejoint celui-ci s'éteint. C'est évident qu'il a toujours des sentiments pour elle et qu'il regrette de ne pas lui avoir ouvert son cœur bien avant. Malgré tout, il reste là pour elle, même si cela semble le blesser. On devrait aller la rejoindre.

— Oui, tu as raison.

Elle détache sa ceinture de sécurité et j'en fais de même avant de sortir de l'habitacle. Nous entrons dans le grand hall de l'immeuble. Summer salue l'homme à l'entrée.

— Mademoiselle Parker m'attend, vous n'avez pas besoin de m'annoncer. Je connais le chemin. Tu viens Ariel ?

Nous prenons le corridor qui mène aux ascenseurs et montons dans la cabine. Summer tape un code sur le clavier tactile du panneau et l'élévateur commence sa montée. Lorsque les portes s'ouvrent sur l'étage de l'appartement d'Emma, nous sortons dans le couloir et elle toque à la seule porte visible. Quelques secondes passent et la porte s'ouvre sur Emma. Ses yeux sont rouges et enflés, son mascara à couler sur ses joues signe qu'elle a beaucoup pleuré. Elle prend Summer dans ses bras et la serre fort contre elle en recherche de réconfort. Mon cœur se serre en me rappelant ma sœur qui se blottissait toujours contre moi lorsqu'elle avait du chagrin.

— Mince, la tronche que tu as ! Tu ressembles à un raton laveur, rit Summer en se reculant. J'ai apporté de quoi te remonter le moral, dit-elle en lui montrant les bouteilles de vin. Et j'ai emmené Ariel pour boire avec toi.

Emma lève le regard vers le ciel, passe le bout des doigts sous ses yeux pour effacer les traces noires causées par les larmes puis nous laisse entrer. Summer qui connaît bien l'endroit s'avance dans le couloir sans attendre Emma. Je les suis en silence d'un pas hésitant regardant autour de moi. Que dire de l'appartement d'Emma ? Je n'ai jamais vu quelque chose d'aussi beau. Tout respire le luxe dans cet appartement, des meubles aux tableaux accrochés aux murs. On est très loin de mon ancien logement dans un immeuble minable avec des voisins plus louches les uns que les autres et dont les cloisons étaient aussi épaisses que des boîtes de pizzas.

Summer se glisse derrière l'îlot de la cuisine, prend trois verres sur pieds dans l'armoire du haut, en remplit deux de vin blanc et un d'eau Perrier et nous tend nos coupes.

— Allons dans le salon, tu seras mieux pour nous raconter ce qui s'est passé, dit Sum en passant un bras sur les épaules de son amie.

Une fois installée sur le canapé, Emma prend une grande gorgée de son vin et soupir.

— Je ne comprends pas. J'ai parlé à Liam la semaine dernière et tout semblait normal. On a plaisanté comme d'habitude et on devait aller dîner ensemble la semaine prochaine. Mais depuis le jour des essayages, tu sais quand on est allé chez la couturière pour les dernières retouches de ma robe de mariée, je n'arrive plus à le joindre. Son téléphone tombe toujours sur la boîte vocale et il n'est jamais chez lui. Liam n'a même pas répondu à mon message sur messager lorsque je lui ai envoyé la photo ! Même pas un pouce en l'air. Rien du tout ! Et pourtant il l'a vue !

— Quelle photo ? demande Sum.

— Celle de moi que j'ai prise dans la cabine chez la couturière, dans ma robe de mariée.

— Oh, merde ! tu n'as pas fait ça !

— Je ne comprends pas…

— Tu as rendu ton mariage plus réel aux yeux de Liam, continue Summer. Ce mec t'a ouvert son cœur, il était amoureux de toi. Il devait espérer en silence que les choses finissent par foirer avec Adam. C'est comme si tu venais de lui mettre une gifle en pleine tronche.

Emma prend sa lèvre inférieure entre ses dents réfléchissant à ce que vient de dire Summer. Mes pensées dérivent vers cet homme que je ne connais pas et la douleur qu'il a pu éprouver en voyant la femme qu'il aurait voulu épouser dans sa robe blanche. Pour avoir vécu une chose semblable avec Greg lorsqu'il m'a quitté pour sa nouvelle danseuse étoile, je ne peux que compatir à sa douleur. Par chance, je n'avais pas besoin de les avoir sous les yeux tous les jours puisque je ne faisais plus partie de la troupe de ballet. Ce doit être tellement pénible de les voir ensemble alors qu'il rêve d'être avec elle. Tout cela pour sauvegarder leur amitié.

— Parfois, fuir ce qui nous blesse est la seule chose à faire, dis-je encore perdu dans mes pensées.

— Vous croyez que je l'ai blessé ? Bien sûr, que oui ! Sinon, il me répondrait. J'ai vraiment merdé. Que dois-je faire pour arranger les choses ?

Cette fois, c'est moi qui lui réponds.

— Rien. Tu ne peux rien faire d'autre que de lui laisser du temps si tu tiens à votre amitié.

— Ouais. Vous croyez qu'il reviendra ?

— Lorsqu'il se sentira prêt, je lui dis en posant une main sur son épaule pour la réconforter.

— Je ne sais pas comment je vais faire sans lui, souffle-t-elle. Liam a toujours été à mes côtés depuis mon arrivée à New York. J'aime Adam de tout mon cœur, mais Liam est comme mon frère. Il fait partie de ma famille comme vous tous.

Elle attrape nos mains et les serres dans les siennes puis elle me sourit.

— Merci Ariel. Tu es une femme géniale. Eliott a beaucoup de chance de t'avoir rencontré. Tu l'accompagneras à mon mariage ? C'est obligé, tu dois y être.

À la mention d'Eliott, je me raidis. Je ne suis pas certaine qu'il ait eu de la chance de tomber sur moi après ce que je lui ai fait. Lorsqu'il se rendra compte que je l'ai volé, la dernière chose qu'il voudra c'est bien que je l'accompagne au mariage de son meilleur ami. Emma semble voir un changement chez moi, car un pli d'inquiétude naît entre ses sourcils.

— Ça va avec Eliott, il te traite bien ?

— Oui, ça va. J'ai quelques petits soucis personnels, rien à voir avec lui ou le Mackenzie, je mens en baissant les yeux.

— On peut peut-être t'aider ?

— Non, ça va aller.

Emma prend ma main et me jette un regard empli de sincérité.

— Si tu as besoin de parler, d'une épaule pour pleurer, d'argent ou d'un endroit où te réfugier, nous sommes là. Nous sommes tes amies et des amies, ça se soutient quoiqu'il arrive.

Une boule de remords me noue l'estomac devant tant de sollicitude. Depuis la mort de mes parents, j'ai l'impression de devoir tout porter sur mes épaules. J'ai dû élever ma petite sœur alors que je savais à peine m'occuper de moi-même. Il serait tellement facile de m'appuyer sur des amies comme elles, de partager mes problèmes, mes doutes, mes peurs avec ces deux femmes si gentilles. J'ai menti et volé l'un de leurs meilleurs amis et je les berne elles aussi. Ma place n'est pas ici à essayer de réconforter et consoler Emma. Je suis un imposteur. Mon hypocrisie me fait horreur. La gorge nouée, je vide mon verre d'un trait et me lève du canapé.

— Je suis désolée, je dois y aller, dis-je sans les regarder dans les yeux.

Je prends mon sac à main et rejoins la porte d'entrée. Alors que je pose une main tremblante sur la poignée, des bruits de pas retentissent derrière moi et la douce voix d'Emma se fait entendre.

— Je ne sais pas ce que tu fuis, mais sache que nous sommes-là.

Ne sachant quoi répondre, je hoche simplement la tête avant de sortir de l'appartement. Je dois faire taire ce sentiment de culpabilité qui m'envahit chaque fois que je pense à ce que je leur fais. J'ai besoin de tout oublier au moins pour quelques heures et je sais comment y parvenir. Les mains toujours tremblantes, je tire mon portable de la poche arrière de mon jeans. Je prends une grande inspiration et ouvre ma liste de contact et appuie sur le nom de Clarissa, même si je sais que je me mets en danger en l'appelant. Elle répond à la deuxième sonnerie.

— Allo.

— Claris, c'est moi. Ne prononce pas mon nom s'il te plaît. Personne ne doit savoir que je t'ai appelée.

— Mince. Ça fait des semaines que je te cherche. Je te croyais morte depuis tout ce temps. Tu vas bien au moins ?

— Oui. Ça va. J'ai besoin de toi.

— Attends-moi une seconde.

Le bruit de ses talons hauts qui claquent sur le sol se fait entendre dans l'appareil alors qu'elle s'éloigne de l'endroit où elle était lorsqu'elle a décroché.

— C'est bon, je suis seule. On peut parler tranquillement maintenant. De quoi as-tu besoin ? Parce que bon, j'imagine que tu ne m'appelles pas pour discuter de la pluie et du beau temps.

Je soupire de soulagement. C'est ce que j'aime avec elle ; pas besoin de converser durant des heures pour rien.

— J'ai besoin de décompresser. Tu as de la poudre sur toi ? je demande en allant droit au but.

— Tu me connais, dit-elle un sourire dans la voix. Je partage si tu veux.

Comme je ne peux pas me présenter au Princess ou près du club à cause de Johnny et de ses hommes, je donne rendez-vous à Claris dans un bar pas très loin du Mackenzie.

Lorsque je la rejoins une heure plus tard, après avoir fait un saut rapide à l'hôpital pour m'assurer que Bri va bien, je repère mon amie assise au comptoir en train de flirter avec le barman. Ses cheveux rose fuchsia ne laissent aucun doute sur son identité. Tout en continuant de parler à l'homme tatoué vêtu d'une veste sans manches en cuir, Claris tourne le visage vers moi. Un immense sourire s'affiche sur ses lèvres lorsqu'elle croise mon regard.

— Ari, enfin te voilà ! Je commençais à croire que tu allais me poser un lapin !

Elle se lève du tabouret sur lequel elle s'est installée pour m'attendre et vient me prendre dans ses bras. Après une brève étreinte, elle m'entraîne vers le bar et nous commande un verre. Alors que le barman se tourne pour préparer nos cocktails, Claris prend ma main.

— Allez, viens.

Je la suis jusqu'aux toilettes. Elle referme et verrouille la porte derrière nous. Elle sort un petit miroir et un sachet de poudre blanche de son sac, l'ouvre, fait tomber un peu de coke sur le verre et trace deux lignes étroites. Devant la came qui m'a permis de tenir le coup pendant un temps, mes mains se mettent à trembler. Une sueur froide se forme et coule le long de mon dos. Ma respiration s'accélère. J'ai eu du mal à me remettre la dernière fois, qu'en sera-t-il cette fois-ci. Les jours qui ont suivi mon arrivée au Mackenzie me reviennent en mémoire : le regard désapprobateur d'Eliott le premier soir où il m'a vu sortir les sachets de mon sac, sa façon de me soutenir pendant ma chute en étant présent sans toutefois essayer de m'étouffer, sa tendresse lorsqu'il me caressait les cheveux pour m'apaiser lors des crises d'angoisse qui on suivit la période intense de sevrage. Je sais que c'est de la folie. Même si je suis morte de peur et que je sais que je devrais prendre mes jambes à mon cou et fuir loin de tout ça, je vais replonger. Je suis une toxico et comme un alcoolique devant qui l'on met un verre de scotch la tentation est beaucoup trop grande.

— Ari ?

Je tourne le visage vers Clarissa qui me tend un billet de dix dollars roulés. La main tremblante, j'attrape le billet. Je prends une grande inspiration pour faire taire la petite voix dans ma tête qui me dit que je ne devrais pas et me penche sur le comptoir. Je glisse la paille improvisée au bord de ma narine et aspire d'un coup. Je me redresse en reniflant pour faire passer la brûlure de la coke et je ferme les yeux. Dès que la substance entre dans mon organisme, un frisson de bien-être me parcourt. Je sais que ce sentiment de légèreté éphémère ne dura que très peu de temps et que la chute sera pénible, mais j'ai besoin de faire taire enfin le sentiment de culpabilité qui me suit depuis que j'ai pris l'argent d'Eliott. Une soirée pour oublier : l'état de Bri, Johnny qui veut ma peau, Eliott, Emma, Summer et mes mensonges.

— On va prendre ce verre, me demande Claris en posant une main sur mon épaule.

Tellement prise dans mon moment de béatitude, j'ai oublié Clarissa, mais ça me fait tellement de bien d'avoir l'impression de pouvoir respirer enfin normalement que je m'en contre fiche. Elle range son barda et nous retournons dans la salle. En nous voyant, le barman pose nos boissons sur le comptoir en dévorant Clarissa des yeux. Apparemment, ma copine ne le laisse pas indifférent. Je prends mon verre et glisse la paille entre mes lèvres pour prendre une grande gorgée d'alcool alors qu'il retourne à ses tâches nous laissant seules.

— Toi, tu as une touche, dis-je en montrant l'homme derrière le bar d'un geste du menton.

— Oh oui ! Et j'ai bien l'intention de profiter de ce grand corps musclé. La soirée ne fait que commencer, mais d'abord il va falloir que tu m'expliques ce qui s'est passé ce soir-là. Un instant, je te vois au bar en train de boire un verre et lorsque je te rejoins après mon numéro tu n'y es plus. Je suis sortie dans la cour pour voir si tu y étais, mais au lieu de t'y trouver je suis tombé sur Johnny, le nez ensanglanté qui jurait qu'il allait te tuer, toi et l'homme qui t'était venu en aide. Il était tellement hors de lui que quand je lui ai demandé où tu étais il s'est défoulé sur moi à grands coups de poing. Je ne sais pas qui est cet homme dont il a parlé, mais je crois que lui aussi fait maintenant partie de sa liste noire.

Lorsqu'elle me dit qu'elle a écopé pour ce qu'Eliott a fait subir à mon agresseur, je regarde vraiment Claris pour la première fois. J'étais tellement prise par mon envie de tout oublier que je n'ai pas porté attention aux marques sur son visage. Bien qu'à peine visible, après des semaines, et la couche de maquillage qu'elle a appliquée sur sa peau, on voit toujours le reste de l'ecchymose. Ce qui devait être rouge foncé et enflé est maintenant d'un jaune pâle. Une coupure orne le haut de son sourcil gauche. Pour que l'on voie encore les stigmates de l'hématome, il a fallu que Johnny frappe vraiment fort.

— Puis tu as disparu sans laisser d'adresse, continue-t-elle. Je me suis rendu chez toi, mais tu n'y étais pas. Je t'ai cru morte, Ariel, jusqu'à ce que tu m'appelles cet après-midi.

C'est probablement ce qui me serait arrivé si Eliott n'était pas intervenu et ne m'avait pas offert un gîte où me cacher. En me sauvant, il a mis sa tête à prix. En avait-il conscience ? Je vide mon verre d'un coup et prends la main de mon amie.

— Pour notre sécurité à tous, mais surtout pour la tienne, il vaut mieux que tu ne sois au courant de rien. Fait comme si l'on ne s'était jamais revue, d'accord ?

— OK, mais profitons de cette soirée.

Clarissa a compris que ce serait notre dernière soirée, une soirée d'adieux en quelque sorte. Nous enfilons les verres et les lignes pendant qu'elle me raconte de nouvelles anecdotes du club, un monde dont je ne fais plus partie et dans lequel je ne me suis jamais sentie à ma place. Lorsque le moment est venu plusieurs heures plus tard de rentrer, elle glisse quatre sachets de coke dans mes poches en me disant que c'est son cadeau pour m'aider à tenir le coup. C'est le cœur lourd que je la quitte après l'avoir serrée dans mes bras pour rejoindre le Mackenzie.

Chapitre 15

Eliott

Je dis au revoir à mes amis et ferme la porte du bar avant de la verrouiller. Je glisse la main dans mes cheveux et m'avance vers le comptoir. Je viens de passer plusieurs heures à essayer de remonter le moral d'Adam. C'était leur première vraie dispute à Emma et lui, et même s'il faisait semblant de ne pas en être affecté, j'ai bien vu que ce n'était pas le cas. Depuis le temps que je le connais, j'arrive à lire en lui plus qu'il ne le pense. Cette histoire de triangle amour-amitié n'était saine pour personne. Je savais bien qu'à un moment ça allait finir par merder. Il ne faut pas se leurrer, ce type de relation ne fonctionne jamais. Si j'étais Liam, ça ferait longtemps que j'aurais mis les voiles.

— Putain, l'amour, ça craint, dis-je en me glissant derrière le comptoir et en ramassant les verres laissés par Cameron et Adam. Je ne peux pas croire que les gens passent leur vie à le chercher, c'est courir après les ennuis.

— Ce que tu peux être rabat-joie ! Réponds Noémie en levant les yeux au ciel.

— Et depuis quand es-tu devenue une fervente défenderesse des sentiments amoureux ? Je ne te pensais pas si mièvre, ma chère Noémie.

— Ce n'est pas parce que je n'ai jamais été amoureuse que je n'y crois pas. Je n'ai pas encore rencontré la personne qui fera battre mon cœur plus fort et pour qui je serais prête à tout. Quand ça sera le cas, je le saurai contrairement à d'autres.

— Qu'est-ce que tu insinues ?

Je m'appuie contre le bar, les bras croisés sur ma poitrine, et lui jette un regard noir en comprenant que cet autre, c'est moi.

— Ariel. Cette femme compte plus pour toi que les autres. Ne viens pas me dire que tu ne ressens rien pour elle.

— Non, c'est vrai. J'ai de l'affection pour elle comme j'en ai pour Summer, Emma et toi. Puis on s'entend bien au pieu, mais il n'y a rien de plus.

— C'est ça, Eliott. Continue de te voiler la face. Le jour où elle rencontrera un autre homme qui lui, sera prêt à l'aimer ne vient pas pleurer.

Ce qui serait peut-être mieux pour nous deux. Quoique tant que Johnny en aura après elle, les chances qu'elle rencontre quelqu'un sont minces. Je ne suis pas aussi aveugle que le pense Noémie. Je vois bien qu'entre Ariel et moi c'est plus que de l'amitié. Mais ce n'est pas de l'amour. Non. Je ne veux pas être amoureux de qui que ce soit. Éléonore est tombée amoureuse de Clyde, bien qu'il se soit servi d'elle, et cela a causé sa perte… et la mienne.

— Va te faire foutre, Noémie.

Sur ces mots, je quitte le bar et me réfugie dans mon bureau. Mon sanctuaire où personne ne vient m'emmerder.

Je commence à remplir les bons de commande quand j'attends la voix mélodieuse d'Ariel qui salue Noémie qui prépare l'ouverture du Mack.

— Eliott n'est pas là, demande-t-elle.

— Si, il est dans son bureau à faire la gueule.

Je lève les yeux au ciel et secoue la tête, agacé par sa remarque et me replonge dans les papiers. Depuis l'arrivée d'Ariel, j'ai pris beaucoup de retard dans la gestion du bar, il est temps que je m'y remette. Je viens de me mettre à remplir le document, qu'Ariel passe devant la porte de mon bureau.

— Ariel ?

Elle s'arrête, hésite un instant et revient sur ses pas. Elle entre dans mon bureau, s'immobilise sur le pas de la porte puis me sourit.

— Salut beau gosse. Tu fais quoi ?

— Ça se voit, non. J'ai beaucoup de boulot en retard.

Ses yeux parcourent ma surface de travail, examinant les papiers qui s'y trouvent. Ils s'arrêtent sur les feuilles de comptabilité. Elle fronce les sourcils et prend sa lèvre inférieure entre ses dents comme elle le fait souvent lorsqu'elle est nerveuse.

— Ça va ? Ça s'est bien passé avec les filles ? Je demande inquiet par ce brusque changement d'humeur.

Elle lève le regard vers moi et le voile d'appréhension disparaît.

— Oui, pourquoi demandes-tu ça ? Tu leur as parlé ?

— Non, pas depuis que vous êtes partis. Adam et Cam viennent de quitter le Mack. C'est juste que tu sembles tendue. Comment va Emma ?

— Elle a fait une bourde et a compris pourquoi Liam ne lui répondait plus, dit-elle en haussant les épaules. Elle va s'en remettre. On a pris quelques verres ensemble pour lui remonter le moral.

— C'est gentil d'avoir accompagné Summer chez Emma. Les filles t'adorent. Adam et Cameron aussi d'ailleurs.

— C'est réciproque. Bien que…

Elle parcourt mon corps des yeux, passe le bout de sa langue sur la lèvre et s'avance de quelques pas pour s'arrêter devant moi.

— J'ai une préférence pour leur ami écossais à l'accent sexy qui adore porter une jupe.

— Un kilt.

— Je sais… mais c'est un peu la même chose, non ?

— Pas du tout, c'est beaucoup plus viril.

— Ah oui ?

Devant son attitude mutine, j'ai l'impression de me retrouver avec la jeune femme que j'ai accueillie au bar le premier soir. Envolée la Ariel peu sûre d'elle. Son assurance renouvelée est comme un coup de fouet sur mes sens. Elle a envie de jouer, on va jouer.

J'attrape sa main et la pose sur ma cuisse puis d'un geste lent, je la remonte sous mon tartan. Lorsque le bout de ses doigts vient effleurer mon membre, mon sexe durcit. En voyant l'effet qu'elle a sur moi, le souffle d'Ariel s'accélère et ses yeux se voilent de désir. Elle penche la tête et approche ses lèvres des miennes.

— Oui, en effet. Vraiment plus viril.

Elle a chuchoté ces mots, son souffle venant se mêler au mien. Incapable de me retenir de l'embrasser, je glisse la main derrière sa nuque et les doigts enfouis dans ses boucles blondes, j'avance le visage pour prendre ses lèvres rosées. Des jours que je n'ai pas goûté à ses baisers qui me font perdre la tête. C'est à cet instant que je réalise que je suis en manque. En manque d'elle, du parfum de sa peau, de la douceur de ses baisers. Sa langue franchit mes lèvres et lorsqu'elle vient se joindre à la mienne, je gémis de plaisir. Nous nous laissons emporter par la frénésie de ce baiser, nous dévorant l'un et l'autre comme si nous étions en train de mourir de soif. J'ai l'impression que je vais exploser au simple contact de cette bouche sensuelle. Jamais embrasser une femme ne m'a mis dans cet état. C'est l'effet Ariel, avec elle tout me semble différent. Le sexe n'est pas qu'un simple acte pour prendre son pied, c'est plus intime, plus profond.

La main d'Ariel quitte mon entre-jambes. Sans quitter mes lèvres, elle passe les jambes de chaque côté de mes hanches et se positionne à califourchon sur mes cuisses. Les mains sur mes joues, elle penche ma tête vers l'arrière et savoure ma bouche avec ardeur. Son corps collé au mien, ses seins effleurant mon torse, la chaleur de son intimité qui ondule langoureusement contre mon sexe, tout ça me rend fou. J'ai envie de me perdre en elle.

Glissant les doigts dans sa tignasse, j'écarte son visage du mien. Je prends quelques secondes pour retrouver mon souffle. Ariel bien décidée à me tuer, glisse la main entre nous et attrape mon membre tendu qu'elle se met à cajoler. Bordel, si elle continue je vais exploser dans sa main.

— J'ai envie de toi, Mackenzie !

— On n'a pas le temps... On ouvre bientôt. Je réponds en serrant les dents.

— Il reste plus d'une heure, c'est suffisant. Tu te dégonfles ?

Son sourire en coin me met au défi de refuser et comme je suis un homme compétitif, je ne peux pas flancher devant elle.

— Me dégonfler ? Jamais ! Mais pas ici.

Je passe les mains sous ses fesses et me redresse. Ariel enroule les bras autour de mon cou pour ne pas glisser et les jambes passées autour de ma taille, je l'entraîne dans le couloir me foutant bien que mon kilt à demi remonté laisse voir mon cul à qui passera par-là. Je monte les marches à toute vitesse, pousse la porte de mon appartement et rejoins ma chambre en reprenant ses lèvres.

Après lui avoir offert deux orgasmes fulgurants, je me laisse tomber sur le dos. Le souffle haché, le corps repu, je ferme les yeux et tente de reprendre mes esprits. Nous restons silencieux un long moment. Ma respiration revient tout juste à la normale qu'Ariel se tourne vers moi et brise le silence.

— C'est quoi ta plus grande crainte ?

— Je ne comprends pas, dis-je en me tournant sur le côté pour lui faire face.

— Tout le monde a peur de quelque chose, dit-elle en baissant les yeux. Même si ça ne semble pas être ton cas, il doit bien avoir un truc que tu crains plus que tout ?

Sa question me met terriblement mal à l'aise. Nous n'avons jamais abordé un sujet aussi personnel que celui-là. Je ne sais pas quoi dire. Quelle est ma plus grande appréhension ? Je n'en ai plus aucune idée.

Mes yeux croisent les siens. Elle attend sagement que je lui réponde sans me mettre la pression. Dans ses prunelles, une vulnérabilité que je ne lui ai jamais vue jusqu'à maintenant me pousse à me dévoiler.

— Quand j'étais adolescent, j'ai perdu ma petite amie. Fiona. Elle avait seize ans. Un accident de scooter alors que j'étais au volant. Nous revenions d'une fête. Je venais de lui dire que je l'aimais. J'avais bu quelques verres, mais j'étais certain de pouvoir conduire. Après tout, je marchais droit, je n'étais pas saoul. En chemin, un connard, qui roulait plus vite que la vitesse permise, ne s'est pas arrêté à la lumière rouge. Mon temps de réaction diminué par l'alcool, je n'ai pas pu l'éviter. Il nous a percutés de plein fouet. J'ai été blessé, mais elle… Elle est morte sur le coup.

Je ferme les yeux quelques secondes et prends une grande inspiration pour faire passer le souvenir de son corps sans vie. Lorsque j'ouvre les paupières, Ariel m'observe les yeux embrumés de larmes contenues. Elle prend ma main et enlace nos doigts. Je baisse le regard vers nos mains jointes. Bordel, je ne sais pas pourquoi je lui raconte tout ça. Même avec Adam et Cameron, je ne me suis jamais ouvert de la sorte. J'ai toujours gardé ça pour moi. Préférant mettre tous ces souvenirs aux oubliettes en me disant que ça m'évitera de souffrir. Pourtant alors que je lui ai narré qu'une toute petite partie de mon histoire, je sens un poids quitter mon cœur. Ce cœur que j'ai toujours gardé sous clé. Je lève de nouveau les yeux vers la femme étendue à mes côtés et après une nouvelle inspiration pour me donner le courage, je continue.

— J'ai passé plusieurs jours enfermé dans ma chambre après ses funérailles. J'avais terriblement mal et j'étais en colère. J'en voulais à la terre entière, mais j'en voulais surtout à moi-même. Si je n'avais pas bu ce soir-là ou que je ne l'avais pas persuadé de venir se balader avec moi au lieu de rester à cette fête, Fiona ne serait jamais morte. Je devais évacuer cette colère et faire taire la douleur qui m'habitait. C'était en train de me rendre complètement fou. Je me suis mis à boire et à traîner dans la rue. J'ai fait la rencontre d'un gang de criminels. Je me suis mis à voler, à battre des gens qui devaient de l'agent à mon nouveau patron. Dans la violence, j'ai trouvé l'exécutoire que je cherchais. Je pouvais enfin passer ma colère sur quelqu'un d'autre que moi. Peu à peu, le chef m'a pris sous son aile, me faisant faire de plus en plus de boulot pour lui.

— Eliott…

— Non, laisse-moi finir, s'il te plaît.

— D'accord.

Je lève nos mains assemblées, porte ses doigts à mes lèvres et les pose contre ma poitrine.

— Le neveu de mon patron n'a pas vu ma venue d'un très bon œil. Il a essayé à plusieurs reprises de me mettre des bâtons dans les roues pour que son oncle m'évince du gang. Quand il a vu que ses manigances ne fonctionnaient pas il a laissé tomber. Du moins, c'est ce que je croyais.

Un soir, je suis rentré dans un bar, avec de fausses pièces d'identité puisque je n'avais pas l'âge pour entrer. J'ai croisé Éléonore, ma sœur aînée, avec qui j'étais proche avant l'accident qui a coûté la vie de Fiona, qui passait une soirée avec ses copines. Clyde m'a vu avec elle et il est venu nous rejoindre. En comprenant qui elle était, il lui a fait du charme. Éléonore le trouvait drôle et charmant. J'ai essayé qu'elle se tienne loin de ce type, je savais le connard qu'il était. Malgré tous mes efforts au fil des mois, elle a commencé à traîner avec lui et d'autres membres du gang. Elle a commencé à prendre la coke qu'il lui fournissait et est rapidement devenue accro à Clyde et sa dope. Chaque fois que j'ai essayé d'intervenir, elle m'envoyait sur les roses me disant que j'étais jaloux de leur relation amoureuse, que je n'avais qu'à me trouver une copine et leur foutre la paix. Clyde avait bien joué son jeu. La rendre dépendante de lui et de cette cochonnerie était en train de détruire l'une des personnes que j'aimais le plus au monde. Le jour où son oncle a fait de moi son bras droit me donnant la place qui lui revenait de droit, il est devenu fou. Me faire chier n'était plus suffisant. Il voulait me détruire et il a réussi à le faire haut la main. Il m'a dit de le rejoindre dans une ruelle près du café italien qui appartenait à son oncle et qui était également le repaire du gang. Il avait donné rendez-vous à Éléonore au même endroit. Lorsque je suis arrivé, ma sœur n'était plus la même, elle avait maigri, avait de terribles cernes sous les yeux, des marques de piqûres sur les bras, signe qu'elle ne s'en tenait plus qu'à la snif, mais qu'elle était passée à l'héroïne. J'ai fait quelques pas dans sa direction, Clyde s'est avancé derrière elle. Il a sorti son pistolet, a prononcé le nom de ma sœur qui s'est tourné vers lui en souriant.

Les images qui passent devant mes yeux en racontant tout ça font trembler ma voix. Un frisson parcourt mon échine. C'est comme si je revivais ce moment pour la première fois.

— Eliott, tu n'as pas besoin de continuer, dit-elle le regard rempli d'effroi.

Je mets de côté le fait que Clyde a levé le bras et a tiré sur ma sœur, la balle se logeant en pleine poitrine. Mais je continue mon récit, j'ai besoin d'aller jusqu'au bout. Pour moi, pour Éléonore et pour ce poids qui me pèse depuis quatorze ans.

— Elle s'est écroulée devant moi. J'ai couru pour la rattraper. Étendue dans mes bras, elle a plongé son regard dans le mien, a levé la main et posé ses doigts sur ma joue. Elle s'est excusée de ne pas m'avoir écouté lorsque j'ai voulu l'éloigner de ce salaud. Ses beaux yeux verts toujours fixés aux miens, Éléonore a rendu son dernier souffle. Elle est morte dans mes bras. En assassinant ma sœur sous mes yeux, Clyde avait trouvé la meilleure façon de me détruire. J'ai lâché un cri de mort en comprenant qu'elle était partie. Après avoir posé délicatement son corps sur le sol, je me suis jeté sur lui. J'ai laissé ma colère et ma douleur sortir d'un coup. J'ai roué ce connard de coups de poings, de coups de pied, lui ai défoncé le visage jusqu'à ce qu'il soit KO. J'ai sorti mon arme, j'ai levé le bras et ai visé cet abruti entre les yeux. J'avais à peine mis le doigt sur la détente que son oncle et ses hommes sont sortis du café. En voyant la scène, mon patron m'a donné vingt secondes pour foutre le camp. Je savais que passer ce délai, j'étais mort. J'avais peut-être été son bras droit, son protégé, mais Clyde était sa famille, son sang et chez la mafia rien n'était plus sacré que les liens du sang. Mon arme toujours à la main je suis parti en courant, j'ai piqué une bagnole et me suis tiré de là en vitesse en laissant ma sœur derrière moi.

J'avais presque dix-sept ans, j'étais apeuré et dévasté. J'avais à peine fait quelques kilomètres que la police m'a arrêté. Je me suis fait coffrer pour vol de voiture et possession d'arme. Ils n'ont pas posé de questions sur mes vêtements pleins de sang. J'ai essayé de leur raconter ce qui s'était passé, mais bien attendu l'oncle de Clyde étant le parrain de la mafia écossaise avait les flics dans sa poche. Ils s'en sont sortis. Moi j'ai été enfermé en maison de redressement puisque j'étais mineur.

— Et Éléonore ?

— Mes parents ont récupéré son corps. La police leur a raconté qu'elle avait été assassinée par un cambrioleur. Bien sûr, ils n'ont pas cru à cette histoire. Ils savaient bien que la mafia avait un lien avec tout ça, mais ils n'avaient pas de preuves contre eux pour faire ouvrir une enquête. Sans me l'avoir dit, ils me tenaient pour responsable, car j'aurais dû leur parler de ce qui se passait. La dernière fois que je les ai vus, c'est lors de mon passage en cour jeunesse le jour où j'ai reçu ma sentence. Je suis entré en maison de redressement en Angleterre où j'ai fait la connaissance d'Adam, Cameron et Lucas qui sont devenus au fil des jours ma nouvelle famille. Je n'ai jamais reparlé à ma mère ni à mon père. J'ai de leurs nouvelles de temps à autre par ma petite sœur, mais nous n'avons que très peu de contacts. Quand tu dis que tu as l'impression que je n'ai peur de rien, tu as presque raison puisque mes plus grandes craintes se sont concrétisées en perdant les gens que j'aimais.

— Je suis désolée pour ce qui t'est arrivé.

— C'est du passé, je réponds en embrassant de nouveau le dessus de sa main. J'espère seulement ne plus jamais avoir à enterrer quelqu'un qui m'est cher. Et toi, c'est quoi ta plus grande peur ?

Ariel détourne les yeux comme si elle tentait de fuir ma question, alors que c'est elle qui a entamé cette discussion.

— Les araignées. Oui, j'ai vraiment très peur des araignées. Bon, je devrais aller me préparer pour bosser, on va être à la bourre et Noémie va sauter les plombs si on la laisse seule pour l'ouverture.

Ariel se redresse, attrape son t-shirt, son jean, les enfile rapidement et ramasse ses sous-vêtements au sol. Elle est en train de chercher ses chaussures dans le bordel de ma chambre quand je la rejoins. Je mets la main sous son menton et lève son visage vers moi.

— Tu es sûr que ça va ? Tu as l'air paniquée.

— T'inquiète, je vais bien.

Elle me sourit d'un sourire faux. Elle semble angoisser, mais je ne comprends pas ce que j'ai pu dire ou faire pour la mettre dans un tel état. Peut-être mon histoire la met-elle mal à l'aise ? Elle ne s'attendait probablement pas que je lui sorte un truc aussi glauque.

— C'est ce que je t'ai raconté qui te met dans cet état ?

— Non, ça va, répond-elle en sortant l'une de ses chaussures qui avait glissé sous le lit. Merci de me faire suffisamment confiance pour t'être confié à moi.

Ariel ramasse sa deuxième chaussure près de la porte et se tourne vers moi.

— On se voit tout à l'heure.

Sans autres mots, elle quitte ma chambre en refermant le battant derrière elle, me laissant seul avec mes questions sans réponses.

Chapitre 16

Ariel

J'ouvre les yeux et les referme subitement quand le soleil qui pénètre par la fenêtre, dont j'ai oublié de tirer le rideau en me mettant au lit, m'aveugle. Un terrible mal de tête me transperce le crâne. La douleur est si intense que j'ai l'impression qu'on m'a fracassé la tête contre un mur de béton. Le nez me brûle et j'ai la gorge aussi sèche que si je traversais le désert. J'ai connu ce genre de réveil de trop nombreuse fois. Les répercussions de mes excès de la veille. Je soupire en plongeant le visage dans l'oreiller, m'en voulais d'avoir replongé. J'aurais dû être plus forte que cela, mais non.

Après avoir quitté la chambre d'Eliott, je n'ai pu m'empêcher de consommer de nouveau avant de descendre le rejoindre au bar. Son histoire est terrible et voir la souffrance assombrir son regard alors qu'il se confiait à moi m'a littéralement broyé le cœur. Comment a-t-il pu traverser autant d'épreuves aussi horribles ? Maintenant que je sais, je comprends mieux l'homme qu'il est. Sa réaction le premier soir, lorsqu'il a jeté ma cocaïne dans le l'évier, l'inquiétude dans son regard alors que je me débattais avec les symptômes du sevrage d'une addiction à laquelle je n'avais pas conscience d'être dépendante. Cela a dû être tellement dur pour lui. La plupart des gens auraient passé leur chemin le soir où Johnny s'en est pris à moi. Pas Eliott. Pas cet homme altruiste qui m'est venu en aide même si j'ai pu éveiller le souvenir d'Éléonore et la douleur causée par sa perte.

J'aurais voulu dire quelque chose, n'importe quoi pour le réconforter, mais aucun mot n'aurait pu apaiser la douleur qu'il porte depuis si longtemps. Aucune parole ne peut ramener un être qu'on a perdu à la vie.

J'ai peur des araignées. Pff, j'aurais tellement pu trouver mieux. Surtout après qu'il ait été aussi franc avec moi. Encore une fois, j'ai préféré fuir au lieu de faire face. Prendre la poudre d'escampette est devenue une seconde nature chez moi depuis l'accident de Bri. Ça et les mensonges. Je ne savais pas quoi dire, ses pires craintes faisant écho aux miennes. Que ferais-je si je devais perdre ma sœur ? Je ne crois pas que je serai aussi forte qu'Eliott. Lui et moi nous ressemblons plus que je ne le pensais. La seule différence, c'est que moi je m'effondre au lieu de me tenir debout et cherche à assourdir ma peine à coup de ligne de poudre blanche.

Même si l'idée de demeurer au lit le reste de la journée pour éviter le regard d'Eliott est plus que tentante, je me donne un coup de pied au derrière et me lève. Me traînant les pieds sur le parquet, je prends la direction de la kitchenette. Je sors un verre de l'armoire au-dessus de l'évier que je remplis d'eau fraîche et avale deux cachets pour soulager mon mal de tête. Je me sens tellement à côté de mes pompes ce matin. Je mets en marche la cafetière, mais vu à quel point je me sens morte ce n'est pas d'un café dont j'ai besoin, mais d'une réanimation.

Alors que mon breuvage béni coule, mes yeux sont attirés vers ma veste de la veille qui est tombée sous la chaise de la cuisine. Je m'avance et la ramasse. D'un geste hésitant, je glisse la main dans la poche et retire les deux sachets de poudre restants. Je reste un long moment immobile ; le cœur battant la chamade à les fixer au creux de ma paume tremblante. Une ligne et mon état de zombie disparaîtraient. Fini le mal de tête et la fatigue. Ce serait tellement facile… Le regard hanté d'Eliott alors qu'il me raconte la chute de sa sœur Éléonore me revient et je pense à Bri et ce qu'elle penserait de moi. Elle est la seule famille qu'il me reste et je ne voudrais surtout pas la décevoir. Je ne peux pas me détruire alors qu'elle se bat pour rester en vie. Je dois me débarrasser de cette dépendance et cette fois je dois le faire seule, sans Eliott pour me soutenir. Je prends une grande inspiration pour faire passer le désir de me faire une ligne. Une douche pour me remettre les esprits en place, voilà ce qu'il me faut. Je prends la direction de la salle de bain. J'ouvre l'armoire pour prendre des serviettes. Je jette un dernier coup d'œil au cadeau que m'a fait Claris, lève l'une des piles et glisse les sachets sous celle-ci. Je trouverai bien une façon de le lui rendre plus tard.

Chapitre 17

Eliott

Après quelques ronds sur le ring, un petit-déjeuner avec Adam et la discussion qu'on a eue plus tôt à la salle de gym, j'ai les idées un peu plus claires. Malgré mes craintes, j'ai décidé de voir où les choses peuvent aller entre Ariel et moi, même si je sais que c'est de la folie. Mais peut-être que Adam a raison et que je passerais à côté de ma chance en repoussant mes sentiments pour elle par crainte de souffrir.

Je me gare dans le parking du Mackenzie. Je retire les clés du contact, prends une grande inspiration pour me donner un peu de courage. Je sors de l'habitacle et me dirige vers le bâtiment bien décidé à laisser mes peurs de côté.

Je déverrouille la porte d'entrée et entre dans le bar. Je viens de faire trois pas à l'intérieur, qu'un hurlement effroyable me parvient depuis l'étage. Mon cœur s'arrête net en entendant ce cri aigu qui ne peut provenir que d'une seule personne, Ariel.

— Putain de merde !

La peur au ventre, je cours à l'arrière du comptoir, tire le tiroir, attrape mon arme et me rue vers l'escalier. Je pousse la porte d'un coup de pied et pénètre l'appartement d'Ariel en m'assurant qu'il n'y a aucun danger. En voyant la grande pièce vide, je me précipite vers la salle de bain dont la porte est ouverte.

Un homme se tient devant Ariel, nue et mouillée, qui peine à cacher son corps tremblant à l'aide d'une serviette. Devant son regard terrorisé, une rage folle m'envahit. Je lève mon arme en direction de l'homme, retire le cran d'arrêt et vise le derrière de sa tête.

— Ne bouge pas, connard !

Il tourne le visage vers moi, un immense sourire aux lèvres.

— Wow ! Je ne m'attendais pas à un tel accueil. Le cadeau est génial, mais me faire tenir en joute par un de mes meilleurs copains ce n'est pas ce que je qualifie d'un accueil amical.

— Le cadeau ? Quel cadeau ? De quoi parles-tu ? Je demande à Lucas ne comprenant pas du tout de quoi il cause.

— Bah, la jolie blonde, dit-il en envoyant un clin d'œil coquin en direction d'Ariel.

Je lui jette un regard noir. En voyant la fureur briller dans mes yeux, Lucas me gratifie de son sourire espiègle.

— Dis donc vous tombez comme des mouches. Adam, Cameron et maintenant toi. Il doit y avoir un truc dans l'eau ou un virus qui plane dans l'air. Je crois que je vais m'en tenir au scotch ou à la vodka et porter un masque, rigole-t-il, ce qui lui vaut un nouveau regard qui tue de ma part. Euh, tu peux baisser ce truc ? Tu me rends nerveux, dit-il en me montrant l'arme que je pointe toujours vers lui.

J'abaisse le bras et glisse le flingue à l'arrière de mon jeans.

— Tu n'avais qu'à t'annoncer avant de venir l'embêter. Je ne savais pas que tu te pointerais si tôt avant le mariage. Bordel, en l'entendant crier, je croyais qu'on l'agressait.

— Euh, je te rappelle que c'est chez moi, dit Lucas en brassant les clés qu'il tient entre son pouce et son index. Depuis quand faut-il que je te demande la permission avant de venir crécher dans mon appartement ? Je ne pensais pas qu'il y aurait quelqu'un sous ma douche.

Sur ce point, il n'a pas tort. Lucas m'a aidé à fournir la mise de fonds à la banque pour acheter le bar lors de mon arrivée à New York. Sans lui, je n'aurais pas pu réaliser mon rêve de tenir mon propre pub. Pour le remercier, je lui ai offert le petit trois-pièces à côté de mon appartement pour lui éviter de devoir prendre une chambre à l'hôtel lors de ses voyages d'affaires ou lorsqu'il nous rend visite à Adam, Cameron et moi. Il était donc dans son droit de se pointer sans prévenir puisque cet appartement est à lui.

— Et si l'on sortait de cette salle de bain et que nous laissions Ariel s'habiller avant de faire les présentations.

— Ça tombe bien, j'ai soif. Allons prendre un verre en attendant.

Lucas salue Ariel et sort de la pièce. Je le regarde passer la porte et m'avance vers elle. Je me stoppe à quelques centimètres de son corps, prends sa main dans la mienne et la colle contre moi. Enfermée dans la chaleur de mes bras, elle cesse de trembler.

— Ça va ? J'espère qu'il ne t'a pas trop effrayé, je lui demande en levant son visage vers moi. Lucas est intense comme tu vois et n'a pas la langue dans sa poche. Et il a tendance à dire toutes les stupidités qui lui passent par la tête. Mais il est génial quand on le connaît bien, tu verras.

— Maintenant que tu es là, je vais bien. Je ne m'attendais pas à ce que quelqu'un surgisse pendant que je me douchais.

De voir à quel point elle se laisse aller contre moi en se sentant en sécurité entre mes bras, fait battre mon cœur plus fort. Mais en même temps, je suis mort de trouille de ne pas être à la hauteur. Ça aurait pu être Johnny… Je fais taire cette petite voix dans ma tête. Après tout, je me suis promis d'essayer. Je pose un baiser léger sur ses lèvres et me recule d'un pas.

— Habille-toi. On t'attend en bas.

— D'accord. Je vous rejoins dans quelques minutes.

— Prends ton temps.

Je tourne les talons et quitte la pièce à mon tour. Lorsque je retrouve Lucas, il m'attend adossé contre le plan de travail de la kitchenette les bras croisés sur sa large poitrine. Vêtu d'un pantalon noir de style cargo et d'un simple t-shirt au logo de sa compagnie, il ne ressemble pas au millionnaire que l'on croise sur Wallstreet. Malgré le succès de sa boîte, il a toujours les pieds sur terre et est le même mec que j'ai connu en centre de redressement à la différence qu'il utilise ses talents en informatique à bon escient au lieu de pirater les sites du gouvernement juste pour plaisanter.

— Viens, allons en bas prendre un verre.

Il me suit dans le couloir et nous rejoignons le bar. Je me glisse derrière le comptoir et attrape la bouteille de Grangestone vingt et un an d'âge et remplis deux verres avant de lui en tendre un. Nous frappons nos verres l'un contre l'autre en nous regardant dans les yeux pour ne pas avoir sept ans de mauvais sexe puis avalons une grande partie du liquide dorée d'un trait.

— Je suis désolé pour ce qui s'est passé là-haut. Je ne m'attendais pas à ce qu'une bombe blonde squatte mon appartement. Alors elle et toi ? Vous ne faites que coucher ensemble ou c'est sérieux ? demande Lucas en déposant son verre sur le comptoir.

— Qu'est-ce qui te dit qu'on couche ensemble, Ariel et moi ?

— Intuition masculine, dit-il avec un sourire en coin. Tu ne peux pas nier la tension qu'il y avait dans cette salle de bain. Tu es venu à son secours prêt à déclencher les feux de l'enfer si son agresseur avait touché à un seul de ses cheveux. Alors c'est sérieux entre vous ?

— Je n'en sais rien, mec. C'est compliqué…

— Bien sûr que c'est complexe ! c'est toujours le cas lorsqu'il s'agit de femmes. Regarde Cameron, sa meuf le mène par la queue, mais il n'a pas l'air de trop s'en plaindre. J'imagine que c'est pareil pour Adam. Je n'ai pas encore rencontré Emma, mais j'ai hâte. Ce n'est pas tous les jours que l'on voit Adam Scott à genou devant une femme. Si j'avais une femme aussi sexy que blondinette sous mon toit, dit-il en montrant le plafond du bar, elle pourrait ouvrir ma braguette autant qu'elle veut. Pas surprenant que tu l'aies laissé jouer avec ta Claymore.

Il me fait un grand sourire auquel je réplique par un regard sombre, et prend une autre gorgée de scotch. Ce mec a beau être un con parfois, mais bordel ce qu'il m'a manqué.

— Alors ta gonzesse, tu l'as rencontré comment ?

Je lui raconte les grandes lignes de ma rencontre avec Ariel derrière le club de danseuses en omettant qu'elle y travaillait ainsi que ses problèmes de drogues. Je ne sais pas pourquoi je fais l'impasse sur ces points, mais je n'ai pas envie qu'il la voie de cette façon. Ariel n'a rien en commun avec les danseuses nues que l'on voit habituellement. Elle a une grâce et un talent inné pour la danse que les autres n'ont pas. Il est évident qu'elle a suivi des cours, probablement dans l'une des plus grandes écoles du pays. Je ne connais pas grand-chose à ce milieu, mais je l'ai assez observé pour voir que chaque pas est calculé et qu'elle en maîtrise parfaitement la technique. Rien à voir avec les stripteaseuses dont les mouvements obscènes ne sont que pure provocation pour attiser le désir de leurs clients et leur faire dépenser tout leur fric. Je me demande ce qu'il a pu lui arriver pour qu'elle en vienne à se rabaisser à danser dans un trou pareil. Ariel me sort de mes questionnements en entrant dans la pièce. Ses longues boucles blondes nouées en une natte qui tombe sur son épaule et couverte d'une camisole-tunique jaune clair qui laisse voir ses longues jambes musclées, elle illumine le bar par sa seule présence. Adam a raison, cette femme est un putain de soleil. MON soleil, MA lumière. À peine nous a-t-elle rejoint, je l'attrape par la main, colle son corps au mien et une main derrière sa nuque, je plaque ma bouche contre la sienne. Je l'embrasse avec passion de longues minutes jusqu'à ce que nous soyons tous les deux à bout de souffle. Je recule le visage pour la laisser respirer. En s'apercevant que nous avons un public, Lucas qui n'a rien manqué de la scène, ses joues s'empourprent. Voir qu'un simple baiser arrive à faire rougir une femme qui a travaillé dans un club de danseuses nues et qui a dû en voir de toutes les couleurs à quelque chose d'attendrissant. Ariel semble avoir gardé malgré tout une certaine innocence.

— Ne vous gênez pas pour moi, dit Lucas en s'installant confortablement sur son tabouret. Ça m'évitera d'aller faire un tour sur Youporn.

— Bordel, tu es con ! je rigole en levant les yeux au ciel. Ariel, je te présente Lucas le dernier de la bande. Lucas, voici Ariel. Je te sers quelque chose, ma belle ? je lui demande alors qu'elle s'asseye sur un des tabourets libres.

— De l'eau, ça ira.

Je sors une bouteille de Perrier du frigo sous le comptoir, la pose devant elle et remplis à nouveau nos verres de scotch.

— Tu n'étais pas censé arriver dans quelques semaines ? je demande à Lucas en m'accoudant au plan de travail.

— Oui, c'est ce qui était prévu. Un aller-retour pour le mariage d'Adam. Mais j'ai un truc que je dois absolument régler, du coup me voilà. Je ne m'attendais pas à ce que mon appartement soit occupé, dit-il avant de prendre une gorgée de scotch, sinon je me serais arrêté à l'hôtel.

Ariel joue avec l'étiquette de sa bouteille d'eau. La situation semble la mettre terriblement mal à l'aise.

— Je vais aller prendre mes affaires. C'est chez toi, tu n'as pas besoin d'aller où que ce soit. C'est plutôt à moi de partir. Je vais me trouver une chambre quelque part.

Elle se lève de son siège. Alors qu'elle passe au bout de comptoir pour rejoindre le couloir menant à l'escalier, j'agrippe son avant-bras et la tire vers moi.

— Toi, tu ne vas nulle part, lui dis-je en relevant son menton pour qu'elle me regarde dans les yeux. Tu t'installes chez moi.

— Mais…

— Pas de mais qui tient ! Tu prends mon lit un point c'est tout !

Lucas se racle la gorge. Comprenant que la discussion ne le concerne pas, il se lève à son tour.

— Je vous laisse régler ça entre vous, je vais aller passer un coup de fil à Adam et Cameron pour leur dire que je suis arrivé plus tôt et voir s'ils ont envie de faire une partie de billard ce soir, dit-il en montrant la porte du doigt.

La porte du Mack vient à peine de se refermer derrière lui, que je lève le visage d'Ariel pour qu'elle me regarde dans les yeux.

— Écoute, je serai plus tranquille de te savoir chez moi en sécurité que je ne sais où. Si c'est un problème d'intimité, je dormirai sur le canapé comme lors de ton arrivée, ce n'est pas ce qui me gêne même si l'idée de dormir et de me réveiller à tes côtés me plaît.

Je prends une grande inspiration. Je n'ai jamais été doué avec les mots surtout lorsqu'il s'agit de parler de mes sentiments. Comment lui faire comprendre que j'ai envie d'être près d'elle et de voir si une relation autre que sexuelle est possible entre nous ?

— Eliott, je… commence-t-elle d'une petite voix que je fais taire d'un léger baiser sur les lèvres.

— Attend petite sirène, dis-je en reprenant le surnom que lui donne Cameron, ce que je veux dire c'est que j'ai envie que tu restes. Il s'est passé un truc l'autre soir, je ne sais pas ce que c'est, mais j'ai envie de le découvrir. Tu as quelque chose que je n'ai trouvé chez personne d'autre. Un truc qui fait qu'avec toi j'arrive à m'ouvrir comme avec personne. Tu es spéciale, Ariel. Jamais je n'avais pensé que j'aurais envie de plus qu'une relation éphémère basée uniquement sur le sexe, mais avec toi c'est le cas. Je ne sais pas comment c'est arrivé, mais en faisant une brèche dans ma carapace, tu me donnes envie d'aimer à nouveau, de t'aimer toi.

— Eliott, je ne sais pas quoi dire…

— Ne dis rien. Je ne te demande pas en mariage. Je voulais seulement que tu saches que j'ai développé des sentiments pour toi. Dis-moi que tu veux rester pour voir ce qu'il pourrait se développer entre nous.

Son regard s'humidifie puis elle baisse les yeux pour que je ne remarque pas son trouble.

— Je ne sais pas… J'ai fait des choses qui ne me rendent pas fière. Tu dois savoir, j'ai…

— Personne n'est parfait. On a tous fait des trucs moches dans notre vie. Parfois par obligation ou par manque de jugement. Le passé est le passé, laissons-le là où il est. L'important c'est que tu sois ici avec moi. Le destin t'a mis sur ma route. Même si j'ai envie de tué Johnny plus que tout autre chose, je le remercie, car sans lui peut-être que nos routes ne se seraient jamais croisées.

Ariel pose une main contre mon torse pour mettre une distance entre nos corps.

— Eliott, écoute-moi un instant… s'il te plaît.

La porte d'entrée qui se referme coupe notre discussion. Nous tournons la tête en direction de Lucas qui s'avance un grand sourire aux lèvres.

— À ce que je vois, vous ne vous êtes pas encore entretué. Merci Ariel, de l'avoir épargné, dit-il en accompagnant sa phrase d'un clin d'œil. Alors vous vous êtes mis d'accord ou je dois sortir à nouveau ?

Le regard interrogateur de Lucas passe d'Ariel à moi. Je jette un œil en direction d'Ariel sans dire un mot. J'ai dit ce que je j'avais à dire maintenant la décision lui revient. Elle reste quelques secondes à me fixer dans les yeux en mordillant sa lèvre inférieure puis elle soupire.

— Je vais chercher mes affaires. Je m'installe chez Eliott pour le moment.

En entendant ses mots, mon corps se détend. Je ne m'étais pas aperçu à quel point attendre sa réponse me rendait nerveux.

— Ça ne sera pas long, après tu pourras récupérer ton logement, dit-elle en souriant à Lucas.

Son sourire n'atteint pas ses yeux et mon cœur se serre. J'aurais voulu qu'elle ait vraiment envie de vivre avec moi et non pas qu'elle s'y installe par obligation. Je tends la main et prends la sienne. J'entrelace nos doigts et l'approche de moi pour l'embrasser tendrement. Elle pose la main sur ma joue et caresse ma barbe naissante.

— Je reviens.

En la regardant quitter le bar pour prendre le couloir menant à l'étage, je me fais la promesse de tout faire pour qu'elle ne regrette pas son choix et pour qu'elle ait envie de rester.

Chapitre 18

Ariel

Après une magnifique soirée avec les amis d'Eliott, nous terminons de ranger le bar. Afin qu'Eliott puisse profiter de leurs retrouvailles avec Lucas, Noémie et moi nous sommes occupées du service. Comme le bar n'était pas achalandé, nous avons fini par nous joindre à Emma et Summer pour regarder les mecs faire quelques parties de billard. Je crois que c'était la première fois depuis notre rencontre que je voyais Eliott sourire autant. Sourire qui si je n'étais pas déjà à demi amoureuse de lui m'aurait fait tomber sous son charme. L'attachement que se portent ces quatre hommes si différents les uns des autres saute aux yeux. L'esprit de compétitions qui règne entre eux est grand. Ils se taquinent et s'embêtent comme des frères. Pour la première fois depuis longtemps, il était entouré de sa famille au complet. Voir leur complicité alors qu'ils s'envoyaient des piques, m'avait serré le cœur. Jamais je ne m'étais sentie aussi seule qu'à cet instant. Bri me manquait, mes parents me manquaient et même Cass qui était en quelque sorte ma seule amie depuis que j'avais arrêté de danser pour la troupe me manquait.

— Je crois que ça ira pour ce soir. Je terminerai demain, dit Eliott en jetant le linge à vaisselle sur le comptoir près de l'évier. Ariel, ça va ? Tu es hyper silencieuse. Quelque chose te tracasse ? me demande-t-il en entourant ma taille de ses mains.

— Désolée, j'étais perdu dans mes pensées.

— Et quelle sorte de pensées hantent cette jolie petite tête, dis-moi !

Il hausse les sourcils de façon suggestive, ce qui me fait sourire.

— Rien d'aussi captivant que ce que tu peux t'imaginer. Je ne m'appelle pas Eliott Mackenzie pour ne penser qu'au sexe, je réponds en lui donnant un coup sur l'épaule.

— Hey ! Ce n'est pas ma faute si tu es tellement sexy que tu me mets toutes ces idées impures dans la tête ! Mais trêve de plaisanteries, je vois bien que tu es triste. Qu'est-ce qu'il se passe ?

— Rien, c'est juste un coup de cafard. Tu as de la chance d'avoir des gens comme eux autour de toi.

— Tu as raison. On ne choisit pas sa famille de sang, mais pour celle de cœur, je suis bien tombé. Ça faisait longtemps qu'on n'avait pas été tous les quatre ensemble, je suis heureux que Lucas soit là. Adam et Cameron aussi d'ailleurs.

— Il a l'air vraiment sympa. Pourquoi n'est-il pas venu s'installer avec vous aux États-Unis lorsque vous avez quitté l'Angleterre ?

Eliott pousse un soupir et s'approche de moi. Il pose les mains sur mes hanches et colle mon corps au sien. Du bout des doigts, il lève mon visage vers lui.

— Ariel, arrête de faire ça.

— Faire quoi ?

— Changer de sujets lorsqu'on parle de toi, dit-il en soupirant à nouveau. Ça fait plusieurs semaines que tu vis ici et je ne sais presque rien de toi. Est-ce si difficile de me faire confiance et de t'ouvrir ne serait-ce qu'un minimum à moi ?

Son regard est tendre, mais au fond de ses prunelles émeraude, il y a également une grande tristesse, comme si le fait que je sois aussi secrète avec lui le blessait. Eliott m'a fait confiance au point de me raconter son histoire, sa douleur à la suite de la perte des gens qu'il aimait. Pourquoi ne puis-je pas en faire de même ? Parce que lui ouvrir une trop grande partie de moi serait me lier plus intimement à lui et d'en tomber encore plus amoureuse que je ne le suis déjà. Ce serait avoir le cœur brisé en plus de morceaux lorsqu'il comprendra que je l'ai volé. Je sais qu'à ce moment-là le regard affectueux qu'il plonge présentement dans le mien ne sera plus que haine et mépris. Pourtant, même en sachant tout ça, je me surprends à fermer les yeux et à lui livrer une petite partie de moi.

— Te voir avec eux me fait me sentir encore plus seule que je ne le suis déjà. Tu n'as peut-être plus de contact avec tes parents et ta jeune sœur, mais tu as un tas d'amis qui t'aiment et pour qui tu comptes.

Eliott passe ses pouces sous mes yeux et essuie les deux larmes qui coulent sur mes joues. Je n'ai pas pleuré depuis des mois, me disant que je devais être forte pour aider Bri que ce n'est pas en pleurnichant que j'arrivai à payer les traitements pour la ramener à moi.

— Viens, montons à l'appartement. Nous serons plus confortables sur mon canapé pour discuter.

— Mais nous n'avons pas terminé ! Il reste un tas de trucs à ranger !

— Je me fous du bar. Tout ce qui m'importe à l'instant c'est toi, Ariel. Le reste peut attendre demain.

Je hoche la tête. Alors que je fais un pas pour m'éloigner de lui, Eliott me surprend en tirant vers lui. Il glisse un bras sous mes cuisses et me soulève du sol. Je noue mes bras autour de son cou pour ne pas tomber.

— Hey, je peux marcher !

— Et alors ? Je peux très bien porter. Ça remplacera mon entraînement de demain matin.

Je soupire et me laisse aller contre lui comme une jeune mariée. Il ne sert à rien d'argumenter avec lui et sa tête de cochon. Quand il a une idée en tête, il ne change jamais d'avis. Eliott Mackenzie est l'homme le plus têtu que je connaisse.

Il monte les marches et prend le couloir qui mène à l'appartement que nous partageons à nouveau. Soutenant mon dos de son avant-bras, il tourne la poignée, ouvre le battant et referme derrière lui à l'aide de son pied. Il s'avance dans la salle de séjour et me dépose délicatement sur son canapé.

— Ne bouge pas ! Je vais te chercher un truc à boire.

Eliott me laisse seule quelques minutes avant de revenir avec une coupe de vin blanc à la main. Il me la tend et se sert un verre de whisky avant de prendre place sur la table basse face à moi. Il porte le gobelet à ses lèvres puis fixe son regard dans le mien. Le silence qui plane entre nous me met terriblement mal à l'aise. Je sais qu'il attend que je me lance, mais je ne sais pas par où commencer. Il y a tant de choses que je ne peux pas lui dire même si j'en ai terriblement envie. La dernière fois que j'ai fait confiance à un homme, il s'est joué de moi en m'utilisant pour assouvir ses ambitions. Même si je sais qu'Eliott n'est pas Greg, je suis tout de même réticente à m'ouvrir à lui comme il l'a fait avec moi et à partager toutes les parties de ma vie. Après tout que va-t-il arriver lorsqu'il saura ? Tout à coup, je voudrais revenir en arrière et tendre l'enveloppe que j'ai glissée dans mon sac et la remettre avec les autres à la caissière. En y pensant bien, je ne vaux pas mieux que Greg. Même si ce que j'ai fait, je ne l'ai pas fait par égoïsme ou pour servir mes ambitions, mais pour sauver Bri.

Eliott pousse un soupir et prend une de mes mains. Patiemment, il attend que je dise quelque chose en caressant mes doigts de son pouce. Il ne me met aucune pression me laissant le choix de lui parler ou non. Ne sachant quoi lui confier, je finis par demander d'une petite voix :

— Que veux-tu savoir ?

— Si tu me le demandes, je te dirai tout. Mais chacun a droit à son jardin secret. Je sais qu'il est difficile de se confier à d'autres personnes et qu'il y a des choses qu'on préfère garder pour soi. Si tu préfères, je te pose des questions, tu y réponds seulement si tu en as envie. Si c'est trop personnel ou que ça te ment mal à l'aise d'y répondre, tu utilises un joker, ça te va comme ça ?

Je hoche la tête et prends une grande gorgée de vin pour me donner un peu de courage.

— En te regardant danser la première fois, j'ai été subjugué par ta prestation. Le spectacle que tu as offert ce soir-là n'avait rien à voir avec les numéros habituels des stripteaseuses. Pas que je sois du genre à fréquenter ce genre de bar, bien au contraire. Ça devait faire au moins cinq ans que je n'avais pas mis les pieds dans un club de striptease avant l'enterrement de vie de garçon d'Adam. Dès que les lumières se sont allumées sur la scène et que tu as commencé à danser, je suis tombé sous le charme. Je m'apprêtais à partir et sans un mot j'ai repris ma place. Plus rien n'importait à cet instant. Je n'entendais plus les vannes et les blagues salaces de Cam, les clients autour de moi avaient disparu. Il n'y avait que la femme sublime vêtue de rose qui tournoyait autour de la barre comme si elle était aussi légère qu'une plume. Je n'avais jamais rien vu d'aussi beau.

— Ça me touche ce que tu me dis. Je suis heureuse que ça t'ait plu. Mais où veux-tu en venir ?

Il me fait signe d'attendre puis continue.

— Tu sais ce soir-là en plus de m'envoûter, tu m'as intrigué comme aucune femme ne l'avait fait avant toi. Tu étais totalement différente des autres filles qui travaillaient avec toi, dans ta façon de danser, mais aussi de te comporter. Ce n'était pas par hasard que j'étais au bar le soir où Johnny t'a agressé. J'étais là comme les trois vendredis précédents pour te voir danser. C'est évident que tu as un don pour la danse, mais aussi que tu as dû fréquenter les grandes écoles pour arriver à un tel niveau. Comment une femme qui pourrait faire une carrière professionnelle se retrouve-t-elle dans un trou pareil ?

Je prends une nouvelle gorgée de vin et pousse un soupir. Un sourire triste et nostalgique s'affiche sur mes lèvres en repensant à la personne qui m'a fait aimer la danse.

— Ma mère a toujours adoré danser. Déjà, quand j'étais toute petite, elle m'a transmis sa passion. Du plus loin que je me souvienne, elle mettait de la musique le matin et nous dansions avec elle. En voyant que j'adorais ça, mon père et elle m'ont inscrite dans une petite école de danse. Contrairement à mes copines qui préféraient la danse moderne, moi, ce qui m'attirait c'était le ballet classique. Les chaussons à rubans et les tutus me donnaient l'impression d'être une princesse. Je passais tout mon temps libre à m'entraîner en dehors des cours. C'était dur tant physiquement que mentalement. Mais lorsque je dansais, je me sentais à ma place. Mes professeurs ont vu rapidement mon potentiel. Un d'eux m'a même donné des cours privés, et ce gratuitement en sachant que mes parents n'avaient pas les moyens financiers pour me les offrir. Un jour, j'ai reçu une lettre de Juilliard qui m'invitait à passer l'audition d'entrée. Je ne comprenais pas ce qui se passait, je n'avais jamais envoyé ma candidature en sachant bien que même si je réussissais à y entrer je ne pourrais jamais payer les frais. Quand je suis allée voir mes parents avec la lettre, ils m'ont souri et m'ont dit de ne pas m'inquiéter pour l'argent, de me concentrer sur mon rêve que le côté financier leur appartenait.

— Tes parents ont l'air de beaucoup t'aimer.

— Oui, ils étaient géniaux. Je n'aurais pas pu rêver mieux.

— Ils étaient ?

Je lève vers lui des yeux humides essayant de retenir les larmes qui menacent de couler.

— Ils sont décédés peu de temps après que j'ai rejoint le New York City Ballet. Leur voiture a été percutée par un poids lourd après que le conducteur ait fait un malaise cardiaque. Ils sont morts sur le coup. Ça a été une période difficile pour ma sœur et moi, car en plus de me laisser seule avec elle, on s'est retrouvées avec le paiement de la maison qu'ils avaient réhypothéquée pour me payer Juilliard et ma sœur qui devait entrer à l'université. L'assurance vie a tout juste couvert le prêt et les deux premières sessions de ma sœur. Par chance, j'avais un salaire décent qui nous permettait avec celui de serveuse qu'occupait ma sœur de tenir le coup.

— Tu ne m'as jamais dit que tu avais une sœur. Pourquoi ne pas l'avoir appelée ?

— Elle…

— Merde, je suis désolé, Ariel.

Cette fois, je laisse les larmes que je retenais couler librement sur mes joues. Eliott tend la main vers moi et les essuie délicatement du bout des doigts. Je pose la main sur la sienne et la colle contre ma peau. Je me cramponne à la chaleur de sa paume pour puiser le réconfort dont j'ai terriblement besoin. Eliott s'est fait ses propres conclusions au sujet de Bri et je ne le contredis pas. Après tout, je ne suis pas certaine qu'elle se réveille un jour.

— Et le Princess ?

Ma main toujours posée sur la sienne, je replonge dans le passé.

— Après son départ… Je n'arrivais à rien. J'avais terriblement du mal à me concentrer. Je devais gérer seul et continuer de performer sur scène. Grégori le directeur artistique et mon petit ami depuis plusieurs mois, me poussait à fond. La première de la belle et la bête était dans une semaine. Comme j'avais le rôle principal, je me devais d'être parfaite. Greg avait eu vent que des recruteurs des plus grandes troupes du monde allaient être présents. C'était notre chance à tous les deux de faire avancer notre carrière. Pour lui, rien n'importait plus que de se voir diriger les meilleurs danseurs à travers le monde et être reconnu pour son génie. Le manque de sommeil et le régime strict que je suivais en vue des nombreuses représentations à venir avaient un effet néfaste sur ma santé. J'avais perdu beaucoup de poids en très peu de temps. Lors d'une des dernières répétitions, j'ai eu un malaise, j'ai perdu pied et j'ai chuté sur la scène. La douleur était infernale. J'ai été transporté à l'hôpital. Résultat, j'avais la cheville bousillée. Le médecin m'a opérée. Il a réparé les tendons et ligaments. Bien que cela ait fonctionné, ma cheville resterait trop fragile pour que je puisse reprendre la danse professionnelle.

Je soupire et hausse les épaules. Repenser à tout ça me fout le moral dans les chaussettes. Greg. Une rage folle m'envahit en repensant à ce connard.

— Ma carrière s'est terminée, j'ai dû quitter la troupe. Je croyais pouvoir compter sur Greg dans cette épreuve, mais ce connard s'est barré avec celle qui m'a remplacée comme premier rôle sur scène. Je me suis retrouvée seule et très vite à court d'argent. Comme je ne savais pas faire autre chose que danser et que je n'arrivais pas à trouver de boulot sans expérience, je me suis retrouvé à bosser au Princess.

— Putain de salaud !

— De tout ce que je t'ai raconté, c'est la seule chose que tu as retenue ?

— Désolé. Savoir qu'un mec voulait se servir de toi pour atteindre ses ambitions me met hors de moi. Tu mérites mieux que ça. J'espère que tu sais que je ne suis pas comme lui. Quoiqu'il arrive, tu pourras toujours compter sur moi.

Il retire sa main et je lui fais un sourire timide.

— Et maintenant, continue-t-il avant de prendre une gorgée de whisky. Que comptes-tu faire ?

Je lève un sourcil. Devant mon regard interrogateur, il s'explique.

— Je veux dire, tu rêvais de devenir danseuse étoile mondiale, mais ta blessure a contrecarré tes plans. Travailler dans un bar n'est pas fait pour tout le monde. Moi, c'est toute ma vie, mais j'imagine qu'être serveuse au Mack n'est pas le job dont tu rêves. Il doit bien avoir un truc que tu aimerais faire ?

— J'adore mon boulot, mais tu as raison. Je ne sais pas trop en fait. Je crois que si j'avais les moyens j'aimerais bien ouvrir une petite école de ballet. J'ai toujours des douleurs quand je danse, mais pour de courtes périodes ça pourrait le faire.

— Je suis certain que tu ferais une prof géniale. La danse est ta passion et tu pourrais transmettre celle-ci à d'autres gosses comme ta mère là fait avec toi.

— Merci. Peut-être un jour. Encore faudrait-il que j'aie de l'argent pour financer ce projet. Tout est cher à New York, juste le prix d'un local assez grand pour y donner des cours coûte la peau du cul.

Je soupire en pensant à tous les frais supplémentaires que ce projet pourrait engendrer.

— Je ne roule pas sur l'or, mais je pourrais en glisser un mot aux autres. Peut-être qu'ils seraient ouverts à financer le projet sous forme de prêt.

— C'est gentil, mais je déteste devoir dépendre des autres.

— Ce n'est pas dépendre des autres puisque tu rembourseras une partie de l'argent tous les mois comme tu le ferais avec une banque avec les intérêts en moins.

— Pourquoi feraient-ils ça ? Ils me connaissent à peine !

— Parce que tu es importante pour moi, et de ce fait tu fais partie de la bande. Je ferais tout pour aider. Summer et Emma, ils le feront pour toi également.

Je lève les yeux au ciel, agacée par la détermination d'Eliott à faire tomber chacun de mes arguments.

— Je n'aurais jamais le dernier mot avec toi, n'est-ce pas ?

— Aucune chance, ma belle. À moins que ce ne soit nue et allongée dans mon lit.

*****

Des lèvres chaudes et humides se posent sur ma nuque et me tirent du sommeil. Sans ouvrir les yeux, je lève le bras et glisse les doigts dans la tignasse désordonnée d'Eliott. Lorsque sa bouche remonte et qu'il prend mon lobe d'oreille pour le sucer, je lâche un soupir de ravissement.

— Je pourrais m'habituer à me réveiller comme ça chaque matin, dis-je d'une voix éraillée de sommeil.

— Je me ferai un plaisir d'exaucer tes vœux si je peux partager mon lit avec toi toutes les nuits.

— Seulement si tu ne prends pas toute la place, je rigole.

— Hey ! Ce n'est pas ma faute si ton corps attire tellement le mien qu'il veut absolument se coller contre toi pour trouver le sommeil.

— Hum… si tu le dis.

Je me retourne doucement dans ses bras et d'une légère pression derrière sa nuque, j'approche son visage du mien. Nos lèvres se rencontrent dans un baiser passionné qui met rapidement le feu à mon corps. Je glisse les mains sous son boxer, empoigne ses magnifiques fesses galbées et approche son bassin du mien. Son membre déjà bien durci se niche entre mes cuisses. Lorsque je commence à me mouvoir contre lui pour assouvir mon désir brûlant, Eliott grommelle en lâchant mes lèvres.

— Pas que je n'ai pas envie de faire des galipettes, mais si tu veux avoir le temps de passer sous la douche et de prendre un petit-déjeuner avant de rejoindre les filles on devrait sortir du lit. Je te rappelle que tu dois acheter ta robe pour m'accompagner au mariage.

Ça me prend quelques secondes avant de comprendre de quoi il parle. Puis tout à coup, à mesure que le désir brûlant de le sentir en moi me quitte lentement, tout me revient. Merde, mon rendez-vous avec Emma et Summer. La veille, en regardant les mecs jouer au billard, j'ai accepté d'être la cavalière d'Eliott et les filles en ont profité pour planifier un après-midi shopping. Eliott se redresse et quitte le lit. Je tourne la tête vers le réveil posé sur la table de nuit et envoyant l'heure affichée, je grogne.

— Bordel !

Je sors du lit et me rue vers la valise que je n'ai pas encore défaite depuis mon réaménagement précipité. J'attrape des vêtements au hasard dans la pile et les enfile en vitesse. Après avoir noué mes cheveux rapidement en queue de cheval, je quitte la chambre à la recherche de mes chaussures qui sont probablement restées dans l'entrée. En me voyant arriver, Eliott me sourit.

— Enfin sortie du lit ! Des œufs et du bacon ça te va ?

— Désolée, je n'ai pas le temps, dis-je en enfilant une de mes baskets. Je dois aller faire une course et avec l'heure de pointe je risque d'être en retard pour mon rendez-vous avec Emma et Summer si je ne me dépêche pas !

— Tu ne vas tout de même pas partir sans manger !

— Je prendrai un truc en chemin, t'inquiète.

J'attrape mon sac à main sur la table de la cuisine, dépose un baiser rapide sur les lèvres d'Eliott et quitte l'appartement. En arrivant sur le trottoir, je sors mon téléphone et compose le numéro de la compagnie de taxi. Après plusieurs minutes d'attente, je raccroche. J'arriverai plus vite en métro avec les embouteillages qu'il y a près de l'hôpital. Je glisse l'appareil dans mon sac, remonte la ganse sur mon épaule et commence à marcher. Quand je dépasse le bâtiment, un sentiment étrange s'empare de moi. Un frisson me saisit en sentant un regard posé sur moi. Je prends une courte inspiration, tourne le visage et scanne du regard la partie ombragée entre les deux édifices. Une silhouette s'enfonce dans l'obscurité. Le fracas de poubelles qui se renversent me fait sursauter. Mon cœur se met à battre la chamade. Une sueur froide s'empare de moi devant cette sensation de peur incontrôlée. Je respire profondément pour tenter de retrouver mon calme. Ce n'est probablement rien. Un SDF qui a pris la fuite en pensant se faire surprendre à fouiller dans les poubelles. *Allez Ariel, ce n'est que ça ! Arrête de faire ta trouillarde ! Le stress des derniers mois et l'angoisse due à l'état de Bri qui ne s'améliore pas jouent seulement avec tes nerfs. Arrête ta paranoïa ! Les gens ont mieux à faire que de t'épier dans l'ombre !* Malgré tout, une fois que j'ai repris un peu mon calme, je m'avance rapidement en direction de la station de métro en jetant des regards anxieux de temps à autre derrière moi.

Vingt-cinq minutes plus tard, j'entre dans l'hôpital et prends l'ascenseur pour monter à l'étage de neurologie. En franchissant la porte de la chambre de ma sœur, je soupire de soulagement en déposant mon sac sur une chaise. Bien que j'aie réussi à me calmer un peu après la frousse que j'ai eue près de la ruelle, l'impression d'être épié une fois dans le métro ne m'a pas quitté. J'ai passé le trajet à regarder autour de moi essayant de voir d'où pouvait provenir mon malaise. Mais rien. Les gens lisaient ou regardaient leur smartphone comme ils le font d'habitude ne prêtant pas attention à ce qui se passe autour d'eux.

— Bonjour, Mademoiselle Spenser !

— Ah ! Docteur Mase ! Désolée, je n'avais pas remarqué que vous étiez là.

— C'est ce que j'ai vu. Vous sembliez perdu dans vos pensées. Un problème ?

— Seulement un étrange début de journée, dis-je en haussant les épaules.

— J'espère qu'elle s'améliora dans ce cas.

Il me fait un sourire encourageant et finit de prendre des notes sur son pad. Je m'avance près du lit et prends la main de Bri.

— Des changements de son état depuis notre dernière rencontre, je demande en repoussant une mèche de cheveux qui est tombée sur le visage pâle de Brittany.

— Hum… Pas beaucoup. Je lui ai passé un électroencéphalogramme hier matin et lors de l'examen j'ai noté une plus grande activité cérébrale, ce qui est bon signe vu son état. Son corps réagit à quelques touchers. Ce ne sont peut-être que des réflexes, mais je crois que nous sommes sur la bonne voie. Mes infirmières lui font écouter la musique que vous avez apportée l'autre jour, on espère qu'elle y réagisse à un moment.

Déçue, je soupire et regarde le beau visage endormi de ma sœur. Le docteur Mase s'approche doucement et pose une main sur mon épaule. Je lève le regard vers lui et j'essaie de lui sourire en vain.

— Ariel, dit-il en laissant de côté les formalités, vous devez être patiente. Il peut s'écouler plusieurs semaines avant que nous voyions si le traitement fonctionne. Brittany a besoin de vous, de votre force et de savoir que vous croyez en elle. Donnez-lui de bonnes raisons de se battre contre l'obscurité qui a envahi son esprit.

Ne sachant pas quoi lui répondre tant j'ai la gorge nouée par ses paroles, je hoche simplement la tête. Il retire sa main et marche en direction de la porte. Avant d'en franchir le seuil, il se tourne doucement dans ma direction.

— Je sais que ça peut être difficile pour vous. Si jamais vous avez besoin de soutien psychologique pour passer à travers cette épreuve, n'hésitez pas à demander. Nous faisons affaire avec une très bonne association qui vient en aide aux familles victimes d'accidents grave.

— Merci Docteur, j'y réfléchirai.

Il quitte la pièce en me laissant seul avec Bri. Je reste à son chevet près d'une demi-heure silencieuse à lui tenir la main en espérant qu'elle sente ma présence. Après un moment, je pose un baiser sur son front pour lui dire au revoir et me lève. Il est temps de rejoindre Emma et Summer même si l'idée de faire les boutiques ne me plaît pas particulièrement. J'attrape mon sac et glisse la ganse sur mon épaule. Lorsque je franchis la porte de sa chambre, je me heurt à un corps massif. Pour m'empêcher de partir vers l'arrière, l'homme pose la main sur mon épaule. À son toucher, un frisson me parcourt.

— Désolé.

Je lève le visage vers lui. Le capuchon de sa veste qu'il a remonté sur sa tête me cache les traits de son visage. Pourtant j'ai l'impression de l'avoir déjà croisé quelque part. Il retire sa main et continue son chemin dans le couloir. Je reste là de longues secondes sans bouger, mes yeux suivant sa démarche pressée. Qu'est-ce qu'un homme comme lui peut bien venir faire ici ? Un mauvais pressentiment s'empare de moi alors que je prends la direction de l'ascenseur.

Chapitre 19

Eliott

Il ne reste que quelques clients et l'heure de la fermeture approche. Depuis son retour de son après-midi shopping avec les filles, Ariel semble totalement ailleurs comme si quelque chose la tracassait. Elle a passé son quart de travail à naviguer entre les tables pour servir les clients d'un air absent, se trompant à plusieurs reprises sur les commandes, ce qui ne lui est jamais arrivé depuis que je lui ai offert ce poste de serveuse. Elle s'avance vers moi, un plateau de verres et de bouteilles de bière vides entre les mains et les poses sur le comptoir. J'attrape les chopes pour l'en débarrasser et lui jette un regard inquiet.

— Ça va ? Tu sembles particulièrement préoccupé ce soir. Qu'est-ce qui te tracasse ?

— Qu'est-ce qui te fait dire ça ?

— Bah ! Déjà, tu as fait des erreurs sur plusieurs commandes, ce qui ne t'arrive jamais. Et tu sembles perdu dans tes pensées depuis que tu es rentré cet après-midi. Il s'est passé un truc avec les filles ?

— Non, elles ont été géniales comme d'habitude. Je suis seulement crevée, elles m'ont traînée dans toutes les boutiques de robes de soirée de la ville.

— Ouais.

Elle a beau me dire que c'est l'épuisement de sa journée avec Emma et Summer, je ne suis pas dupe. Ariel est une ancienne danseuse étoile, elle s'entraînait pendant de longues heures tous les jours pour atteindre le niveau de perfection. Elle a tout de même plus d'endurance qu'une femme enceinte de plusieurs mois qui avance comme un pingouin.

— Tu peux monter te coucher si tu es fatiguée.

— Mais… la fermeture ?

— Ça fait des années que je suis propriétaire de ce bar, je crois que je peux me débrouiller seul pour fermer. Ce ne serait pas la première fois.

— OK. Dans ce cas, je vais y aller.

Elle me fait un petit sourire et prend la direction de l'escalier. Dès qu'elle a quitté la pièce, je prépare l'addition des deux dernières tables, encaisse l'argent de la note des clients avant que ceux-ci quittent le Mack et ramasse les verres sales des tables fraîchement délaissées en chemin. Une fois, le bar désert, je verrouille la porte, fait la caisse et le nettoyage. Ma besogne terminée, je monte à mon tour. J'entre dans l'appartement et me glisse sous la douche. Une fois lavé, j'enroule une serviette autour de ma taille et je prends la direction de la chambre. Mon regard se pose sur la belle endormie qui prend presque toute la place. Elle a l'air si paisible que je n'ai pas envie de la déranger. De toute façon, je ne suis pas certain d'arriver à dormir. J'attrape un t-shirt propre et un jeans et les enfile avant de me rendre à la cuisine. Je me sers un verre et descends bosser dans le bureau. Je pose mon whisky sur ma table de travail, ouvre l'ordinateur portable et me laisse tomber dans mon fauteuil. Je prends la pile de factures, les relevés des caisses et les bordereaux de dépôts et entre le tout dans mon logiciel de comptabilité. Je fonce les sourcils en voyant que les chiffres ne balancent pas. Pensant que j'ai dû faire une erreur, je reprends tout depuis le début à plusieurs reprises, mais rien à faire. Il manque toujours de l'argent. Peut-être ai-je perdu l'un des bordeaux. Je regarde partout sur le bureau, dans les tiroirs pour voir s'il ne se serait pas glissé parmi d'autres papiers, mais toujours rien.

Lorsque l'heure de l'ouverture de la banque arrive, je prends mon portable et compose le numéro de mon banquier.

— Je suis désolé, Monsieur Mackenzie, dit-il après que je lui ai raconté mon problème. Ce sont les seuls dépôts qui ont été faits sur le compte de votre entreprise ces deux derniers mois. Peut-être avez-vous oublié d'en faire un ?

— Je vais vérifier, merci. Bonne journée, dis-je avant de raccrocher.

Je reste un moment à fixer le mur. Je ne comprends pas du tout ce qui a pu se passer. C'est toujours moi qui fais les dépôts ou Noémie lorsque je ne peux vraiment pas y aller et jamais il n'est arrivé une erreur de ce genre. Je suis certain de n'avoir oublié aucun dépôt. Malgré tout, je me lève, ouvre le coffre-fort pour vérifier que je n'aurais pas oublié une enveloppe puis me rassieds dans mon fauteuil.

La musique se met en marche dans la salle voisine, signe qu'Ariel est réveillée et a commencé sa séance de danse du matin. Frappant mon crayon contre la table en rythme avec la mélodie, je reste là à réfléchir à tout ça. Je fonce les sourcils en me rappelant avoir envoyé Ariel à la banque le jour des essayages chez le tailleur. Se peut-il qu'elle l'ait prise ? Non, impossible, je peux lui faire confiance. Jamais elle ne ferait une chose pareille. Bien que je croie en son honnêteté, le doute me noue tout de même l'estomac.

Je soupire, glisse une main dans mes cheveux avant de masser mes tempes du bout des doigts en sentant un mal de crâne venir. Pas surprenant que j'aie mal à la tête avec la nuit blanche que je viens de passer.

La musique se tait. Ariel monte les escaliers. Alors que l'eau de la douche coule au-dessus de ma tête, je reprends mes calculs sachant bien que j'arriverai au même résultat. L'eau s'est arrêtée depuis un bon moment lorsque Lucas toque à la porte ouverte de mon bureau.

— Je m'excuse de te déranger, mais il faut que je te parle.

— Tu ne me déranges pas. En fait, tu tombes bien, ces chiffres sont en train de me rendre totalement fou.

— Ça se voit, tu as une tête à faire peur.

— Ouais, j'ai passé une partie de la nuit là-dessus. Les chiffres ne concordent pas.

Je fais signe à Lucas d'entrer et de prendre place devant moi. Il s'assied, jette un œil sur la paperasse étalé devant moi. Il fronce les sourcils et semble un peu mal à l'aise.

— Combien te manque-t-il ? me demande-t-il en levant les yeux vers moi.

— Plus de trois mille dollars.

— Hum… Je crois que je sais où a pu passer cet argent.

— Ah bon ? dis-je en lui lançant un regard interrogateur.

— Après le petit-déjeuner, je me préparais à prendre une douche. En ouvrant la porte de l'armoire de la salle de bain pour prendre une serviette sur l'une des tablettes, ceci est tombé par terre.

Lucas s'avance au bout de son siège, étant une jambe et fouille dans la poche de son jeans. Il retire deux petits sachets de plastique et les pose sur le bureau devant moi.

— C'est quoi ?

— On voit que tu n'as pas dormi, tu es long à la détente.

Je lève les yeux au ciel. Je n'ai pas la patience ce matin pour jouer aux devinettes. Comprenant mon agacement, Lucas continue :

— À l'odeur, je dirais de la cocaïne et comme je ne consomme pas cette merde comme toute autre drogue d'ailleurs, ceci ne m'appartient pas.

Les rouages de mon cerveau, engourdis jusqu'ici par le manque de sommeil, se mettent en marche à toute vitesse puis tout se met en place. L'argent manquant, la drogue cachée trouvée par Lucas, les sorties quasi quotidiennes d'Ariel, je ne sais où, ses changements d'humeur. Devant la tromperie de la femme à qui j'ai offert mon cœur, ma poitrine se tord. La douleur est si horrible que je peine à respirer. Elle est pire que toutes celles que j'ai pu ressentir auparavant. En un instant, mon monde s'écroule. Je serais probablement tombé à genoux si j'avais été debout. Elle m'aurait arraché le cœur à mains nues que ça aurait été moins douloureux. Je lui ai donné ma confiance, ma protection. Elle avait enfin fait renaître l'espoir qu'avec elle c'était possible et tout ce qu'elle a trouvé à faire c'est de se foutre de ma gueule. Comment a-t-elle pu me regarder dans les yeux avec tendresse alors que nous faisions l'amour en sachant qu'elle me trompait ? J'aurais tout donné à cette femme, mais maintenant qu'elle m'avait brisé le cœur elle allait connaître ma colère. S'il y a quelque chose qu'il ne faut absolument pas réveiller chez un Écossais, c'est sa rage.

Hors de moi, je recule brutalement mon fauteuil qui cogne contre le mur et me lève. Alors que je m'apprête à franchir la porte de mon bureau, Lucas pose une main sur mon épaule.

— Où vas-tu ? demande-t-il inquiet.

— À l'appartement, elle a des comptes à me rendre !

— Tu ne crois pas que tu devrais te calmer d'abord. Tu risques de lui faire peur si tu arrives dans cet état.

— Qu'elle ait peur, je n'en ai rien à foutre ! Elle s'est suffisamment foutue de ma gueule comme ça !

Sans attendre, je quitte la pièce et monte à l'étage comme si j'avais le diable à mes trousses. En arrivant dans l'appartement celui-ci est désert, aucune ne trace d'Ariel.

— Bordel !

Elle ne peut pas être bien loin puisqu'elle était sous la douche il y a peu de temps. Je fais le tour de chaque pièce, mais ne la trouvant nulle part, j'attrape les clés de mon 4X4 sur la table basse du salon. Lorsque j'arrive en bas, j'appelle Lucas.

— Elle s'est cassée. Je vais faire le tour du pâté de maisons, elle ne doit pas être bien loin. Si je te texte son numéro de portable, tu peux essayer de la localiser ?

— Pas de problème. Si elle a activé sa localisation, je la trouverai.

— Parfait.

Alors que j'ouvre la porte du Mack, la voix de Lucas retentit derrière moi.

— Quand tu la trouveras, ne sois pas trop dure avec elle, je suis sûr qu'il y a une explication à tout ça.

Je fais plusieurs fois le tour du quartier, ralentissant chaque fois que je croise une crinière blonde. Au bout de deux heures à fouiller chaque recoin en vain, j'envoie le numéro d'Ariel à Lucas. Je n'ai jamais compris comment il faisait, mais ce dieu du clavier peut se faufiler partout. Déjà à seize ans, par ennui, il a piraté le site du gouvernement britannique pour leur montrer à quel point leur système de sécurité ne valait pas de la merde. Ce qui a lui a valu un séjour en maison de correction jusqu'à sa majorité. Après quelques minutes, mon téléphone sonne. J'appuie sur la touche répondre sur le volant de mon 4X4 et prend l'appel en main libre.

— Tu l'as trouvé ? je demande sans prendre la peine de le saluer.

— Ouais. Elle est à l'hôpital et si je me fie à son historique de localisation elle s'y rend régulièrement.

Je suis sous le choc. Je m'attendais à ce qu'elle soit n'importe où, mais l'hôpital, non. Se peut-il qu'elle soit malade et qu'elle ne m'ait rien dit ? Avec tous ses mensonges, je ne sais plus trop quoi penser.

— Quel hôpital ?

— Je t'envoie l'adresse.

— Merci, mec, dis-je avant de raccrocher.

Une fois l'adresse reçue, je me mets en route. Je gare le 4X4 et me précipite à l'intérieur. Ne sachant pas par où aller, je m'arrête au poste d'information. La femme derrière la vitre tape sur son clavier faisant comme si je n'étais pas là. Au bout de quelques minutes, je soupire de frustration et cogne contre le verre. Attendre, je n'ai pas juste ça à foutre ! Elle lève un regard noir vers moi.

— Je peux vous aider, Monsieur ?

— Je cherche mademoiselle Spencer.

Elle tape à nouveau sur son clavier avant de demander :

— Britanny Spencer ? C'est la seule Spencer que nous avons dans nos fichiers.

Je fronce les sourcils. Avec tous ses mensonges peut-être m'a-t-elle menti sur son prénom aussi. Après tout, il est courant pour les stripteaseuses de prendre un pseudonyme.

— Oui. Brittany.

— Je peux savoir qui vous êtes, monsieur.

Je réponds la première chose qui me passe par la tête, sachant qu'ils ne donneront l'information qu'à la famille.

— Je suis son mari.

Elle me lance un regard dubitatif, soupir et même si elle ne semble pas me croire, elle note un numéro de chambre et d'étage sur un bout de papier.

— Prenez les ascenseurs au bout de ce couloir. Le département de neurologie est à votre droite en sortant de l'ascenseur.

J'attrape le papier qu'elle vient de glisser sous la vitre et me précipite dans le couloir. Il est plus que temps de mettre les choses aux clairs. Je m'arrête devant la chambre que la dame de l'accueil a notée sur le papier. Je pousse le battant et pénètre dans la pièce. Tout est silencieux, seul le bruit d'appareils médicaux brise la quiétude de la chambre. Mes yeux parcourent la salle et se posent sur le lit où une jeune femme est étendue. Je m'approche et observe ses traits, ses cheveux blonds couper à la hauteur de ses épaules. Bien que plus jeune de quelques années, cette femme est le portrait presque qu'identique d'Ariel. Vu la ressemblance, ce doit être sa sœur.

Lorsqu'elle a dit qu'elle était partie, j'en ai déduit qu'elle était morte. Je regarde à nouveau le visage blême de Brittany et mon cœur se serre. J'attrape le dossier au bout du lit, en sachant que cela ne me regarde pas et l'ouvre tout de même. Je lis les notes rapidement : Traumatisme crânien, coma, résultat de ses tests neurologique. Brittany n'est peut-être pas morte, mais c'est comme si elle nageait entre deux mondes depuis six mois. Je le remets en place. Aucun signe d'Ariel. Où peut-elle bien être ? Mes yeux se posent sur la table de chevet à côté du lit où repose le téléphone d'Ariel. Je fais le tour et approchant de la table, mon pied écrase une boule de papier tombé sur le sol. Je la ramasse, défroisse la feuille et lis ce qui y est écrit.

Si tu tiens à la vie de ta sœur, rejoins-moi, seul, sans téléphone portable, derrière le vieil hôpital psychiatrique désaffecté. Ne dis rien à personne.

J.

En lisant ces mots, mon cœur s'arrête. Putain, il l'a retrouvé ! Le salaud, il savait qu'en menaçant la seule famille qu'il lui restait, il attirerait Ariel dans ses filets. Bordel, elle aurait dû me parler de sa sœur, j'aurais pu les protéger toutes les deux. Je dois la retrouver. Je prends son portable et l'écran s'illumine, le téléphone ouvert sur l'application pour la prise de note. Trois phrases qui arrachent ce qui reste de mon cœur déjà en miette :

Eliott,

Je suis désolée pour tout. Brittany a besoin de toi. Prends soin d'elle pour moi.

Ariel

Pas question que je la laisse entre les mains de Johnny. Je vais la ramener et elle prendra soin de Brittany elle-même. J'ai beau être en colère contre elle pour m'avoir dupé, je n'aurai pas sa mort sur la conscience. J'ai déjà suffisamment de sang sur les mains comme ça. Je sors mon portable de ma poche arrière. Pour la sauver, je vais avoir besoin de renfort et pas question que je mette la vie d'Adam et Cameron en danger alors qu'Emma et Summer ont besoin d'eux. J'envoie un message à Lucas ainsi qu'à Brian, un de mes contacts qui fait partie de l'équipe tactique de la police de New York. Passer par le commissariat prendrait trop de temps et le temps peut mettre la vie d'Ariel en danger. Je range mon portable et me précipite vers la sortie. Je prends place abord de mon 4X4 et décolle en trompe. En arrivant près de l'hôpital désaffecté, je me gare suffisamment loin pour ne pas attirer l'attention. J'ouvre la boîte à gants et sors mon arme, heureux de l'avoir toujours avec moi. Je pose ma tête sur l'appuie-tête de mon siège et prends une grande respiration. Je n'ai jamais été quelqu'un de pieux, mais cette fois, je prie le ciel pour ne pas arriver en retard. *S'il vous plaît, faites qu'elle soit toujours en vie !*

J'ouvre la portière et sors du véhicule en refermant doucement la porte pour ne pas être entendu. Je longe la paroi, restant dans l'ombre de l'établissement délabré pour rejoindre la cour arrière, mon arme à la main. Arrivé au coin, je m'accoude au mur et avançant la tête pour voir ce qui s'y passe, je jette un regard dans la cour. Du coin de l'œil, j'aperçois Ariel dans les bras de Johnny. Une main entourant sa taille, il la colle contre son corps massif. Voyant qu'elle est encore en vie, je soupire de soulagement. Merci mon Dieu !

De sa main libre, il attrape la queue de cheval d'Ariel et tire sa tête vers l'arrière afin qu'elle plonge son regard dans le sien. Sous la force de sa prise, elle grimace de douleur. Un sourire carnassier se forme sur les lèvres de son agresseur. Le salaud ! Il prend son pied à lui faire mal. Une rage folle m'envahit. J'ai envie de lever mon arme et de lui mettre une balle entre les yeux, mais Ariel est collée à lui. C'est trop risqué. Je prends une grande inspiration afin de faire refluer ma colère. Eliott garde la tête froide.

Il retire la main qui retenait sa captive par la hanche, glisse ses doigts à l'intérieur de sa veste et sort un couteau de poche. D'un geste habile du poignet, il déplie la lame et la porte au visage d'Ariel. Sous la fraîcheur du métal, elle frissonne. Le sourire sadique de son agresseur ne quitte pas son visage alors qu'il effleure doucement le cou gracile de sa prisonnière de sa lame.

— Il a dû prendre son pied avec toi l'Écossais ! Maintenant, c'est à mon tour de profiter de tes charmes !

D'un mouvement fluide, il fait glisser le tranchant de sa lame sur le t-shirt d'Ariel qui s'ouvre révélant sa poitrine nue. Il plonge la main dans l'ouverture et agrippe un sein avec force. Son gémissement de douleur me percute de plein fouet. *Maintenant, ça suffit !* Le cœur battant à toute allure, je sors de l'ombre et m'avance de quelques pas en le tenant en joute.

— Enlève tes sales pattes d'elle !

En attendant ma voix, Ariel tourne le visage vers moi. La terreur que je lis dans ses yeux, la même que celle d'Éléonore avant qu'elle ne trépasse me déchire le cœur. Je détourne les yeux pour les poser sur Johnny afin de ne pas laisser le passé m'entraîner dans sa noirceur. Sans se départir de son rictus sadique, le bourreau d'Ariel s'adresse à la femme dans ses bras.

— On dirait bien que ton petit copain a envie de se joindre à la fête, dit-il avant de lécher le visage de la femme dans ses bras.

Je m'avance pour me jeter sur lui. Je n'ai fait que quelque pas, qu'une barre de fer m'atteint en pleine figure. Sous la force de l'impact, ma vision se trouble et je tombe à genoux. D'un coup de pied, mon assaillant me désarme faisant glisser mon révolver hors de ma portée. Une main manucurée attrape mon Glock. Je lève le visage, le sang de ma blessure au front dégoulinant le long de mon visage et plante mon regard dans celui de Nika qui m'observe en souriant. Une silhouette surgit de l'ombre et s'arrête devant moi. L'homme tend la main pour que Nika lui remette mon arme. La gardant en main, il repousse le capuchon de sa veste qui cachait son visage. Clyde. Devant la cicatrice qui défigure ses traits, une rage folle s'empare de moi. J'essaie de me lever, mais pour m'en empêcher, il percute ma mâchoire d'un coup de pied. Ma lèvre se fend. Du revers de la main, j'essuie le sang qui coule sur mon menton. Mon regard croise celui d'Ariel horrifiée.

— Eliott, crie-t-elle en essayant de se défaire de la poigne de Johnny pour venir vers moi.

— Toi, ferme-la, ordonne Clyde en lui lançant un regard noir avant de le poser à nouveau sur moi. Ça fait des mois que je te cherche, Eliott, depuis ma sortie de prison en fait. Lorsque mon homme de main m'a raconté votre altercation derrière le Princess et que tu avais foutu le camp avec la connasse qui me devait un max de fric pour la drogue qu'elle s'est foutue dans le nez, je ne pouvais croire en la chance que j'avais. J'ai sauté dans le premier avion en direction de New York pour le voir de mes propres yeux. Et cerise sur le gâteau, tu t'es tapé ma cousine pendant des mois donc te trouver a été un jeu d'enfant. Je me suis rendu dans ton bar, sous ton nez, sans que tu t'en aperçoives et en voyant la façon dont tu regardais cette pétasse, j'ai su comment t'atteindre. Tu es tellement prévisible que c'est à gerber. Maintenant, c'est l'heure de ma vengeance. Hum… je me demande lequel de vous deux je tue en premier.

— Laisse-la partir. C'est moi que tu veux.

Son regard passe d'Ariel à moi et un rictus sadique s'affiche sur ses lèvres.

— On dirait bien que tu t'es amouraché de cette petite junkie. Tu n'as apparemment pas retenu la leçon la dernière fois. Pourtant mon oncle a dû te répéter un million de fois que les sentiments pouvaient mener à la perte d'un homme. Je te croyais plus intelligent que ça, Mackenzie. En tout cas, tu viens de répondre à ma question.

Tout se passe très vite par la suite. Clyde lève le bras qui tient toujours mon révolver et vise Ariel. Sous l'effet de l'adrénaline qui coule dans mes veines à l'idée de perdre Ariel comme j'ai perdu Éléonore, je me redresse d'un seul coup et me précipite vers elle alors que la détonation du coup de feu retentit dans l'air. Une douleur intense déchire mon torse. Je m'écroule contre Ariel, la faisant chuter au sol avec moi.

— Eliott !

Mon regard croise le sien agrandit par l'horreur. Ses traits deviennent flous. Je peine à garder les yeux ouverts. Ma respiration devient difficile. Un goût de cuivre me soulève le cœur alors que du sang envahit ma bouche.

— Je suis désolé… c'est ma faute…

— Non ! Eliott reste avec moi ! Je…

Puis tout devient noir.

Ariel

Des coups de feu retentissent partout autour de nous, mais je n'y porte que très peu d'attentions tant je focus sur l'homme qui vient de perdre conscience dans mes bras. Du sang coule de sa plaie dans le dos. Du sang, beaucoup trop de sang. Ma tête se met à tourner. Je prends une grande inspiration pour faire passer le malaise causé par la vue du liquide rouge qui imbibe ses vêtements et me concentre sur Eliott. Ne pas paniquer ! Ce n'est pas le moment que je perde connaissance à mon tour. Eliott a besoin de moi. S'il te plaît, ne meurs pas ! Je lui adresse cette prière silencieuse, les yeux humides de larmes. Je jette un regard autour de moi à la recherche d'un objet qui me permettrait de couper ses vêtements pour voir la plaie et arrêter l'hémorragie. Mes yeux se posent à quelques pas de moi. Près du corps sans vie de Johnny, le reflet de la lame qu'il tenait il y a quelques minutes, attire mon regard. J'étire le bras et attrape le couteau de poche du bout des doigts en faisant attention de ne pas bouger Eliott pour ne pas aggraver ses blessures. Il faudrait que je le mette en lieu sûr, mais je n'ose pas le déplacer. Je me redresse et essaie de faire un bouclier de mon corps pour le protéger. D'un coup de lame, je coupe la veste et le t-shirt d'Eliott et décolle les tissus engorgés de sang qui lui colle à la peau. Je retire ce qui reste de mon haut déchiré, fais une boule avec et le pose sur la plaie sanguinolente. Je fais une pression de mes deux mains pour essayer de stopper le saignement.

— Eliott, je suis là. S'il te plaît, reste avec moi.

Je relève une main et essuie les larmes qui coulent sur mes joues, barbouillant mon visage du sang de l'homme que j'aime. Une main se pose sur mon épaule et me fait sursauter. J'attrape le couteau et le pointe sur l'homme qui m'a touché. Un soupir de soulagement sort de mes lèvres en voyant le visage de Lucas.

— C'est fini.

Les coups de feu ont cessé. J'étais tellement occupé à sauver la vie d'Eliott que je n'avais pas remarqué le silence qui s'était installé dans la cour. Mes mains posées sur le tissu se mettent à trembler, très vite suivies par le reste de mon corps. Lucas pose ses mains sur les miennes.

— Laisse-moi faire, tu es en état de choc. Les secours vont arriver d'une minute à l'autre.

Je lui laisse la place comme il me l'a demandé, mais reste au côté d'Eliott.

— Dis-moi qu'il va s'en sortir, je supplie Lucas des sanglots dans la voix.

Il tourne un visage triste vers moi. Lui aussi est affecté par l'état critique d'Eliott. Après tout, ils sont comme des frères l'un pour l'autre et je comprends la douleur qu'il ressent à l'idée de le perdre.

— Désolé Ariel, je ne peux rien te promettre, me dit-il les yeux emplis de larmes qu'il contient difficilement.

Le bruit de sirènes se fait entendre au loin. Je soupire de soulagement. Tiens bon Elliot, je murmure dans ma tête. Peu de temps, après la cour est envahie par des policiers et les ambulanciers. Les secouristes s'approchent de nous et prennent le relais. Alors qu'ils bandent la plaie et intubent Eliott, Lucas s'approche de moi. Il passe ses bras autour de mon corps. Je me laisse aller contre lui et j'éclate en sanglots.

— Je suis là Ariel. Ils s'occupent de lui. Tu trembles, tu dois voir un médecin toi aussi.

Lucas retire sa veste et la pose sur mes épaules. J'attrape les deux pans et serre le vêtement chaud contre moi. Les ambulanciers placent Eliott sur une civière et l'emmènent jusqu'à l'ambulance en continuant les manœuvres de réanimation. Lucas passe un bras sur mes épaules pour me soutenir tant mes jambes tremblent. Nous les suivons en silence, mon esprit embrumé par ce qui s'est passé ce soir. Tout ce que je vois c'est le corps d'Eliott immobile entre mes bras, se vidant de son sang. J'ai l'impression d'être dans un rêve, un cauchemar dont je voudrais me réveiller.

Chapitre 20

Ariel

Arrivée à l'hôpital, je suis pris en charge par l'un des médecins de garde de l'urgence pour choc nerveux. Après qu'il m'ait donné des calmants, je retourne dans la salle d'attente pour rejoindre Lucas. J'ai à peine mis le pied dans la pièce qu'Emma et Summer, qui sont arrivées pendant que je me faisais examiner, viennent me prendre dans leur bras. Elles me serrent fort contre elles puis elles reculent un peu pour me laisser respirer.

— C'est horrible ce qui vous est arrivé. Tu tiens le coup, me demande Summer en me lâchant.

— En fait, je n'en sais rien, je me sens un peu dans le brouillard.

— C'est tout à fait normal, tu es encore sous le choc, répond Emma. Viens, allons nous débarrasser de tout ce sang sur ton visage et changer de vêtements, tu te sentiras un peu mieux après.

Je hoche la tête et la suis même si je ne suis pas certaine que me nettoyer va changer quoi que ce soit à la façon dont je me sens. Essuyer le sang d'Eliott qui souille ma peau et tache mes habits n'enlèvera pas les images qui hantent ma tête. Nous entrons dans les toilettes et Emma m'entraîne vers les lavabos. Elle regarde dans les cabines pour voir si nous sommes seules et revient vers moi. Elle prend du papier pour essuyer les mains, le passe sous l'eau tiède et nettoie délicatement sur mon visage pour enlever les traces sanglantes. Elle me jette un regard triste puis soupire.

— Je sais ce que tu ressens puisque je suis passée par là il n'y a pas longtemps. Pour soutirer de l'argent à son fils, le père d'Adam m'a kidnappée, il y a quelques mois. Par chance, ni lui ni moi n'avons été blessés. Mais il a dû commettre l'impensable, mettre fin à la vie de ce psychopathe pour sauver la mienne. Même si nous n'avons eu aucune blessure physique, les blessures psychologiques sont toujours présentes. Adam s'en veut encore pour ce que son père m'a fait subir et moi je fais toujours des cauchemars la nuit même après tous ces mois. Nous essayons d'oublier, mais c'est difficile.

— Je ne savais pas.

— Ce n'est pas un truc dont j'aime particulièrement parler et Adam non plus, tu sais. Si je te raconte tout ça, c'est pour que tu saches que je peux comprendre ce que tu vis et ce par quoi tu passeras dans les prochains jours et les prochains mois. Je sais que tu te sens responsable de ce qui est arrivé à Eliott, puisque sans cette histoire avec Johnny, Eliott ne serait pas ici. Mais rien n'est de ta faute, d'accord. S'il faut blâmer quelqu'un pour ce qui s'est passé ce soir, c'est les psychopathes qui s'en sont pris à vous. Si tu as besoin d'en parler, je suis là. Ne reste pas toute seule avec ça.

— D'accord.

Je prends le sac de vêtements et entre dans une cabine pour me changer. Une fois faits, Emma et moi retournons dans la salle d'attente. Je prends place sur un siège un peu à l'écart. Adam marche d'un bout à l'autre de la pièce en regardant l'horloge fixée sur le mur. Au bout d'un moment, il soupire et s'exclame :

— Putain ! Ça fait plus trois heures qu'il est là-dedans et toujours pas de nouvelles !

Emma s'approche de lui et prend son visage entre ses mains.

— Chéri, calme-toi. Les médecins s'occupent de lui. Dès qu'ils auront du nouveau, ils viendront nous voir. Tout ce qui compte pour l'instant, c'est qu'ils sauvent la vie d'Eliott, d'accord ?

Adam hoche la tête, le regard plongé dans celui d'Emma.

— Ça me rend malade de le savoir dans cet état.

Il prend sa fiancée par la taille et la serre fort contre lui. Il pose la tête sur la sienne et ferme les yeux. Les spasmes dans son dos sont les seuls signes des sanglots silencieux qu'il verse pour son meilleur ami. Devant cet homme si fort qui s'effondre ainsi, mon cœur se noue. À cause de mes mensonges, cette bande qui m'a tout de suite acceptée comme faisant partie des leurs souffre à l'idée de perdre leur ami. *Tout est de ma faute. J'aurais dû faire confiance à Eliott et tout lui raconter au lieu de lui cacher l'existence de Bri. Peut-être qu'il aurait pu m'aider ? Au lieu de ça, je lui ai menti et lui ai volé de l'argent. Et maintenant, tous ces gens paient le prix de mes mensonges afin de protéger ma sœur. Et qui sait si Eliott va s'en sortir.* À l'idée que l'homme dont je suis tombée amoureuse perde la vie, mon estomac se soulève. Je pose la tête sur mes bras repliés sur le dessus du dossier de mon siège et je ferme les yeux pour ne pas qu'ils voient mes larmes. Au bout d'un moment, alors que j'ai dû m'assoupir, quelqu'un prend place sur la chaise à mes côtés et pose une main sur mon dos.

— Hey ! Tu devrais rentrer te reposer.

Je lève la tête, repousse les mèches de cheveux tombés sur mon visage et croise les yeux de Lucas.

— Non, je préfère rester près de lui.

— Comme tu veux. Mais te bousiller le dos sur cette chaise ne changera rien.

— Lucas, il y a un truc que je ne comprends pas. Comment Eliott a-t-il su où je me trouvais ?

Lucas prend un air coupable et évite mon regard.

— Ce matin, alors que je me préparais pour aller prendre ma douche, j'ai fait tomber un truc que tu avais caché dans l'armoire à serviettes. Tu sais de quoi je parle, demande-t-il en levant les yeux vers moi.

Je prends quelques secondes pour réfléchir puis ça me revient. Les sachets que Cassie m'a laissés.

— Oh, merde !

— Ouais, oh merde ! Je suis allé voir Eliott dans son bureau qui faisait sa comptabilité et qui s'arrachait les cheveux, car les chiffres ne coordonnaient pas. Il a rapidement fait le lien entre ce que je venais de mettre sur sa table de travail et l'argent manquant. Il était en colère contre toi. Quand il a vu que tu n'étais plus à l'appartement, il est parti à ta recherche, comme il ne te trouvait pas il m'a demandé de te localiser à l'aide de ton téléphone portable.

— Téléphone qui était dans la chambre de Bri... Ma sœur qui est hospitalisée dans cet hôpital, je réponds devant son regard interrogateur. Il a trouvé la lettre ce qui a fait qu'il savait où j'étais parti. Il doit tellement me détester. Lucas, je n'ai pas pris l'argent pour m'acheter de la came. Je ne savais pas comment payer le traitement expérimental de Brittany, dis-je en le suppliant de me croire.

— Tu n'as pas à te justifier avec moi. C'est avec Eliott que tu devras t'expliquer, quand ce sera possible. Je peux seulement te dire que je ne l'ai jamais vu dans l'état qu'il était quand il est parti à ta recherche. Ce que tu as fait l'a terriblement blessé.

De nouvelles larmes me montent aux yeux, je les essuie du revers de la main avant qu'elles ne coulent sur mes joues.

— Pourquoi a-t-il risqué sa vie pour me sauver connaissant mes mensonges ?

Lucas prend ma main et caresse le dessus de ma paume. Ce geste n'a rien de déplacé. Par cette attention, il essaie simplement de me réconforter.

— Parce que tu es importante pour lui. Il tient vraiment à toi. Eliott est quelqu'un de complexe, il ne montre jamais ses sentiments. Tu lui as apporté un truc qu'il lui manquait depuis des années. Je ne sais pas comment il va réagir à son réveil. Il se peut qu'il soit encore en colère après toi. Est-ce que tu l'aimes ?

Est-ce que j'aime Eliott Mackenzie ? Oui, de toute mon âme ! Mais ces trois petits mots, c'est à lui que je veux les dire et non pas à Lucas. Donc, je hoche simplement la tête pour lui répondre.

— Dans ce cas, sois patiente avec lui et explique-lui une fois qu'il se sera calmé.

— OK. Je vais aller voir ma sœur. Tu me le dis si vous avez des nouvelles.

Il hoche la tête. Je lui donne le numéro de chambre de Bri et quitte la salle d'attente. En entrant dans la pièce, je m'avance vers la chaise à côté du lit et m'y laisse tomber. Je prends la main de ma sœur, pose la tête sur nos paumes jointes et je craque. Je laisse les émotions de la journée sortir dans un grand flot de larmes. Alors que mes sanglots s'apaisent lentement, une voix rauque perce le silence de la pièce.

— Ari…

Mon cœur cesse de battre. Je relève la tête subitement et plonge mon regard dans celui de Bri qui papillonne des paupières. J'essuie mes joues mouillées, envahies par un immense soulagement.

— Où… suis-je ?

— Ne te force pas à parler, je reviens.

Je me lève rapidement de ma chaise et sors de la chambre. Je me précipite à toute vitesse vers le poste des infirmières.

— Brittany est réveillé !

— J'appelle le docteur Mase immédiatement, dit la jeune femme assise au poste de garde.

Le personnel se précipite vers la chambre de ma sœur. Je m'accoude contre le montant de la porte et les regarde s'affairer autour de Bri. Ils retirent quelques fils qui la relient aux machines près du lit. Une larme coule sur ma joue, mais cette fois je pleure de joie. Le docteur Mase arrive en courant. Il s'arrête près de moi, pose une main sur mon épaule et me sourit.

— On a réussi ! Je vais l'examiner et vous pourrez entrer.

Je hoche la tête. Merci mon Dieu, dis-je tout bas alors qu'il s'approche du lit. Il lui passe quelques tests, lui pose quelques questions et inscrit des notes sur sa tablette. Bien que j'aie souhaité cet instant de tout mon cœur, celui-ci me laisse un goût doux-amer dans la bouche. J'ai retrouvé Bri, mais qu'en est-il d'Eliott ? Le docteur Mase sort de la chambre un sourire aux lèvres.

— Elle est sur la bonne voie. Le plus dur est passé. Elle a quelques pertes de mémoire concernant ce qui s'est passé avant son réveil. Ce qui arrive souvent lors de traumatisme crânien, mais tout rentrera bientôt dans l'ordre. Pour le reste, une bonne rééducation et elle devrait retrouver sa mobilité.

Son regard se porte derrière moi. Il pose une nouvelle fois la main sur mon épaule dans un geste de réconfort.

— Tout va bien aller pour elle. Pour l'instant, il lui faut beaucoup de repos. Je vous laisse. Je viendrai la voir un peu plus tard.

Il s'avance et prend la direction du poste de garde.

— Ça va ?

Je hoche la tête et me tourne vers Lucas qui se tient derrière moi.

— Elle s'est enfin réveillée, je réponds en essuyant les larmes de bonheur qui coulent sur mes joues. Des nouvelles d'Eliott ?

— Il vient de sortir de salle d'opération. Ils ont réussi à extraire la balle. Pour l'instant, il est stable, mais son état reste critique. Ils drainent l'hémorragie de ses poumons. Les heures à venir seront décisives pour sa survie. Ils le gardent sous sédation au cas où il faudrait le réopérer. Il reçoit des antibiotiques intraveineux pour empêcher l'infection.

De nouvelles larmes se mettent à nouveau à couler sur mes joues, sauf que cette fois-ci, c'est la tristesse qui les fait couler. Lucas s'avance d'un pas puis me prend dans ses bras. Il essaie de me réconforter alors que c'est moi qui devrais jouer ce rôle. Après tout, il est aussi dévasté que je le suis par ce qui arrive à son ami, un homme qu'il connaît depuis l'adolescence. Si je n'avais pas croisé la route d'Eliott, il ne serait pas couché sur un lit d'hôpital à lutter pour sa vie. Lucas prend mon visage entre ses mains et relève ma tête, son regard triste plongeant au fond du mien.

— Hey, il va s'en sortir, d'accord ? Eliott est fait fort, il va se battre pour rester en vie. Dès qu'on a d'autres nouvelles ou qu'on peut aller le voir, je te le dis. Va voir ta sœur, elle a besoin de toi.

Je hoche la tête et me glisse hors de ses bras. Lucas rejoint l'ascenseur, me salue d'un signe de la main avant d'en franchir la porte. J'entre dans la chambre de Bri affichant malgré ma tristesse et l'inquiétude un sourire aux lèvres.

****

Je passe les trois jours suivants au chevet de ma sœur et aux côtés d'Eliott lorsque celle-ci se repose ou va à ses traitements de physiothérapie pour augmenter son tonus musculaire. L'état d'Eliott est toujours stable, les médecins craignent de moins en moins pour sa vie. L'hémorragie de ses poumons s'est résorbée, mais ils le gardent tout de même sous sédatifs pour l'empêcher de souffrir. Aucune trace d'infection à l'horizon ce qui est encourageant. Quant à moi, je tiens le coup même si j'ai très peu dormi. L'appartement est vide sans lui et je m'y sens étrangère, ce que je suis d'ailleurs. Le peu de fois où j'ai trouvé le sommeil, j'ai été réveillée par les images d'Eliott s'écroulant dans mes bras et se vidant de son sang.

J'entre dans la chambre de Bri et m'assieds sur la chaise à côté du lit vide, ma sœur n'étant pas encore de retour de ses traitements. Je viens tout juste de poser mon sac sur le sol qu'Adam entre dans la pièce. Je le regarde s'avancer, surprise par sa présence. De tous les amis d'Eliott, Adam est celui avec lequel j'ai eu le moins d'interaction.

— Salut, dis-je en lui lançant un sourire timide.

— Tu as une mine affreuse. Tu tiens le coup ?

— Oui, mais c'est difficile. Je m'en veux tellement pour ce qui s'est produit.

— La culpabilité, ça me connaît. Tu n'as pas à t'en vouloir pour ce qui est arrivé. Clyde aurait retrouvé Eliott de toute manière. Il avait décidé de se venger de lui pour les nombreuses années qu'il a passé en tôle. Il aurait trouvé n'importe quelle façon pour l'atteindre avec ou sans toi. Le fait que tu as été liée à Eliott et que tu lui devais de l'argent lui a facilité les choses. Heureusement, sa mort a mis fin à tout ça. Eliott et toi allez pouvoir enfin reprendre votre vie sans cette épée de Damoclès au-dessus de votre tête.

Il s'assied sur le bord du lit, pose les coudes sur ses genoux et regarde le sol avant de relever le visage vers moi.

— Eliott s'est réveillé.

— Quoi ? Pourquoi ne l'as-tu pas dit plus tôt ? je demande en me levant et en attrapant mon sac.

Je m'apprête à partir, mais Adam attrape ma main.

— Attends ! Assieds-toi, s'il te plaît ! Il faut qu'on discute.

Je pousse un soupir de frustration. Eliott est enfin réveillé. Il faut que je le voie. Je veux m'assurer qu'il va bien et lui expliquer pour l'argent que je lui ai volé. Je dois aussi lui dire combien je l'aime. Car si j'ai retenu quelque chose de tout cela, c'est que le temps est précieux et que d'un claquement de doigts nous pouvons perdre les gens que nous aimons sans leur avoir dit. Comme mes parents, comme Brittany que j'aurais pu perdre aussi, comme Eliott. Adam prend mes mains et me fait signe de m'asseoir, ce que je fais malgré moi. Il plante son regard dans le mien et soupir à son tour.

— En ouvrant les yeux, il a demandé comment tu allais. Lucas lui a dit que tu passais beaucoup de temps à son chevet et à celui de ta sœur qui est enfin sorti du coma.

Adam s'arrête quelques secondes et soupire.

— Écoute Ariel, je ne sais pas comment te dire ça, mais Eliott ne veut pas que tu retournes le voir. Il veut mettre fin à votre histoire.

— Quoi ? Mais comment ? Il ne peut pas faire ça. Il doit me laisser m'expliquer.

— C'est ce que j'ai essayé de lui faire comprendre. Crois-moi s'il n'était pas dans cet état, je lui ferais entrer un peu de bon sens à coups de pied au derrière.

Eliott me laisse tomber, je n'en reviens pas. S'il croit pouvoir passer par Adam pour faire la sale besogne, il se trompe.

— Il ne va pas s'en tirer comme ça ! S'il ne veut plus de moi, il va devoir me le dire en face.

Sans laisser le temps à Adam de réagir, j'agrippe mon sac et me précipite vers la porte. Après avoir pris l'ascenseur pour descendre au troisième étage, je prends le couloir qui mène à la chambre d'Eliott. En arrivant devant sa porte, Cameron m'aperçoit.

— Je crois que je vais aller me chercher un café.

Les mains dans les poches, il marche dans ma direction et s'arrête près de moi.

— Quoi qu'il advienne, nous sommes là pour toi au besoin. Ne sois pas trop dure avec lui, me dit-il en me faisant un sourire triste avant de continuer son chemin.

Je m'avance dans la pièce, les mains tremblantes. Je prends une grande inspiration pour me préparer à ce qui va suivre. Mon regard se porte sur l'homme étendu sur le lit. Un bandage fait le tour de son torse et il est relié à plusieurs machines. En le voyant vivant, bien qu'encore très blême et très faible, un immense sentiment de soulagement s'empare de moi. J'agrippe la ganse de mon sac à l'épaule des deux mains pour m'empêcher de courir vers lui pour me jeter dans ses bras. Au son de mes pas, Eliott tourne le visage vers moi. La chaleur qui brille normalement dans ses yeux lorsqu'il me regarde a totalement disparu, remplaçant celle-ci par une lueur glaciale qui me fait frissonner.

— C'est donc vrai ? je demande d'une petite voix.

— Que fais-tu ici ? dit-il d'une voix tranchante sans répondre à ma question. Adam n'est pas passé te voir ?

— Il est venu… Tu ne peux pas me laisser sans que je puisse m'expliquer.

— Expliquer quoi, bordel ! dit-il en élevant le ton. Que tu t'es foutue de ma gueule, que tu ne me faisais pas assez confiance pour me dire la vérité pour Brittany ?

— C'est ma sœur, ma seule famille, je devais la protéger ! Je savais que si Johnny avait vent de son existence, il allait s'en servir contre moi.

Il lâche un rire sinistre en secouant la tête. Je ne reconnais pas l'homme devant moi. Jamais je n'aurais cru qu'Eliott puisse être aussi insensible. Mon cœur se serre. Comment les choses ont-elles pu déraper aussi vite ?

— On voit tout de suite que tes mensonges ont été bénéfiques, il continue sarcastique.

— Si c'est pour l'argent, je vais te rembourser. J'en avais besoin pour les traitements de Bri, mais sans mon salaire du Princess, je ne pouvais y arriver.

— Je me fous de l'argent, Ariel ! Si tu me l'avais demandé, je te l'aurais donné. Je t'aimais comme un fou, ne le comprends-tu pas ? J'aurais tout fait pour toi, s'énerve-t-il.

Sa colère augmente sa fréquence cardiaque si rapidement, que le moniteur s'emballe et se met à sonner dans la pièce. Eliott n'en tient pas compte et continue sur sa lancée.

— S'il y a une chose que je ne supporte pas, c'est les mensonges. Maintenant, laisse-moi. Nous deux, c'est terminé.

À ces mots, mon cœur se brise en tant de morceaux que je suis certaine que même à plus d'un mètre de moi avec le cri du moniteur, Eliott peut l'entendre. Je me tourne en direction de la porte pour qu'il ne puisse voir les larmes qui coulent sur mes joues, mais avant de la franchir je m'arrête.

— Pourquoi m'avoir sauvée alors ?

Eliott n'a pas le temps de répondre, car deux infirmiers arrivent au pas de course alertés par la sonnerie du moniteur. Je me mets sur le côté pour les laisser passer. Après avoir pris une grande inspiration, je sors de la chambre d'Eliott et de sa vie du même pas. À quoi bon se battre pour quelqu'un qui ne veut pas de nous ?

Chapitre 21

Ariel

Après ma dispute avec Eliott, je ne savais pas où aller. Je me retrouvais sans boulot et sans toit. Eliott avait été très clair. Il ne voulait pas me voir chez lui à sa sortie de l'hôpital. Emma m'a offert de m'héberger le temps que ma situation se replace. Je ne voulais pas m'imposer, mais avais-je le choix ? J'ai passé deux jours au chevet de Bri ne rentrant que pour dormir quelques heures avant de repartir. Vivre au-dessus du Mack entouré du parfum d'Eliott, en sachant que tout était terminé entre nous m'était insupportable. Plus vite je partirais, plus vite je ferais le deuil de notre relation. Qui essayé-je de convaincre ? Cet homme avait pris une place si importante dans mon cœur, je n'étais pas sûr de pouvoir l'en faire sortir un jour. Au bout de plusieurs heures de réflexion, j'avais appelé Emma pour accepter son offre. Le cœur gros, j'ai mis mes vêtements et les quelques effets personnels que j'avais dans des cartons.

Adam m'a aidé à transférer mes affaires dans leur chambre d'amis. Lui et Emma étaient aux petits soins avec moi marchant sur des œufs afin de préserver mon cœur brisé. Ils ne mentionnaient jamais le nom d'Eliott en ma présence afin de ne pas déclencher une nouvelle crise de larmes. Il était sorti de l'hôpital. J'avais entendu Adam le dire à Emma alors qu'ils pensaient que j'étais dans ma chambre. Il ne m'avait pas contacté. J'avais espéré pendant des jours qu'il le fasse en vain. J'avais appris il y a longtemps que l'on ne pouvait pas tout avoir ce que l'on espérait. J'avais retrouvé ma sœur, qui se portait mieux, ce qui apaisait un peu la perte d'Eliott. Il ne me pardonnerait probablement jamais mes mensonges et je devrais vivre avec. Afin de ne pas me perdre dans la peine, je me concentrais sur la guérison de Brittany. Ma sœur avait été transférée dans l'un des meilleurs centres de réadaptation de la ville et je lui rendais visite tous les jours. Lorsque le docteur Mase m'avait annoncé la nouvelle, j'avais été étonnée d'apprendre que tous les frais avaient été payés d'avance par un certain Eliott Mackenzie. Je ne voulais pas lui être redevable. Malgré tout j'avais accepté le transfert en me promettant de lui rendre chaque dollar qu'il avait dépensé dès que je trouverais du travail. À la suggestion de Cameron, je m'étais inscrite à un groupe de soutien pour ex-toxicomane et participais à la thérapie de groupe deux fois par semaine. Il fallait que je prenne soin de moi pour aller de l'avant.

Je dépose ma brosse à cheveux sur la coiffeuse et sors de la chambre pour rejoindre Lucas qui m'attend au salon.

— Tu es prête, me demande-t-il alors que je m'avance dans sa direction.

— Oui. Merci de venir chercher Bri avec moi.

— Ça me fait plaisir. Allons-y, elle doit être impatiente de te voir.

Nous prenons l'ascenseur et rejoignons le rez-de-chaussée. J'ai demandé à Adam et Emma de m'accompagner, mais ils avaient déjà quelque chose de prévu ce matin. Lucas s'est proposé de venir à leur place. Je ne sais pas si j'arriverai assez à les remercier pour l'aide qu'ils m'ont apportée depuis le soir de mon enlèvement. Emma qui comprenait ce que j'ai vécu m'a été d'un grand soutien moral. Je ne sais pas comment j'aurais pu gérer ça sans elle. Pour le reste, seul le temps pourra guérir mon cœur brisé.

Arrivé à la voiture, Lucas m'ouvre la porte du côté passager et je prends place sur le siège. Les mains tremblantes, j'attache ma ceinture de sécurité. Je suis nerveuse et excitée à l'idée d'avoir à nouveau Bri avec moi. Lucas fait le tour de la BMW d'Emma et s'installe derrière le volant. Il met le contact et me sourit.

— Allons chercher ta sœur.

Lorsque nous arrivons devant le centre de réadaptation, Brittany est déjà dehors à m'attendre sur un banc en compagnie d'une infirmière. Lucas se gare dans l'allée. La voiture à peine stoppée, j'ouvre ma portière pour rejoindre ma sœur. En me voyant, Brittany se lève, attrape ses béquilles d'avant-bras et fait quelques pas dans ma direction. Les larmes me montent aux yeux. Je la rejoins rapidement et ouvre les bras pour la serrer contre moi.

— Je suis tellement fière de toi ! T'es prête, lui demandé-je en reculant d'un pas.

— Ça fait des heures que je le suis.

La dame qui l'accompagne s'avance vers moi et me tend une feuille.

— Voilà une copie de sa liste de rendez-vous pour ses traitements de Kiné en clinique externe. Elle doit aussi continuer la physio le temps de retrouver pleinement ses capacités motrices. Je veux juste m'assurer qu'elle ne les oublie pas.

— Vous n'avez pas à vous inquiéter. Je veillerai à ce qu'elle y soit. Merci pour tout ce que vous avez fait pour elle.

— Bon retour chez toi Brittany, dit la dame en retournant vers le bâtiment.

Lucas nous rejoint. Je fais rapidement les présentations. Je lui ai souvent parlé de mes nouveaux amis, bien qu'elle n'a rencontré qu'Emma jusqu'à maintenant. Lucas prend le fauteuil roulant qu'elle utilise lorsqu'elle a une longue distance à parcourir ou quand elle doit rester debout longtemps et le met dans le coffre avec la valise qui contient ses vêtements. J'aide Bri à s'installer sur le siège arrière et monte reprendre ma place du côté passager. Le trajet du retour se fait dans la bonne humeur. Bri me raconte les progrès qu'elle a faits depuis ma dernière visite au centre. Je tourne la tête et regarde par la fenêtre. Lucas vient de passer la rue où nous devons tourner pour rentrer chez Adam et Emma.

— Lucas, tu devais tourner ici.

— Je sais, mais nous n'allons pas chez Emma. Nous avons une surprise pour toi.

Il continue de rouler quelques minutes et gare la voiture. Alors que je tourne la tête pour voir où nous nous sommes arrêtées, je vois Adam, Emma, Cameron et Summer qui nous attendent sur le trottoir. Summer qui tient un immense bouquet de ballon inscrit *Welcome* me sourit. Ils sont tous là pour nous accueillir. Tous sauf Eliott. Mon cœur se serre devant cette image. Je prends une grande inspiration pour faire passer la boule qui m'obstrue la gorge et un sourire aux lèvres, j'ouvre la portière et les rejoints. Lucas en fait de même. Il prend la chaise de Bri dans le coffre et l'aide à s'y installer. Lorsqu'il arrive à mes côtés, je jette un œil à chacun de mes amis.

— Que fait-on ici ?

Emma s'avance d'un pas et attrape ma main.

— Maintenant que Bri est sortie, on s'est dit que vous aviez besoin d'un endroit juste pour vous. Viens, je vais te montrer.

Sa main tenant toujours la mienne, nous entrons dans l'immeuble les autres sur les talons. Nous nous arrêtons au milieu du hall devant un ascenseur. Emma appuie sur le bouton pour monter à l'étage.

— Je ne comprends pas…

Lucas s'approche et passe un bras sur mes épaules.

— C'est simple, dit-il en souriant. Le marché est bon en ce moment. On s'est dit tous les quatre que ça serait bien d'investir dans l'immobilier. Comme je pense passer plus longtemps à New York, j'ai pris un des appartements. Celui à côté du mien est libre et on a pensé qu'il serait parfait pour toi et Bri. Ah non, attends de voir avant de refuser.

— Comment sais-tu que je vais le faire ?

— Tu es facile à décrypter. Je ne te connais pas depuis longtemps Ariel, mais je sais que tu détestes être redevable aux autres.

— C'est juste que je n'ai pas les moyens de vous payer un loyer dans un immeuble comme celui-là.

— Personne ne t'a demandé de payer, dit Adam en nous faisant signe d'entrer dans l'ascenseur. Tu le feras quand tu pourras si tu y tiens, mais en attendant tu acceptes notre cadeau. Si tu ne le fais pas pour toi, fais-le pour Bri. C'est difficile de trouver un logement qui soit adapté pour elle.

Je soupire et tourne le visage vers ma sœur qui me supplie du regard d'accepter. Après tout, je ne peux pas rester indéfiniment chez Adam et Emma.

— Bon, d'accord si vous y tenez. Mais je ne comprends pas pourquoi vous faites ça pour moi. C'est ma faute… je n'aurais pas dû mentir à Eliott. Vous devriez m'en vouloir pour ce que je lui aie fait et non pas essayer de m'aider.

La sonnerie qui annonce que nous avons atteint notre étage se fait entendre et les portes de l'ascenseur s'ouvrent devant nous. Nous prenons le couloir jusqu'au bout et nous nous arrêtons devant la dernière porte.

— Nous sommes tes amis et des amis c'est fait pour ça. Pour ce qui est d'Eliott et de votre relation, cela vous regarde, dit Summer en ouvrant le battant. Bienvenue chez vous !

Summer s'écarte légèrement et me fait signe d'entrer. Lucas me suit en poussant la chaise de Bri. Nous faisons le tour de l'appartement, passant de la cuisine et le salon à aire ouverte aux deux grandes chambres. Ils ont pensé à tout. L'appartement est complément meublé. Ils ont même fait adapter la cuisine et la salle de bain pour permettre à Bri de les utiliser sans aide afin qu'elle soit totalement autonome. Devant cette attention plus que généreuse, les larmes me montent aux yeux.

— Je ne sais pas quoi dire, dis-je en me tournant vers eux.

— Dis seulement merci. Et ce n'est pas tout. On a une autre surprise pour toi.

Summer prend ma main et m'entraîne hors de l'appartement. Elle me fait descendre les marches de l'escalier alors que les autres prennent l'ascenseur en compagnie de Bri. Une fois au rez-de-chaussée, elle ouvre une porte qui mène sur un grand local. Je m'arrête au milieu et scrute la pièce des yeux. Les barres accrochées aux murs, les grands miroirs, le plancher de latte en bois franc, les grands rideaux de mousseline. Il me faut quelques secondes pour comprendre ce qui se trouve sous mes yeux. En réalisant que la pièce où je me trouve est une école de danse, des larmes naissent sous mes paupières. Je prends une grande inspiration et tourne mon regard humide en direction de Summer qui me sourit. Les autres l'on rejoint sans que je m'en rende compte, car ils sont tous à ses côtés.

— Eliott, dit prudemment Lucas, nous a parlé de ton rêve d'ouvrir une école de danse. Elle est à toi si tu le veux.

— Les papiers sont prêts, continue Adam. Il ne manque que ta signature.

— J'ai même une liste de plusieurs parents qui veulent inscrire leurs enfants, poursuit Emma.

Je les regarde l'un après l'autre, laissant librement couler les larmes cette fois.

— Alors, tu signes, me demande Cameron en me tendant un stylo.

J'essuie mes joues du revers de la main. Mon cœur déborde de joie. Jamais je n'aurais imaginé réaliser mon rêve un jour. Mais grâce à ces gens qui m'ont offert leur amitié, tout est enfin possible. Je hoche la tête et m'avance dans leur direction. Je prends le crayon et les serre un après l'autre dans mes bras pour les remercier. Cet instant aurait été parfait s'il ne manquait pas l'homme dont je suis follement tombée amoureuse et à cause de qui tout était enfin possible. Adam s'éloigne un instant. Il entre dans une petite pièce adjacente à la grande salle et revient, un dossier à la main. Il me tend les documents qui feront de moi la propriétaire de cette petite école de ballet. J'inspire profondément, pose les feuilles contre le dos de Lucas et appose ma signature.

— Et si on allait fêter ça, demande Emma un immense sourire aux lèvres.

Chapitre 22

Eliott

Quelques semaines plus tard

Je me réveille en sueur. Mon cœur bat à toute allure à mesure que les images se dissipent. Toujours le même songe, le même cauchemar. Le regard horrifié d'Ariel lorsque la balle pénètre sa poitrine parce que je n'ai pu la rejoindre à temps. Son corps amorphe qui s'écoule sur le bitume, ses yeux qui m'observent sans me voir. Sa peau qui refroidit et change lentement de couleur faisant disparaître son joli teint rosé à mesure que la vie la quitte. Son sang qui tache mes mains et mes vêtements quand je la serre contre mon cœur. Et dans mes oreilles, le rire diabolique de Clyde qui ne cesse de bourdonner alors qu'il m'arrache la femme que j'aime à jamais.

Je me passe les mains sur le visage essayant de faire passer cette vision morbide de mon esprit. Elle n'est pas morte. Je me répète ces mots plusieurs fois afin de me l'enfoncer dans le crâne espérant ainsi faire cesser les cauchemars qui me hantent depuis le jour où j'ai trouvé Ariel retenue dans les bras de Johnny. Je pousse les couvertures qui me recouvrent à peine tant j'ai bougé dans mon sommeil et pose les pieds au sol. Me retenant d'une main contre le mur, je ferme les yeux un instant pour faire passer l'étourdissement causé par les somnifères dont je m'abrutis pour arriver à dormir quelques heures par nuit. Une fois mon malaise passé, j'ouvre le tiroir de la table de chevet, attrape la bouteille d'oxycodone et avale un cachet pour la douleur. Bien que ma plaie soit presque guérie, j'ai encore mal et je ressens toujours une pression au niveau des poumons. Le docteur dit que c'est normal et que seuls les exercices respiratoires et de cardio aideront à faire passer le malaise. Une fois les étourdissements terminés, je m'avance dans cette chambre qui m'est devenue étrangère. Ariel a quitté l'appartement plusieurs jours avant ma sortie de l'hôpital, pourtant partout où je vais je sens sa présence. Quelques vêtements oubliés dans la penderie, son uniforme du Mackenzie abandonné sur la chaise près de la porte, son gel douche laissé sur la tablette dans la salle de bain. Quelques objets, ici et là qui me rappellent à quel point elle me manque.

Je me rends à la cuisine pour me faire du café. Je prépare la cafetière et prends une tasse dans l'armoire. Sa tasse préférée, celle qu'elle prenait tous les matins. Une douleur sourde qui n'a rien à voir avec ma blessure par balle se fait sentir dans ma poitrine. Je ferme les yeux et les dernières paroles que je lui ai adressées me reviennent en tête : *parce qu'aucune autre femme ne mérite de mourir par ma faute.* Voilà les mots que j'ai proférés alors qu'elle quittait ma chambre avant que les infirmiers m'injectent un calmant. J'aurais tellement voulu lui dire autre chose. Lui dire que c'est parce que je l'aimais que je me suis jeté devant elle. Parce que c'est le cas, je l'aime. Mais à mon réveil, la rage que je ressentais pour ce qu'elle m'avait fait était tellement forte qu'elle m'a rendue aveugle. Je préfère la colère et la haine à ce vide que je ressens depuis mon retour.

Je bois mon café en quelques gorgées et pose la tasse dans l'évier. Je retourne dans la chambre, file sous la douche et enfile des vêtements avant de descendre au bar. Je devais passer la commande d'alcool et préparer le Mack si je voulais faire la réouverture la semaine suivante. Ça faisait déjà trop longtemps qu'il était fermé. Noémie s'était occupée de tout, mais ne pouvait gérer le pub toute seule alors que j'étais cloué sur ce putain de lit d'hôpital. Les médecins m'ont donné l'ordre de rester au repos pour deux mois afin d'être sûr que ma blessure guérissait bien et qu'il n'y aurait pas de complications, mais si je dois rester une semaine de plus à ne rien faire je vais devenir complètement fou.

Je viens de me glisser derrière le comptoir qu'une clé est insérée dans la serrure de la porte d'entrée qui s'ouvre sur Adam. Il entre et s'avance vers moi un sourire aux lèvres.

— Tu es encore venu jouer les baby-sitters, je lui demande alors qu'il prend place sur un siège devant moi.

— Apparemment. Et tu sais quoi ? Je commence à aimer ce job, quoique je préfère passer du temps en tête à tête avec Emma plutôt qu'avec toi. Ne le prends pas personnel, mais elle est beaucoup plus sexy même si tu n'es pas mal en kilt.

Je lui fais un doigt d'honneur et je sors deux verres.

— Une bière ?

— Il est un peu tôt, tu ne crois pas ?

Je regarde ma montre et hausse les épaules.

— Il est dix-sept heures quelque part dans le monde.

— Vue comme ça, rit Adam en me faisant signe de le servir.

Je remplis les deux verres de bière en fût et pousse le sien dans sa direction. Je prends une gorgée du mien et le repose sur le comptoir.

— Je suis désolé pour le mariage.

Après ce qui s'est passé, Adam et Emma ont décidé de reporter le mariage de quelques semaines le temps que je me rétablisse de ma blessure. J'étais contre cette idée. Ils attendent ce moment depuis si longtemps.

— On n'est pas à quelques semaines près. Je ne me serais pas vu passer cette journée sans mon témoin et meilleur ami. Emma a envie que tout soit parfait et sans ta présence ça ne l'aurait pas été.

Il porte son verre à ses lèvres et jette un œil sur les feuilles de commandes près de moi et fronce les sourcils.

— Tu penses à rouvrir le bar. Tu ne trouves pas qu'il est un peu tôt pour reprendre le boulot ?

— Ce pub est toute ma vie, j'ai mis des années à me bâtir une clientèle. Pas question de laisser tout ce pour quoi j'ai travaillé partir en fumée. Je ne vais pas laisser le Mackenzie couler. J'ai embauché deux nouveaux employés pour tenir le bar et donner un coup de main à Noémie. Sans Ariel, on ne s'en sortirait pas. Pour l'instant, je vais m'en tenir qu'à la gérance en attendant d'être totalement sur pied. Il faut que je m'occupe. Je deviens fou à force de ne rien faire.

— Ayant ma propre boîte, je peux comprendre ce que tu ressens. En parlant d'Ariel, elle m'a demandé de te remettre ça.

Adam passe la main à l'intérieur de son veston et sort une enveloppe qu'il me tend. Je m'en saisis, l'ouvre et retire ce qu'elle contient. Mes yeux se posent sur le chèque signer de sa belle écriture et s'arrêtent sur le montant.

— Elle dit que ça couvre ce qu'elle te doit plus une partie des frais du centre de réadaptation de Bri et qu'elle te donnera le reste le mois prochain.

La colère monte en moi. Je lui ai dit que je me foutais de l'argent avant qu'elle quitte ma chambre d'hôpital. Qu'est-ce qu'elle ne comprend pas là-dedans ?! Si j'ai payé le centre, c'était à ma volonté pour qu'elle puisse avoir ce que je n'ai plus : une famille. Je range le chèque dans l'enveloppe, le mets sur le comptoir et le pousse en direction d'Adam.

— Je ne veux pas de son argent.

— Tu sais où la trouver, vas lui dire toi-même. Arrête de te flageller pour ce qui s'est passé. Tu mérites d'être heureux. Chaque jour, depuis que je l'ai sorti des griffes de mon père, j'ai peur qu'il arrive quelque chose à Emma. Elle pourrait mourir d'un accident, d'une maladie, assassinée par des voyous dans une ruelle. Je ne peux empêcher que ce genre de choses lui arrive. Tout ce que je peux faire, c'est de la protéger du mieux que je peux et de la rendre heureuse. La repousser parce que j'ai peur n'empêchera pas des merdes de lui arriver. Mais elle vaut la peine que je passe par-dessus mes craintes. Je dois aller la rejoindre pour déjeuner. On se voit plus tard. Réfléchi à ce que je t'ai dit.

Il se lève de son siège et se dirige vers la sortie. Pourquoi ai-je l'impression qu'il vient de me piéger ? Parce que c'est ce qu'il vient de faire en m'obligeant à me rendre chez la femme que j'aime, mais à laquelle je renonce pour son bien. Clyde est mort, Johnny aussi. Ils ne sont plus une menace pour elle. Adam a raison. Ariel me manque de plus en plus chaque jour. La tenir éloignée ne la protégera pas de tout. Tout ce que ça fait c'est de nous rendre malheureux l'un et l'autre, du moins je le pense. Bien que je sache où habite Ariel depuis qu'elle a quitté mon appartement, on ne s'est pas revus. Je ne sais pas si je lui manque. Peut-être a-t-elle tourné la page ? Il n'y a qu'une seule façon de le savoir. J'attrape mon blouson que j'ai laissé sur le dossier de l'un des tabourets de bar, glisse l'enveloppe dans la poche intérieure, prends mes clés de 4X4 et quitte le Mack.

Je gare le véhicule au coin de la rue. Après avoir pris une grande inspiration, je sors de l'habitacle et m'avance en direction de l'immeuble que nous avons acheté tous les quatre. Lorsque je m'arrête devant la grande fenêtre du local où elle a ouvert son école de danse, je perds le souffle. Ariel est devant une douzaine de petites filles de cinq ou six ans. Assises parterre, elles la regardent émerveillées. Son corps longiligne est couvert d'un justaucorps et d'une jupe blanche qui mettent ses formes en valeur. Elle tournoie sur la pointe de ses chaussons de ballet fuchsia, les mêmes qu'elle portaient la première fois que j'ai posé les yeux sur elle sur la scène du Princess. Elle danse avec grâce comme un ange sans ailes qui essaie de regagner le ciel. Jamais je n'ai vu une femme aussi belle. Ariel respire la force, la bonté, l'innocence, mais je sais que tout comme moi son âme habite un soupçon de noirceur.

La musique s'arrête tout comme les mouvements de son corps brisant l'enchantement. Les yeux clos, elle essaie de calmer la respiration qui soulève et abaisse sa poitrine rapidement. Elle tourne la tête et ouvre lentement les paupières, sortant de la transe dans laquelle elle s'est plongée en dansant. Ses yeux croisent les miens à travers la vitre et me fixent un instant. Son regard ne brille pas comme il le faisait auparavant lorsqu'elle le posait sur moi. Un soupçon de détresse passe dans ses yeux alors qu'elle se redresse. Elle serre les mâchoires dues à la colère que ma présence fait naître en elle. Elle se retourne, tape dans ses mains en souriant aux fillettes qui se lèvent pour aller chercher leurs effets dans les casiers près du mur. Les parents entrent un à un pour prendre leurs gamines et quittent l'école le sourire aux lèvres en faisant au revoir à leur professeure de danse de la main. Je reste immobile jusqu'à ce que le père de la dernière fillette entre. Il prend sa fille dans ses bras, pose un baiser sur sa joue avant de la déposer au sol. Il s'approche d'Ariel en souriant, met délicatement sa main sur son bras, caressant sa peau du bout des doigts alors qu'il lui parle. Je n'entends pas les mots qu'il prononce, mais ses yeux brillants de convoitise suffisent à me faire comprendre qu'il la veut. Je serre les poings le long de mon corps alors qu'elle rougit à ses propos. L'enfoiré ! Peut-être suis-je arrivé trop tard. Pas question qu'elle me file entre les doigts. Elle m'appartient tout comme je suis à elle.

Je m'avance et ouvre la porte. En entrant dans la salle, je me racle la gorge pour faire savoir ma présence. L'homme tourne le visage et me regarde de la tête au pied. En voyant mes poings serrés par la rage qui m'habite, il retire sa main du bras d'Ariel puis il prend rapidement congé et quitte l'immeuble en tenant sa fille par la main. Un homme intelligent.

Ariel et moi nous affrontons du regard. Au bout d'un moment, ses épaules s'affaissent et elle soupire.

— Tu n'as rien à faire ici, affirme-t-elle d'une voix hargneuse en ramassant la serviette qu'elle a laissée sur la barre fixer au mur.

— Cet homme te désire.

— Et alors ? demande-t-elle en haussant les épaules. Qu'est-ce que ça peut te faire ? Tu as été clair à l'hôpital. Toi et moi, c'est fini. Tu n'as pas le droit de te pointer à mes cours après plusieurs semaines sans m'avoir adressé la parole et de faire fuir les parents de mes élèves parce que tu es jaloux.

Ses yeux se remplissent de tristesse qu'elle chasse rapidement en secouant la tête.

— Qu'est-ce que tu veux, Eliott ?

Je m'avance vers elle, retire l'enveloppe de la poche intérieure de mon blouson et lui tend.

— Je venais te remettre ceci. Je ne veux pas de cet argent. Garde-le pour toi ou pour Brittany.

Elle m'arrache l'enveloppe des mains.

— Tu n'avais pas besoin de venir. Il te suffisait de déchirer le chèque et de le mettre à la poubelle. Maintenait que c'est fait, tu peux y aller, dit-elle en me montrant la porte.

— Non.

Je fais quelques pas supplémentaires pour m'arrêter si près d'elle que je peux sentir son parfum fruité.

— Je suis venu chercher ce qui m'appartient.

Elle secoue la tête encore une fois.

— Tu te trompes, je n'appartiens à personne.

— J'ai fait le con, je soupire. Je suis désolé, dis-je en prenant sa main. J'avais l'impression que l'histoire se répétait et j'ai pris peur. Je ne voulais pas qu'une autre femme meure par ma faute. Quand je l'ai vu pointer l'arme sur toi, putain, tu n'as pas idée de ce que j'ai ressenti. Je ne voulais pas te voir mourir sous mes yeux comme Éléonore et Fiona. C'est arrivé trop souvent. Clyde et Johnny ne sont plus un problème, malgré tout j'ai peur que quelqu'un veuille venger leurs morts et s'en prenne de nouveau à toi et à Bri. Je sais qu'il vaudrait mieux que tu restes loin de moi, j'ai essayé de t'éloigner, mais je n'y arrive pas. Je t'aime et tu me manques. J'ai besoin de t'avoir à mes côtés. J'ai besoin de toi, de ta lumière pour chasser les ténèbres. Je sais que c'est égoïste de ma part, mais je te veux près de moi jour et nuit. Peut-être que j'arrive trop tard, que les paroles que je t'ai dites à l'hôpital sont irréversibles. Je comprendrais que tu veuilles passer à autre chose avec quelqu'un qui est moins abîmé que moi.

Elle reste là à me regarder sans rien dire. En comprenant ma défaite, mes épaules s'affaissent. Je fais un mouvement pour partir, mais Ariel m'attrape par l'avant-bras pour me retenir. Je tourne le visage vers elle et son regard humide me brise le cœur. Je n'aurais pas dû venir.

— Eliott, attends ! Je… J'aime que tu sois égoïste, j'ai envie que tu le sois. Je sais que c'est fou, car même si les paroles que tu m'as dites à l'hôpital m'ont fait beaucoup de mal, tu me manques. Je t'aime mon handicapé des émotions. Je sais que pour toi c'est nouveau de laisser quelqu'un t'aimer et l'aimer en retour. Pour moi aussi, c'est nouveau. Mais j'ai envie d'apprendre avec toi. Nous ferons probablement d'autres erreurs, mais nous passerons au travers. Je suis désolée, j'aurais dû avoir suffisamment confiance en toi pour tout te dire. C'est ma faute. Jamais je ne me serais retrouvé dans cette situation si je t'avais dit pour Bri.

Je tends la main, la passe au creux de ses reins et approche son corps du mien. Comme c'est agréable de sentir sa chaleur contre moi. Mon membre réagit à cette proximité qui nous a été enlevée pendant toutes ses semaines. Je prends une grande inspiration pour contenir mon désir de la prendre ici dans sa salle de classe et me concentre sur ses yeux dont la tristesse a disparu.

— Alors tu reviens à la maison ?

— Et Brittany, je ne peux pas la laisser.

— Depuis que Lucas s'est installé dans cet immeuble, j'ai un joli loft de disponible. Si tu veux, elle pourrait s'y installer en attendant d'être suffisamment sur pied pour retourner à l'université. Comme ça tu seras tout près pour veiller sur elle. Le Mack est à quelques rues à peine. Tu continueras à donner tes cours et si tu en as envie, ton uniforme t'attend toujours dans ma chambre.

— Tu sais à quel point je t'aime.

— C'est un oui ?

Elle hoche la tête les yeux emplis de larmes de joie. Mon cœur se gonfle de bonheur en sachant que ce soir elle dormira dans mes bras. Je penche la tête et prends ses lèvres dans un baiser brûlant, son bas ventre se collant contre mon érection. Le souffle court, elle lâche mes lèvres et plonge un regard rempli de désir dans le mien.

— Et si l'on allait fêter nos retrouvailles ?

— Je ne demande que ça, ma belle.

Ariel me prend la main et m'entraîne à l'autre bout de la pièce. Elle ouvre une porte et m'entraîne à l'intérieur d'un petit cagibi. Les mains posées sur mon torse, elle me pousse me faisant tomber vers l'arrière. J'atterris sur le dos, une pile de tapis d'entraînement amortissant ma chute. Elle retire sa jupe, la laissant tomber sur le sol. Observant mon corps de ses yeux gourmant, elle détache son justaucorps et le passe par-dessus sa tête. Alors que le tissu rejoint le reste de ses vêtements, elle passe le bout de sa langue contre ses lèvres. Ce simple geste me fait bander encore plus. Si elle continue, je vais jouir avant même qu'elle me touche. Ariel se penche se mettant à genoux entre mes cuisses. Elle repousse le tartan qui recouvre ma virilité avant de se mettre à califourchon sur mes hanches mon sexe bien niché dans ses replis moites. Elle se redresse, prend ma queue dans sa main pour aligner nos sexes et se laisse glisser le long de ma verge. Je gémis de plaisir prenant ses hanches à pleine main pour lui donner le rythme. Alors qu'elle s'enfonce en moi, elle me lance un sourire coquin.

— Finalement, j'adore ce kilt.

— Moi aussi, tu n'as pas idée !

Je glisse une main derrière sa tête et mes doigts agrippant ses boucles, j'approche sa bouche de la mienne et l'embrasse avec la même intensité que nos corps se font l'amour.

FIN